Gianrico Carofiglio

# In der Brandung

Roman

Aus dem Italienischen
von Viktoria von Schirach



GOLDMANN

Die Originalausgabe erschien 2011
unter dem Titel »Il Silenzio Dell'Onda«
bei Rizzoli, RCS Libri S.p.A., Milano.

Dieses Buch ist auch als E-Book erhältlich.

FSC
www.fsc.org
MIX
Papier aus verantwortungsvollen Quellen
FSC® C014496

Verlagsgruppe Random House FSC® N001967
Das FSC®-zertifizierte Papier *Holmen Book Cream* für dieses Buch
liefert Holmen Paper, Hallstavik, Schweden.

1. Auflage
Taschenbuchausgabe Dezember 2014

Umschlaggestaltung: UNO Werbeagentur München
Umschlagmotiv: © plainpicture/Denise Vernillo
AG · Herstellung: Str.
Druck und Bindung: GGP Media GmbH, Pößneck
Printed in Germany
ISBN 978-3-442-47356-4
www.goldmann-verlag.de

Besuchen Sie den Goldmann Verlag im Netz

GIANRICO CAROFIGLIO

# In der Brandung

GOLDMANN
Lesen erleben

*Buch*

Jeden Montag und Donnerstag besucht Roberto Marías seinen Psychiater. Roberto ist Polizist, übt seinen Beruf jedoch derzeit nicht aus. Lange arbeitete er als verdeckter Ermittler im Kampf gegen Drogenhandel und Bandenkriminalität und führte ein Doppelleben. Dabei verschmolz Roberto immer mehr mit seiner Rolle und verliebte sich in die Tochter eines südamerikanischen Drogenbosses. Doch als Undercoveragent musste er immer wieder tatenlos Gewaltverbrechen zusehen. So war es nur eine Frage der Zeit, bis sich Roberto für eine Seite entscheiden musste – mit tragischen Konsequenzen. Nach einem Zusammenbruch versucht Roberto nun, in Rom mithilfe des Psychiaters ins Leben zurückzufinden. Vor dem Eingang der Praxis begegnet er eines Tages Emma, die genau wie er an einer großen Last trägt. Diese Begegnung lässt Roberto langsam aufleben. Als Emmas Sohn ihm von einer Schulkameradin erzählt, die ihn in seinen Träumen um Hilfe bittet, muss Roberto sich fragen, ob er bereit ist, seinen Beruf wieder aufzunehmen und einen Neuanfang zu wagen.

Weitere Informationen zu Gianrico Carofiglio
sowie zu lieferbaren Titeln des Autors
finden Sie am Ende des Buches.

# 1

Er begegnete ihr nun zum dritten Mal vor der Haustür des Doktors, wieder an einem Montag und wieder zur selben Uhrzeit. Er war sich sicher, sie schon einmal gesehen zu haben, aber er hätte nicht sagen können, wo oder wann.

Vielleicht war sie auch eine Patientin, die für vier Uhr bestellt war, sagte er sich, während er die Treppe zur Praxis hinaufstieg.

Die Klingel schellte, kurz darauf ging die Tür auf, und der Doktor ließ ihn ein. Wie immer durchquerten sie den Flur mit den vollen Bücherregalen schweigend, betraten das Sprechzimmer und setzten sich. Roberto vor den Schreibtisch, der andere dahinter.

»Und, wie geht es Ihnen heute? Letztes Mal hatten Sie schlechte Laune.«

»Heute geht es besser. Ich weiß nicht, warum, aber als ich die Treppe heraufkam, kam mir eine alte Geschichte aus meinen frühen Jahren als Carabiniere in den Sinn.«

»Und zwar?«

»Nach der Polizeiakademie wurde ich als Unteroffizier im Bahnhof einer kleinen Stadt in der Nähe von Mailand eingesetzt.«

»War das üblich für einen ersten Einsatz?«

»Ja, absolut. In dem Städtchen war es sehr ruhig. Fast schon zu ruhig, es passierte rein gar nichts. Der Bahnhofsvorsteher – ein älterer Polizeihauptmeister – war ein friedliebender Mensch, der immer versuchte, die Dinge gütlich zu lösen.

Ich glaube, dass er nicht einmal Spaß daran hatte, Leute festzunehmen, was auch nur sehr selten vorkam. Ein paar kleine Diebe, höchstens mal ein harmloser Dealer.«

»Machte es Ihnen denn Spaß?«

»Wie bitte?«

»Machte es Ihnen Spaß, jemanden festzunehmen?«

Roberto zögerte einen Augenblick.

»So ausgedrückt, klingt es tatsächlich nicht schön. Aber es ist wahr. Der echte Bulle – das sind nicht alle Carabinieri, und auch nicht alle Polizisten – lebt für den Moment der Festnahme. Was den Beruf angeht, meine ich. Wer seinen Beruf liebt, will auch ein Resultat sehen. Und das Resultat unserer Arbeit, da braucht man sich nichts vorzumachen, ist es nun einmal, jemanden hinter Gitter zu bringen.«

Roberto dachte nach über das, was er gerade gesagt hatte. Es war zwar selbstverständlich, aber so ausformuliert und laut ausgesprochen, bekam es eine neue, unangenehme Bedeutung. Er schüttelte den Kopf und versuchte, den Faden seiner Geschichte wieder aufzunehmen.

»Eines Tages sitze ich gerade beim Friseur, als ich Geschrei von der Straße höre. Gleich danach rennt eine Frau vorbei und zieht ein Kind hinter sich her. Ich stehe auf und reiße mir das Handtuch herunter, während der Friseur mich ermahnt, keinen Dummheiten zu machen. Ich denke, da sind wir hier in Norditalien, und der Mann sagt so etwas zu mir. Das passiert doch nur im Süden. Dann sage ich ihm, dass ich ein Carabiniere bin, was er längst weiß, laufe aus dem Laden und der Frau nach.«

»Was war passiert?«

»Ein paar hundert Meter weiter wurde gerade eine Bank ausgeraubt.«

»Ach so.«

»Ich sehe alles noch ganz genau vor mir. Ich zog meine Pistole heraus, lud sie, sicherte sie und lief los. Als ich an der Straßenecke ankam, direkt vor dem Eingang zur Bank, sah ich einen Volvo mit laufendem Motor, aber ohne Insassen.«

»Stand er vor der Bank?«

»Nein, um die Ecke. Ein paar Dutzend Meter vom Eingang entfernt, aber in der Querstraße. Die Bank war in der Hauptstraße. Ich schob mich ins Auto, machte den Motor aus und zog den Schlüssel ab.«

»Aber warum hatten sie das Auto unbeaufsichtigt gelassen?«

»Die beiden Bankräuber brauchten länger als gedacht, und der Fahrer war ausgestiegen, um sie zur Eile anzutreiben. Das fanden wir natürlich erst später heraus. Ich war gerade um die Ecke gebogen, als ich sie aus der Bank kommen sah. Ich versuchte mich zu erinnern, was wir auf der Polizeischule über das Verhalten in solchen Situationen gelernt hatten.«

»Was hatten sie Ihnen beigebracht?«

»Keinen Unsinn zu machen. Bei Überfällen sollten wir Verstärkung holen und die Situation beobachten, statt im Alleingang zu handeln.«

»Dann hat der Friseur das Richtige gesagt.«

»Stimmt.«

»Und?«

»In jenem Moment fielen mir diese Instruktionen nicht ein.«

»Die Bankräuber waren natürlich bewaffnet?«

»Zwei Pistolen. Als ich sie kommen sah, warnte ich sie im Namen der Polizei. Wie das ging, wusste ich noch, denn ich hatte es immer wieder allein geübt, in Erwartung meiner ersten Gelegenheit, den Warnruf anzuwenden.«

Roberto dachte, dass er diese Geschichte fast noch nie erzählt hatte, und hatte den Eindruck, dass sich dahinter eine ganze Menge von Erinnerungen zusammenballte. Einen Moment fühlte er sich wie überwältigt von dieser Empfindung, und er konnte nicht weitersprechen. Er glaubte, nichts mehr erzählen zu können, weil er sich nicht entscheiden konnte, was.

»Sie haben also die polizeiliche Warnung ausgesprochen, und dann?«

Die Stimme des Doktors setzte den stockenden Mechanismus wieder in Gang.

»Im Protokoll schrieben meine Vorgesetzten, dass die Bankräuber das Feuergefecht eröffneten und der Unteroffizier Roberto Marías mit seiner Dienstpistole zurückschoss. Aber ich weiß nicht, wer tatsächlich zuerst geschossen hat. Sicher ist nur, dass ein paar Sekunden später einer von ihnen am Boden lag, vor dem Eingang zur Bank, und die anderen beiden davonliefen. Was danach geschah, ist mir deutlicher in Erinnerung geblieben. Ich kniete mich hin, zielte und schoss das ganze Magazin leer.«

Roberto erzählte den Rest der Geschichte. Ein weiterer Bankräuber lag am Boden, er war an den Beinen getroffen worden. Der dritte wurde später festgenommen. Der Mann, der vor der Bank angeschossen worden war, war schwer verletzt, überlebte jedoch. Ein paar Tage nach der Schießerei wurde Roberto zum Einsatzchef gerufen, der ihm gratulierte, ihm eine Auszeichnung ankündigte und ihm eine Versetzung nach Mailand vorschlug. Roberto nahm an und wurde auf diese Weise mit nur dreiundzwanzig Jahren das, was er im Sinn hatte, als er zu den Carabinieri ging: Fahnder.

»So hat also alles angefangen?«

»So hat alles angefangen.«

»Und Sie sagten, diese Geschichte sei Ihnen wieder eingefallen, als Sie die Treppe zu mir hochstiegen?«

»So ist es.«

»Wollten Sie mir ursprünglich etwas anderes erzählen?«

»Ja. Ich wollte Ihnen einen Traum von letzter Nacht erzählen.«

»Was haben Sie geträumt?«

»Vom Surfen. Ich habe geträumt, dass ich auf den Wellen stand.«

»Windsurfen?«

»Nein, Wellensurfen.«

»Haben Sie diesen Sport jemals ausgeübt?«

Roberto schwieg eine Weile, während sein Blick auf ferne, stille Wellen gerichtet war, und dachte an den herben Duft des Ozeans, ohne dass es ihm gelingen wollte, ihn heraufzubeschwören.

»Ich habe als Kind viel gesurft, bevor ich mit meiner Mutter nach Italien kam.«

Er wollte weitersprechen, aber er fand entweder die Worte oder die Erinnerungen nicht mehr, vielleicht fehlte ihm auch der Mut, und so blieb er stumm sitzen, ohne den Doktor anzusehen. Dieser ließ ein paar Minuten verstreichen und sagte dann, dass es für diesen Nachmittag genug sei.

»Wir sehen uns kommenden Donnerstag wieder.«

Roberto blickte ihn erwartungsvoll an. Der Doktor schien immer etwas hinzufügen zu wollen, was dann aber ausblieb. Wir sehen uns kommenden Montag, wir sehen uns kommenden Donnerstag. Das war alles. Roberto verließ die Praxis mit einer leichten Enttäuschung, in die sich jedoch in letzter Zeit auch eine gewisse Erleichterung mischte.

Nach langen Monaten des Sich-Treiben-Lassens schien so etwas wie Ordnung in sein Leben zurückzukehren.

Zunächst einmal konnte er wieder schlafen. Mit Hilfe von

Tropfen, zugegebenermaßen, aber das war ein Klacks im Vergleich zu der Zeit vor ein paar Monaten, als er sich mit schweren Geschützen betäuben musste, um in einen metallischen, todesähnlichen Schlaf zu versinken.

Er hatte begonnen, wieder ein wenig Sport zu treiben, las von Zeit zu Zeit die Zeitung, trank so gut wie nichts und hatte seinen täglichen Tabakkonsum auf weniger als zehn Zigaretten reduziert.

Außerdem waren da die Spaziergänge.

Der Doktor hatte ihm geraten, viel zu Fuß zu gehen. So viel, dass er müde oder – noch besser – erschöpft war, wenn er nach Hause kam. Er hatte seine Skepsis kundgetan, sich jedoch gefügt, so wie man sich einer ärztlichen Anordnung fügt – und genau das war es ja auch –, und hatte kurz darauf staunend festgestellt, dass die Spaziergänge aus irgendeinem Grund ihren Zweck erfüllten.

Er konzentrierte sich auf seine Schritte und wiederholte im Geiste den Vorgang. Ferse, Spitze, Abstoßen, Schwung. Und wieder Ferse, Spitze, Abstoßen, Schwung. Ohne Ende, wie ein Mantra.

Diese ungewohnte Bewusstmachung der Bewegungen hatte eine hypnotische Wirkung und vertrieb seine schlechte Laune. Roberto lief manchmal drei, vier Stunden lang, und wenn er am Ende müde war, erschien ihm das als ein Anzeichen von Gesundheit im Vergleich mit der Erschöpfung und dem Nebel der vergangenen Monate.

Es war nicht so, dass er nicht nachgedacht hätte während dieser Spaziergänge. Nichts zu denken wäre zweifellos das Beste gewesen. Aber das schnelle Gehen und die Konzentration auf die Bewegung verhinderten, dass seine Gedanken sich allzu sehr festhakten in seinem Kopf. Die Dinge kamen ihm in den Sinn, doch sie machten auch schnell wieder anderen Platz.

Die Tage und Wochen hatten wieder einen Rhythmus bekommen. Die Woche kreiste um die zwei Termine beim Doktor, Montag und Donnerstag. Der Tag kreiste um seine endlosen, hypnotischen Wanderungen.

Manchmal riefen Kollegen an und schlugen ihm vor, sich auf einen Kaffee oder eine Pizza zu treffen. Anfangs hatte er immer höflich abgelehnt, aber sie ließen sich nicht entmutigen, und mit der Zeit merkte er, dass es ihn weniger Mühe kostete, die Einladung anzunehmen, als sie abzulehnen. Er ertrug dann das fürsorgliche und umsichtige Verhalten des jeweiligen Kollegen so lange, bis er sich verabschieden und gehen konnte. Mitunter fühlte er sich, als halte er das Gleichgewicht neben einem Abgrund. Danach kehrte er nach Hause zurück, machte die Stereoanlage oder den Fernseher an und überbrückte so die Zeit bis zu seinen Tabletten und dem chemischen Schlaf.

## *Giacomo*

Heute Nacht habe ich meinen Vater gesehen. Es klingt vielleicht nicht allzu erstaunlich, dass jemand seinen Vater sieht, selbst wenn es nachts ist.

Nur dass meiner tot ist.

Vor vier Jahren hat er nach einem Streit mit meiner Mutter das Haus verlassen und ist nicht mehr zurückgekommen. Ich habe erst viel später erfahren, dass er tot ist. Ich war damals siebeneinhalb.

Und jetzt habe ich zum ersten Mal, seit er weggegangen ist, von ihm geträumt. Im Traum lächelte er – was er sonst nur sehr selten tat –, und das erinnerte mich, ich weiß nicht, warum, an den Ausflug in den Zoo, den wir zu meinem siebten Geburtstag machten, dem letzten, den wir gemeinsam feierten.

Ich traf meinen Vater auf einer Allee, mitten in einem wunderschönen Park voller Wiesen und Bäume. Er kam auf mich zu und reichte mir die Hand, als wollte er sich mir vorstellen. Das kam mir zwar ungewohnt vor, aber als ich seine Hand schüttelte, war das ein gutes Gefühl, und es schien mir ganz natürlich. Mein Vater sagte nichts, aber ich verstand, dass ich mit ihm gehen sollte, und wir wanderten die Allee hinunter.

Nach ein paar Minuten (um die Wahrheit zu sagen, wusste ich nicht, ob es Minuten waren oder sehr viel mehr Zeit; im Traum ist das Zeitgefühl anders, als wenn man wach ist) kamen wir an einem großen Schäferhund vorbei. Er lag am Straßenrand im Gras und schlief. Als wir auf seiner Höhe waren, sprang er auf und lief mir entgegen. Er wedelte dabei mit seinem dicken Schwanz, ließ sich streicheln und leckte mir die Hände.

Es war eine außergewöhnliche Erfahrung, denn normalerweise habe ich Angst vor Hunden, und wenn ich einen auf der Straße sehe – vor allem, wenn es sich um einen Schäferhund oder ein ähnliches Ungetüm handelt –, bleibe ich ganz gewiss nicht stehen, um ihn zu streicheln. Ich genoss es sehr, keine Angst zu haben.

»Wie heißt er?«, fragte ich meinen Vater. Im selben Moment merkte ich, dass er nicht mehr da war.

*Ich heiße Scott, Chef.*

Diese Antwort tauchte in meinem Kopf auf und war ein Zwischending zwischen dem, was nur in meinen Gedanken existierte, und einer Schrift wie in einer Sprechblase.

»Kannst du sprechen?«

*So genau kann man das nicht sagen, Chef. Du kannst mich ja nicht hören. Aber das ist meine Stimme.*

Während er das sagte, bellte er mit einem sehr tiefen Ton, beinahe einem Brummen, das jedoch sehr beruhigend war. Und diesen Ton vernahm ich ganz deutlich. Es war sogar der einzige Ton, den ich außer meiner eigenen Stimme in dem ganzen Traum gehört hatte.

»Warum ist mein Vater weggegangen?«

Auf diese Frage antwortete Scott nicht.

*Machen wir einen Spaziergang, Chef?*

Mit diesen Worten setzte er sich in Bewegung, und ich folgte ihm, wenn auch ein wenig enttäuscht darüber, dass mein Vater nicht mehr bei uns war. Ich dachte aber, wenn ich ihm nun schon einmal begegnet war, würde ich ihn vielleicht auch wiedersehen, und dann würden wir uns auch unterhalten können.

Dafür, dass es ein Traum war, erschien mir alles sehr real: Ich spürte den frischen Wind auf meiner Haut, roch den Duft des Grases, und wenn ich in eine bestimmte Richtung sah, blendete mich das Sonnenlicht.

Da fiel mir plötzlich etwas ein, was ich schon lange vergessen hatte. Mein Vater hatte einmal gesagt, er wolle mir einen Hund schenken; ich müsse nur erst alt genug sein, um mich um ihn kümmern zu können. Ich war begeistert von dieser Idee und fragte ihn, wann genau ich alt genug dafür wäre, und er antwortete, dass elf, zwölf wohl das richtige Alter wäre, denn da höre man auf, ein Kind zu sein und beginne, erwachsen zu werden.

Während ich noch daran dachte, wachte ich auf.

Ich blieb im Bett liegen, bis meine Mutter kam und mir sagte, dass ich aufstehen und zur Schule gehen musste. Ich dachte, wie schön es wäre, wenn Scott auch tagsüber bei mir wäre. Ich könnte ihn überallhin mitnehmen und mich vielleicht sogar von ihm von der Schule abholen lassen. Ich bin sicher, dass manche Leute sehr viel vorsichtiger wären mit dem, was sie sagen oder tun, wenn sie mich in Scotts Begleitung anträfen.

# 2

Als er um die Ecke bog, sah er gerade noch, wie sie aus dem Hauseingang kam, ein paar Meter ging und dann einen Kleinwagen aufsperrte und sich hineinsetzte. Roberto ging langsam auf die Haustür zu und wollte gerade den Klingelknopf drücken, als er ein dumpfes Geräusch aus der Richtung des Autos hörte, eine Art wütendes Knirschen von verhakten Metallteilen. Er zog den über dem Klingelknopf schwebenden Finger zurück und ging zum Auto.

Die Frau drehte den Zündschlüssel erneut, und wieder ertönte das unangenehme, feindselige Geräusch. Roberto klopfte an die Scheibe; sie drehte sich um, blickte nach oben, hantierte am Türgriff und öffnete schließlich die Wagentür.

»Das ist die Batterie«, sagte Roberto.

»Wie bitte?«, fragte sie mit leicht gebrochener Stimme, wie jemand, der dabei ist, die Ruhe zu verlieren und sich beherrschen muss.

»Die Batterie Ihres Wagens ist leer. Deshalb können Sie den Motor nicht anlassen und auch die Scheibe nicht herunterlassen.«

»Und was mache ich jetzt? Muss ich sie austauschen lassen? Ich bin in Eile, ich habe eine Verabredung. Vielleicht rufe ich besser ein Taxi?«

»Keine Sorge. Wir können versuchen, den Wagen anzuschieben. Wenn das nicht klappt, suchen wir ein Startkabel und benutzen die Batterie eines anderen Autos.«

Er erklärte ihr, wie das ging. Man dreht den Zündschlüssel, tritt die Kupplung und legt den zweiten Gang ein, dann lässt man sich anschieben, bis das Auto eine gewisse Geschwindigkeit erreicht hat, lässt die Kupplung kommen und drückt leicht aufs Gaspedal.

»Das schaffe ich nie«, sagte sie.

»Das schaffen Sie, es hört sich viel schwieriger an, als es ist. Zuallererst drücken Sie die Kupplung und drehen das Steuer herum. Währenddessen schiebe ich Sie aus dem Parkplatz.«

Sie sah ihn einen Moment unschlüssig an, aber dann tat sie, wie er ihr gesagt hatte. Als das Auto auf der Fahrbahn stand, beugte Roberto sich noch einmal zur Scheibe und wiederholte die Anweisungen: »Treten Sie die Kupplung, drehen Sie den Zündschlüssel und legen Sie den zweiten Gang ein.«

»Aber Sie können mich doch nicht allein anschieben ...«

»Keine Sorge, das Auto ist klein. Wenn ich es Ihnen sage, lassen Sie die Kupplung kommen und geben Gas.«

Dann, ohne eine Antwort abzuwarten, begann er zu schieben; der Wagen setzte sich langsam in Bewegung.

»Lassen Sie die Kupplung kommen und geben Sie Gas«, rief er ihr nach, als das Auto schneller wurde.

Der Motor machte einen Satz, der Wagen holperte vorwärts, nahm schließlich mit einem Röcheln Fahrt auf, legte etwa dreißig Meter zurück und hielt dann an, ohne auszugehen.

Roberto ging zum Auto, und sie streckte den Kopf aus dem Fenster.

»Geschafft«, sagte er und versuchte, sein Keuchen zu unterdrücken.

»Danke, das war sehr nett von Ihnen.« Dann zog sie ihre Hand hervor wie etwas, das sie vergessen hatte, und reichte sie ihm. In dem Moment, in dem sie sich die Hand gaben, wurde ihm klar, woher er sie kannte.

»Sie sind Schauspielerin, nicht wahr?«

»Ja, das heißt…«

»Sie haben diesen Werbespot gemacht… den mit den Präservativen… Sie waren die Apothekerin. Ich fand Sie sehr lustig. Sie waren… komisch.«

Er hielt inne, verwundert über das, was er da sagte.

»Entschuldigen Sie, ich glaube, ich habe etwas sehr Dummes gesagt.«

»Entschuldigen Sie sich nicht. Ich freue mich, wenn ich komisch wirke, ich will die Leute ja zum Lachen bringen. Es hat mich schon lange keiner mehr auf diesen Spot angesprochen.«

Sie sahen sich ein paar Sekunden an, ohne dass ihnen noch etwas zu sagen einfiel, während der Motor vor sich hin hustete.

»Also, dann auf Wiedersehen«, sagte Roberto schließlich.

»Auf Wiedersehen, und noch mal vielen Dank.«

»Bringen Sie den Wagen in die Werkstatt.«

»Das mache ich.«

Roberto sah zu, wie das Auto sich entfernte, bis es um die Ecke bog. Dann ging er schnell zur Praxis.

* * *

»Entschuldigen Sie bitte die Verspätung.«

»Sie sind außer Atem.«

Roberto lächelte schwach. »Ich bin die Treppen hochgelaufen, und davor habe ich einer jungen Frau geholfen, ihr Auto zu starten. Die Batterie war leer, und ich musste sie anschieben.«

Der Doktor verlangte keine weiteren Erklärungen.

»Wie war Ihr Wochenende?«

»Ganz okay. Ich würde sagen, besser als die anderen. Ich bin sogar ins Kino gegangen.«

»Ach, das ist gut. Wenn ich mich recht erinnere, haben Sie im Laufe unserer Gespräche noch nie davon erzählt, im Kino gewesen zu sein.«

»Das stimmt. In der Tat ist das auch noch nicht vorgekommen. Ich erinnere mich nicht einmal mehr, wann ich das letzte Mal dort war. Es muss eine Ewigkeit her sein.«

»Was haben Sie gesehen?«

»Ach, einen französischen Film, der in einem Gefängnis spielt. *Der Prophet*. Haben Sie ihn gesehen?«

»Nein, aber ich gehe auch nicht oft ins Kino. Hat Ihnen der Film gefallen?«

»Ich weiß nicht recht, einige Aspekte waren realistisch, wie die Dinge im Gefängnis tatsächlich funktionieren und so. Andere hingegen waren vollkommen absurd, aber vielleicht bin ich da beruflich vorbelastet. Ich habe es auf jeden Fall genossen, ins Kino zu gehen. Ich meine, ich hatte wirklich vergessen, wie es war, und ich fand es sehr angenehm.«

»Sind Sie in Begleitung gegangen, oder waren Sie allein?«

»Nein, nein. Allein.«

»Der Traum, den Sie letztes Mal erzählt haben, hat mich sehr neugierig gemacht.«

»Der vom Surfen?«

»Ja, wollen Sie mir davon erzählen?«

»Von dem Traum oder vom Surfen?«

»Was Ihnen lieber ist.«

»Ich habe Ihnen doch erzählt, dass ich in Kalifornien geboren und aufgewachsen bin, erinnern Sie sich?«

»Natürlich erinnere ich mich. Ihre Mutter war Italienerin und hatte einen Amerikaner geheiratet. Ihr Vater war Polizist.«

»Ja, genau. Mein Vater war Kommissar. Wir wohnten in der Nähe des Ozeans, in einer Kleinstadt zwischen Los Angeles und San Diego. San Juan Capistrano heißt sie.«

»Ich nehme an, dass es normal ist zu surfen, wenn man dort aufwächst.«

War es normal? Roberto erinnerte sich nicht – *wusste* nicht –, ob das so normal war. Er war lange Zeit der Jüngste der Gruppe gewesen, die dort gemeinsam surfen ging. Ein Kind inmitten von Erwachsenen und Wellen.

»Das kann ich nicht beurteilen. Ich war immer schon fasziniert von den Wellen, seit ich klein war. Ich habe mit acht Jahren angefangen zu surfen, mit meinem Vater und seinen Freunden. Damals waren keine anderen Kinder dabei.«

»In einem Film habe ich einmal gesehen, wie ein Surfer in einem Tunnel steht, den eine Welle um ihn bildet. Konnten Sie so etwas auch?«

»Das ist ein Tube. Ja, das konnte ich.«

Sie schwiegen. Roberto versuchte, seine Gedanken zu ordnen, da das Gespräch eine unvorhergesehene Wendung zu nehmen schien. Der Doktor hatte einen Ausdruck, der sich des Öfteren auf seinem Gesicht abzeichnete, ein wenig geheimnisvoll, aber wohlwollend. Eine erwartungsvolle Miene. Nach ein paar Minuten sprach Roberto weiter.

»Ich liebte das Surfen. Auch wenn ich nicht mehr weiß, wie es sich anfühlt.«

»Was meinen Sie damit?«

»Es ist nicht leicht zu erklären, ich meine, dass ich nicht mehr weiß, was ich dabei empfand. Ich *weiß* nur noch, dass ich es liebte, aber ich erinnere mich nicht mehr daran. Ich weiß es, aber ich erinnere mich nicht.«

Der Doktor nickte. Roberto hätte gern gewusst, was er dachte. Er hätte gern eine Erklärung gehabt – manchmal hatte er den Doktor auch direkt darauf angesprochen –, aber vor allem in Fällen wie diesem gab der Doktor keine Erklärungen. Vielmehr sagte er überhaupt nichts. Er nickte höchstens. Oder sah ihm in die Augen. Oder rutschte auf seinem Stuhl nach vorn. Aber er sagte nichts.

»Wann haben Sie das letzte Mal gesurft?«

Das wusste er nicht mehr. Er versuchte zu rekonstruieren, wann er das letzte Mal auf dem Surfbrett gestanden war, aber es gelang ihm nicht, und er geriet in Panik. Als würde dadurch alles ins Rutschen kommen. Als wäre die Grenze zwischen Erinnerungen, Träumen, Wirklichkeit, Fantasie und Albträumen auf einmal durchlässig geworden und die Kriterien, nach denen sie getrennt waren, unhaltbar und nutzlos.

»Ich weiß es nicht.«

»Stimmt was nicht, Roberto?«

Roberto fuhr sich mit der Hand über die Stirn, als wollte er den Schweiß abtrocknen.

»Ich hatte gerade das Gefühl, die Kontrolle zu verlieren.«

»Als ich Sie fragte, wann Sie das letzte Mal gesurft haben?«

»Nicht, als Sie mir die Frage gestellt haben. Erst, als ich merkte, dass es mir nicht mehr einfällt.«

»Wollen Sie über etwas anderes reden?«

Roberto zögerte.

»Nein, nein. Es geht schon wieder.«

»Gut. Auch wenn Sie sich nicht erinnern, wann Sie das letzte Mal auf dem Brett standen, könnten wir uns darauf einigen, dass es noch in Kalifornien war?«

»Ja, sicher. Nachdem wir Kalifornien verlassen haben, habe ich nie mehr gesurft.«

»Wie viele Jahre ist das nun her?«

»Das sind ... über dreißig Jahre. Ich war sechzehn, als wir von dort wegzogen, meine Mutter und ich.«

Der Doktor holte eine lange Zigarre aus einer Schublade, und dann noch ein Taschenmesser. Er schnitt die Zigarre in zwei Hälften, legte die eine davon auf die Tischplatte und spielte mit der anderen herum. Das dauerte etwa zwei, drei Minuten.

»Gut. Das ist genug für heute.«

Roberto hätte gern noch etwas gesagt. Aber das Ende der Sitzungen war immer ein Rätsel für ihn. Nach einem Moment der Ratlosigkeit erhob er sich und ging.

## *Giacomo*

Mehrere Nächte lang habe ich nichts mehr geträumt, auch wenn dieser Satz vielleicht falsch ist: In einer Zeitschrift habe ich gelesen, dass man unmöglich schlafen kann, ohne zu träumen. Wie es scheint, träumen wir jede Nacht, nur dass wir uns manchmal daran erinnern und manchmal nicht.

Es ist also richtiger, wenn ich sage, dass ich mich nicht mehr erinnere, was ich mehrere Nächte lang geträumt habe, auch wenn es in mindestens einem Fall bestimmt keine besonders schönen Träume waren, denn ich war mit einem Gefühl von Traurigkeit aufgewacht, das ich eine ganze Weile nicht los wurde.

Gestern Nacht jedoch war ich wieder in dem Park. Schon beim Einschlafen wurde mir klar, dass etwas passieren würde, und in der Tat fand ich mich kurz darauf auf derselben Allee in der Mitte des Parks wieder, von dem ich bereits einmal geträumt hatte.

Scott erwartete mich schon auf einer Wiese sitzend. Er wedelte freudig, als er mich sah, und sein Schwanz fegte über das Gras. Als ich ihn streichelte, merkte ich, dass er nach Shampoo duftete und ein Halsband trug. Das hatte ich das erste Mal nicht bemerkt, oder vielleicht trug er beim ersten Mal auch keines. Wie auch immer, die Tatsache, dass Scott ein Halsband trug, freute mich, es gab mir das Gefühl, dass er wirklich mein Hund war, nicht nur irgendein freundliches Wesen, das mir zufällig über den Weg gelaufen war.

*Endlich bist du da, Chef. Ich habe schon auf dich gewartet.*

»Was machen wir jetzt, Scott?«

*Einen Spaziergang.*

Und ohne meine Antwort abzuwarten, ging er los.

Bei diesem zweiten Besuch gelang es mir besser, mich auf meine Umgebung zu konzentrieren.

Wie ich schon sagte, führte die Allee durch Wiesen mit ziemlich hohem Gras, das der Wind zu großen, geräuschlosen Wellen formte. An einigen Stellen bildeten sich kleine Hügel, die steil abfielen, wie an Straßenrändern oder am Saum von Bahngleisen. In der Ferne sah man einen Wald, der auch aus der Distanz ein wenig unheimlich wirkte. Von Zeit zu Zeit kamen mir Jungen und Mädchen entgegen, die meisten zu Fuß, andere auf Fahrrädern.

Irgendwann sah ich einen See mit Wasser, das so klar war wie in einem Schwimmbad.

»Kann man in diesem See baden, Scott?«

*Dazu ist er da, Chef.*

Ich wollte ihn schon fragen, ob wir sofort hineinspringen könnten, als ich ein Mädchen bemerkte, das uns entgegenkam. Ich erkannte sie, und mir stockte der Atem. Es war Ginevra.

Ginevra ist meine Schulkameradin. Sie ist das hübscheste Mädchen der Klasse, mit blauen Augen, blonden Haaren und wunderschönen Grübchen in den Wangen, wenn sie lacht. Sie hat schon mehrere Freunde gehabt, alle viel älter als wir, die sie mit dem Moped von der Schule abholten.

Im Unterricht passe ich fast nie auf. Ich lese Bücher oder Comics unter der Schulbank, zeichne, schreibe Geschichten und Sätze in mein Hausaufgabenheft, und sehr oft beobachte ich Ginevra.

»Hallo, Giacomo, da bist du ja endlich«, sagte sie, während sie mich umarmte und auf die Wange küsste.

Wenn Ginevra mich im normalen Leben anspricht, werde ich rot und stottere und wirke noch verlegener und tollpatschiger als sonst. Nicht auszudenken, was passieren würde, wenn sie mich umarmen oder gar küssen würde. Im Traum lief es besser, obwohl ich auch da sehr aufgeregt war.

»Ist das dein Hund?«

»Ja, er heißt Scott.«

»Ein schöner Hund. Du warst noch nicht oft hier, nicht wahr?«

»Du meinst… du meinst, in diesem Park?«

»Ja, genau.«

»Das ist jetzt das zweite Mal.«

»Ich freue mich, dass du auch hier bist. In der Schule haben wir nie Zeit, uns zu unterhalten. Dann sehen wir uns also bald wieder?«

Sie gab mir wieder einen Kuss – diesmal näher an meinem Mund, was mich sehr rot werden ließ – und ging davon.

»Scott, ich muss dich etwas Wichtiges fragen.«

*Frag nur, Chef.*

»Wie schaffe ich es die nächsten Nächte, wieder hierher zurückzukommen?«

Scott blieb stehen und sah mich an, aber ich weiß nicht, ob er meine Frage beantwortet hat, weil ich auf einmal in meinem Bett lag, wo meine Mutter mich rüttelte und mir sagte, ich müsse jetzt aufstehen und mich für die Schule fertig machen.

# 3

Am folgenden Donnerstag kam Roberto mindestens eine halbe Stunde zu früh. Er merkte es erst, als er schon vor der Haustür stand, und beschloss, nicht vorm Haus oder, noch schlimmer, im Vorzimmer des Doktors zu warten, sondern lieber einen Spaziergang zu machen. Als er über die Markthalle der Piazza Alessandria schlenderte, fiel ihm ein alter Brunnen auf, aus dem ein schwacher, aber regelmäßiger Wasserstrahl plätscherte.

An und für sich keine außergewöhnliche Entdeckung, aber in jenem Moment erschien ihm das wie eine Offenbarung. Dass er diesen Brunnen nach so langer Zeit bemerkt hatte, nachdem er monatelang achtlos daran vorbeigegangen war, bereitete ihm unverhältnismäßig große Freude. Er hielt seine Hände unters Wasser, beugte sich nach vorn, um einen Schluck zu trinken, und ging schließlich weiter. Die Gegend war voller Geschäfte, Handwerksbetriebe, Werkstätten, Bars und Restaurants. Er blieb vor einer Zoohandlung stehen und betrachtete Papageien, ein Aquarium, Siamkätzchen.

Als er sich wieder auf den Weg zur Praxis machte, nahm er sich vor, in den folgenden Wochen die Umgebung genauer zu erforschen. Er verbrachte noch etwa zehn Minuten im Wartezimmer, dann verabschiedete der Arzt jemanden, und eine Tür ging auf und zu. Der Ausgang der Praxis war nicht dieselbe Tür wie der Eingang. Wenn es sich einrichten lässt, funktionieren die Praxen von Psychologen so, dass man durch die eine Tür hineinkommt und durch die andere wieder hinausgeht, so dass die Patienten sich nicht begegnen. Sich im Wartezimmer eines Psychologen zu begegnen ist nicht dasselbe, wie wenn man sich etwa beim Orthopäden begegnet. Keiner findet es peinlich, dass ihm ein Knöchel oder ein Knie Probleme bereitet. Keiner findet etwas dabei, einen Bekannten beim Zahnarzt oder Ohrenarzt zu treffen. Im Gegenteil, man plaudert ein wenig, und die Zeit vergeht schneller.

Aber so gut wie alle finden es peinlich zuzugeben, dass der Kopf Probleme macht. Wenn der Kopf Probleme macht, könnte das bedeuten, dass man *verrückt* ist. Und aus diesem Grund hat keiner Lust, irgendjemandem beim Psychiater zu begegnen. Weder vor noch nach der Behandlung, oder besser, der Sitzung.

Hallo, wie geht's? Ich bin manisch-depressiv mit Selbstmordanwandlungen, und Sie? Entschuldigung, der Herr, aber warum starren Sie mich so an? Ach so, ich bin Ihr Finanzberater, und Sie finden es gar nicht lustig, dass Ihre Geschäfte von einem manisch-depressiven Selbstmordkandidaten verwaltet werden? Und so weiter.

Der Doktor öffnete die Tür zum Vorzimmer, trat ein und hielt verwundert inne, als er Roberto sah.

»Sie sind schon da?«

»Ja, ich bin ein wenig früh dran.«

»Das passiert heute zum ersten Mal.«

Der Ton war neutral, und es war nicht herauszuhören, ob der Doktor ihn das fragte oder ob er es lediglich feststellte.

»Ich sehe, dass Sie guter Dinge sind. Das freut mich.«

Woran merkt er das? Ich sitze hier, habe kaum ein Wort gesagt und nicht einmal gelächelt.

»Kommen Sie herein. Ich bin in zwei Minuten bei Ihnen.«

Die zwei Minuten vergingen sehr langsam. An der Wand,

der Roberto während der Sitzungen den Rücken zuwandte, hing ein gerahmtes Poster: eine Schwarzweißaufnahme eines lachenden Louis Armstrong, in der einen Hand die Trompete, den anderen Arm parallel zum Körper ausgestreckt. Darunter stand: *If you have to ask what Jazz is, you'll never know.* Roberto fragte sich, ob das Poster neu war oder schon da hing, seit er in die Praxis kam.

»Gibt es einen Grund dafür, dass Sie heute zu früh gekommen sind?«

»Ich glaube nicht. Oder vielleicht gibt es einen Grund, aber ich kenne ihn nicht. Ich könnte mir vorstellen, dass es für alles einen Grund gibt.«

»Nicht unbedingt. Es gibt auch reine Zufälle.«

Der Doktor lächelte während dieser Worte. Roberto meinte, in diesem Lächeln eine Anspielung wahrzunehmen, so als gäbe es da noch etwas, das beide wussten und das daher nicht ausgesprochen werden musste.

»Wie geht es Ihnen heute?«

»Gut.« Der Klang dieses Wortes kam ihm in dem Moment, in dem er es aussprach, ungewöhnlich vor. Als habe es eine neue Bedeutung gewonnen.

»Ich meine, besser. Seit einigen Nächten schlafe ich mindestens sechs Stunden durch, manchmal sogar länger; heute und gestern habe ich jeweils nur fünf Zigaretten geraucht. Ich mache weiter meine Spaziergänge, und ... ach, das habe ich Ihnen noch gar nicht erzählt: Ich treibe wieder Sport.«

»Na, das ist aber eine gute Nachricht. Welchen Sport treiben Sie denn?«

»Nichts Besonderes. Ein bisschen Gymnastik, ein bisschen Gewichte.«

Dann fragte er den Doktor, ohne zu wissen, warum, ob er auch Sport trieb.

»Karate, seit der Universität. Ich habe damals damit angefangen, weil mir ein Typ bei einem blöden Streit um einen Blechschaden die Nase gebrochen hat. Ich wollte lernen, wie man sich prügelt.«

Roberto war überrascht über diese unerwartete Vertraulichkeit.

»Und, haben Sie es gelernt?«

»Wie man sich prügelt?«

»Ja.«

»Ich weiß nicht... Ich bin nie wieder in so einen Streit geraten. Sie wissen, wie man sich prügelt, nehme ich an.«

Er zog die Schultern zusammen. Manchmal hat er ausgeteilt und andere Male eingesteckt, in seiner Jugend. Als Carabiniere hat er Festnahmen erlebt, bei denen der Verhaftete Widerstand leistete, und manchmal musste man in der Kaserne einen allzu lebhaften Neuzugang ruhigstellen. Ein paar Mal war es auch nötig gewesen, jemanden zum Reden zu bringen, ohne Zeit zu verlieren. Er hatte jetzt ganz deutlich das Gesicht eines Jungen vor Augen, der mit ein paar Tütchen Heroin aufgegriffen worden war. Er behauptete, den Namen desjenigen, der es ihm gegeben hatte, nicht zu wissen, und hatte sich damit ein paar Ohrfeigen eingefangen. Vielleicht einige zu viel. Irgendwann hatte er angefangen zu schluchzen. Ich habe doch nichts Böses getan, sagte er immer wieder. Er sah das weinende Gesicht dieses Jungen vor sich, und ein jäher Anfall von heftiger Scham packte ihn, als sei diese Behandlung unerträglich feige gewesen.

»Bevor wir weitermachen, wollte ich Ihnen noch etwas sagen.«

»Was denn?«, fragte Roberto.

»Es geht Ihnen besser, das wissen wir beide. Wir können die Medikamente bald reduzieren. Allerdings bitte ich Sie, nicht die Eigeninitiative zu ergreifen, denn das könnte gefährlich sein.«

»Ich hatte auch schon daran gedacht. Dass man reduzieren könnte, meine ich. Könnte man nicht…«

»Bald. Aber Sie brauchen nicht zu befürchten, süchtig zu werden. In Ihrem Fall besteht kein Risiko.«

»Warum nicht?«

»Weil Sie Angst haben, süchtig zu werden. Das ist die beste Vorbeugung.«

Er erklärte ihm, dass das Risiko einer Abhängigkeit am größten bei Personen war, die sicher sind, eine Situation im Griff zu haben. Die glauben, jederzeit aufhören zu können zu trinken, zu rauchen, Drogen zu konsumieren, um Geld zu spielen.

Roberto fiel das Kokain wieder ein. Die feine Beschaffenheit, die Farbe – weiß bis rosa –, der leichte Geruch nach Medizin. Er sah es so deutlich vor sich, als läge das Pulver vor ihm auf dem Schreibtisch des Doktors. Eine Erinnerung wie eine Ohrfeige.

Er versuchte, die Erinnerung zu verscheuchen, und dann nickte er. Er würde die Dosierung der Medikamente nicht eigenmächtig ändern.

»Wollen Sie mir jetzt erzählen, was passierte, nachdem man Sie beim… Wie nennt man diese Einheit, zu der Sie einberufen wurden?«

»Sonderkommission.«

»Welche Aufgaben hat so eine Sonderkommission?«

»Dieselben wie eine Einsatztruppe. Das bedeutet, dass sie für die Kriminalpolizei arbeitet, bei Ermittlungen. In einer Stadt wie Mailand ist sie in Kommissionen eingeteilt. Raub, Mord, organisiertes Verbrechen, Ermittlungen bei öffentlichen Stellen. Und Betäubungsmittel.«

»Und welcher Kommission wurden Sie zugeteilt?«

»Ich war erst etwa zwei Jahre bei der Raubkommission und kam dann zu den Betäubungsmitteln.«

»Wieso das?«

»Da gab es mehr zu tun, daher brauchten sie mehr Personal.«

»Es gab also mehr Ermittlungen wegen Drogen?«

»Es gibt *immer* mehr Ermittlungen wegen Drogen. Die Ermittlungen wegen Drogen sind praktisch unendlich. Die Vorstellung, man könne diesem Phänomen mithilfe der Carabinieri, der Richter und Prozesse Herr werden, ist allerdings vollkommen idiotisch. Das ist so, als würde man eine Welle dadurch aufhalten wollen, dass man ein Holzstäbchen in den Sand steckt. Das würde ich zwar nie öffentlich so sagen – das würde keiner von uns tun –, aber die einzige Möglichkeit, das ganze System aus den Angeln zu heben und die Mafia buchstäblich in die Knie zu zwingen, wäre, Drogen zu legalisieren.«

»Dachten Sie das damals auch schon?«

»Sie meinen, als ich anfing in diesem Job? Natürlich nicht. Ich habe nie gedacht, dass wir alle Verantwortlichen festnehmen und die Gesellschaft säubern könnten. Aber ich war sicher, dass ich Teil eines Räderwerks war, das das Problem in den Griff bekommen würde.«

»Und stattdessen?«

»Wir nahmen zehn Leute fest und beschlagnahmten, sagen wir mal, zwei Kilo Kokain. Nach wochen- oder monatelangen Ermittlungen. In unseren Augen war das eine große Leistung, aber was den Markt anging, war die Wirkung gleich null. Und es *war* auch nichts geschehen. Die Drogen zirkulierten wie zuvor, die Dealer – nicht jene zehn, sondern andere – dealten weiter, die Kunden schnupften, rauchten und spritzten das Zeug wie zuvor.«

Er sah den Doktor an, um die Wirkung seiner Worte zu prüfen. Aber er konnte nichts entdecken – das Gesicht hatte immer denselben unerschütterlichen Ausdruck –, abgesehen von der überraschenden Tatsache, dass der Doktor asymmetrische Augen hatte, die in Form und Größe vollkommen unterschiedlich waren.

»Worin bestand Ihre Arbeit genau?«

»Am Anfang setzten sie mich in den Abhörraum, wo ich Telefongespräche protokollierte, bei denen es hauptsächlich um weiße und schwarze T-Shirts ging, um Hosen und Jacken und um Vanille- oder Schoko-Croissants.«

»Wie bitte?«

»Das sind einige der Code-Wörter, mit denen Dealer untereinander Drogen bezeichnen, wenn sie Angst haben, abgehört zu werden. Oder besser, bezeichneten. Mittlerweile haben sie erkannt, dass das keine sehr gute Idee war. Ich erinnere mich an zwei Typen, die dauernd über Jacken, Hosen und T-Shirts redeten. Der Richter gab uns eine Vollmacht, um herauszufinden, ob die beiden mit Kleidern handelten, ob sie ein Lager hatten oder auch nur bei sich zu Hause Kartons mit Jacken, T-Shirts und Hosen horteten. Er wollte von vornherein ausschließen, dass sie sich damit herausredeten, es würde sich tatsächlich um Kleidung handeln.«

»Natürlich gab es kein Kleiderlager…«

»Natürlich nicht. Aber wie gesagt, die ersten Monate bestanden beinahe ausschließlich aus Abhören und Durchsuchungen. Danach wurde ich bei der Straßenstreife eingesetzt, in Diskotheken und Nachtlokalen.«

»Was heißt das?«

»Ich komme gleich darauf zurück, aber ich muss vorweg noch etwas klären. Wenn wir Leute festnahmen und in die Kaserne brachten, um die Akte anzulegen, dann gab es immer irgendeinen Kollegen, der persönlich für Gerechtigkeit sorgen wollte und die Festgenommenen verprügelte.«

»Einfach so verprügelte, ohne Grund?«

»Praktisch ja. Sie hätten allerdings gesagt, angesichts der Tatsache, dass wir sie festnahmen und die Richter sie wieder freiließen, sei eine Tracht Prügel das Mindeste, was wir tun konnten. Es gehe doch um Gerechtigkeit, und man dürfe ihnen nicht den Eindruck vermitteln, dass alles nur ein Scherz sei und dass man als Krimineller nichts riskierte.«

»Stimmt es denn, dass die Richter das tun?«

»Keineswegs. Ich habe nie erlebt, dass eine gute Festnahme, das heißt eine, bei der nichts übers Knie gebrochen wurde, mit einer Freilassung geendet hätte. Brutal sind vor allem diejenigen, die keine guten Ermittler sind.«

»Haben Sie denn auch…?«

»Klar hab' ich das auch getan, in manchen Fällen geht es einfach nicht anders. Aber das Prügeln um des Prügelns willen habe ich noch nie gutgeheißen. Wie auch immer, wenn ich miterlebte, dass Kollegen sich Festgenommene vornahmen, versuchte ich immer, sie davon abzubringen, tätlich zu werden. Ein Vorbestrafter kann beurteilen, wen er vor sich hat. Diese Leute wussten, dass ich die Kollegen tatsächlich deshalb zum Aufhören brachte, damit sie aufhörten, und nicht, um die Farce vom guten und vom bösen Polizisten zu spielen. Und deshalb entwickelten einige von ihnen Vertrauen zu mir. Wenn sie wieder frei waren, unterhielten wir uns, wenn wir uns begegneten, mit einigen freundete ich mich richtig an, und auf diese Weise entstand ein Netzwerk von Beziehungen. Manchmal traf ich mich mit ihnen in Diskotheken und Nachtlokalen, wo wir uns in Ruhe unterhalten konnten. Und dort lernte ich wieder neue Leute kennen. Ich galt als sympathisch und als jemand, der schnell Freundschaft schloss. Nur dass das keine normalen Freundschaften waren. Meine Freunde waren Dealer, Drogenabhängige, Zuhälter und andere Herrschaften. Ich war erst seit einem Jahr bei der Drogenkommission und hatte schon mehr Informanten als die älteren Kommissare, die seit über zehn Jahren dort waren.«

Roberto merkte, dass er sich an viele der Dinge, die er erzählte, erst in diesem Moment wieder erinnerte. Mehr noch, er verdankte diese Erinnerungen überhaupt erst dem Umstand, dass er angefangen hatte zu erzählen. Die Zeit verging wie im Flug, und zum ersten Mal sah der Doktor zu spät, dass die fünfzig Minuten der Sitzung bereits überschritten waren.

»Gut, ich denke, dass wir für heute fertig sind. Es war sehr interessant. Nehmen Sie weiterhin brav Ihre Medikamente ein, wir sehen uns dann am Montag wieder. Ich freue mich über Ihre Fortschritte.«

Roberto stand auf, und auf der Türschwelle, vor dem Treppenabsatz, schüttelten sie sich wie immer die Hände. Roberto war schon auf der Treppe, als er die Stimme des Doktors hinter sich vernahm.

»Ach, Roberto ...«

»Ja?«, sagte er und drehte sich um, während er sich am Treppengeländer festhielt.

»Die kürzeren Haare und der kürzere Bart stehen Ihnen gut. Es war eine gute Idee, zum Friseur zu gehen. Guten Abend.«

Die Tür schloss sich, noch bevor Roberto eine Antwort darauf einfiel.

## *Giacomo*

Als ich am Morgen nach der Begegnung mit Ginevra in die Klasse kam, versuchte ich, sie mit einem Lächeln zu grüßen, was mir normalerweise nicht gerade leichtfällt. Nach einem kurzen Moment der Überraschung erwiderte sie meinen Gruß und auch mein Lächeln, und ich merkte, wie meine Beine schwach wurden.

Während des Unterrichts, dem ich noch weniger folgte als sonst, fragte ich mich, ob vielleicht auch sie mich im Traum gesehen hatte. Vielleicht hatten wir denselben Traum geträumt, vielleicht gab es diesen Park ja tatsächlich, und man konnte sich dort wirklich nachts treffen und Freundschaft schließen.

Als ich später darüber nachdachte, wurde mir klar, dass diese Vorstellung absurd war, aber an diesem Tag erschien mir in meinen Träumen im Klassenzimmer alles natürlich und plausibel.

* * *

Nach ein paar Nächten voller wirrer und sinnloser Träume kehrte ich in den Park zurück. Diesmal gelangte ich jedoch auf andere Weise dorthin. Ich hatte unter der Bettdecke noch zehn Minuten lang »Die unendliche Geschichte« gelesen. Nachdem ich das Licht gelöscht und einige Sekunden die Augen geschlossen hatte, sah ich, wie Scott durch die Tür kam und sich ans Fußende meines Betts setzte.

Ich muss gestehen, dass mir diese Erscheinung ein wenig unheimlich war, auch wenn Scott nichts sagte. Er saß einfach da und sah mich an, und ich fragte mich, ob es wirklich er war oder irgendein anderer Hund, der ihm ähnlich sah. Ich war wie gelähmt: Ich wäre gern aufgestanden oder hätte irgendetwas gesagt, aber es gelang mir nicht. Ich weiß nicht, wie lange das dauerte, aber irgendwann ging Scott Richtung Fenster.

*Es geht los, Chef.*

Ich weiß nicht mehr, was danach geschah, aber ich denke, ich folgte Scott einfach durchs Fenster. Sicher ist nur, dass ich wieder in dem Park war und er neben mir lief. Offensichtlich erinnerte ich mich im Traum daran, was passiert war und wie wir aus meinem Zimmer gekommen waren, denn ich stellte ihm keine Fragen dazu.

»Scott, erinnerst du dich noch an das Mädchen, das wir letztes Mal hier getroffen haben?«

*Klar, Chef. Ziemlich hübsch, würde ich sagen.*

Ich freute mich, dass Scott das bemerkt hatte und mir auf gewisse Weise seine Zustimmung gab.

»Ja, sie ist die Hübscheste der ganzen Klasse. Wie kann ich sie wiedersehen? Ich meine, hier wiedersehen?«

*Mach dir keine Sorgen, Chef. Wenn wir sie einmal getroffen haben, treffen wir sie auch wieder.*

In diesem Moment nahm ich den Duft von Kuchen wahr. Es war derselbe wie vor vielen Jahren. Ich war damals vielleicht drei, höchstens vier Jahre alt. Wir waren alle zusammen, Mama, Papa und ich. Ich habe sehr wenige Erinnerungen an uns drei gemeinsam. Wir gingen die Straße entlang zu irgendeinem Ort, dessen Namen ich vergessen habe. Der Duft kam vom Stand eines Straßenhändlers. Ansonsten weiß ich nur noch, dass ich kurz darauf eine warme Waffel mit Schlagsahne und Karamell in der Hand hielt und dass das das Beste war, was ich je in meinem Leben gegessen habe.

Vor diesen Träumen war mir nie bewusst geworden, dass mein Vater mir fehlte.

# 4

Die Haustür ging auf, und sie stand vor ihm.

»Haben Sie das Auto in die Werkstatt gebracht?«, fragte er und zwang sich dabei zu einem Lächeln. Er war aus der Übung.

»Ach, Sie sind es. Ja, sicher, ich habe es gleich hingebracht, und sie haben die Batterie ersetzt. Ich weiß gar nicht, ob ich mich letzten Montag bedankt habe für Ihre Hilfe. Ich bin immer so zerstreut. Habe ich mich denn bedankt?«

»Doch, das haben Sie, natürlich.«

»Gut, das ist ja schon mal was. Ich trete nämlich sonst bei jeder Gelegenheit ins Fettnäpfchen.«

»Ich glaube, letztes Mal ist mir das aber passiert.«

»Inwiefern?«

»Es kam mir ganz spontan, Sie auf diesen Werbespot anzusprechen, in dem Sie für … also diese Werbung eben. Vielleicht mögen Sie nicht gern in diesem Zusammenhang erkannt werden, und da …«

»Nein, nein, ich habe diese Spots gern gedreht.«

Sie sprach schnell, aber ohne die Worte zu verschlucken. So, als lasse eine unterschwellige Nervosität nicht zu, dass sie ruhiger sprach, während zugleich langjährige Übung sie davon abhielt, die Wörter zu beschädigen.

»Warum verwenden Sie die Vergangenheitsform? Drehen Sie keine Werbespots mehr?«

Sie zuckte die Achseln, als sei dies ein unwichtiges Thema.

»Ich muss los«, sagte sie nach einem Blick auf die Armbanduhr. Roberto unterdrückte den Impuls, ihr seine Begleitung bis zum Auto anzubieten, für den Fall, dass es wieder Probleme gab.

»Dann sehen wir uns vielleicht hier wieder.«

Sie sah ihn an, als müsse sie überlegen, wie sie diese Bemerkung einstufen sollte.

»Vielleicht«, sagte sie schließlich, mit einem angedeuteten Lächeln und hochgezogenen Schultern.

Dann ging sie zum Auto, und Roberto stieg die Treppe hinauf. Erst als er vor der Tür stand, fiel ihm auf, dass er immer zwei Stufen zugleich genommen hatte.

Das hatte er schon lange nicht mehr getan.

# 5

Roberto sah sich um. Louis Armstrong war noch an seinem Platz, und ihm gegenüber hing ein Gemälde: ein kleiner Fischerhafen, die Boote an den Strand gezogen, die Sonne tief stehend, ein paar menschliche Gestalten. Ein Bild, das eine friedvolle Atmosphäre vermittelte. Es ist *still*, sagte Roberto zu sich selbst.

»Alles in Ordnung?«

»Ja, ja, entschuldigen Sie.«

»Sie sehen sich um.«

»Ja, ich dachte gerade, dass ich monatelang gar nicht bemerkt habe, was sich in diesem Zimmer befindet. Früher registrierte ich immer alles, sobald ich einen Raum betrat: den Gesamteindruck und die Details. Ich machte im Geist richtiggehende Aufnahmen: Wenn ich irgendwo gewesen war, konnte ich immer beschreiben, wie es dort aussah, jede Kleinigkeit. Wenn mich hingegen in den letzten Wochen jemand gefragt hätte, wie Ihr Sprechzimmer aussieht, hätte ich ihm höchstens sagen können, dass es dort einen Schreibtisch gibt, zwei, drei Stühle, eine Couch und ein paar Bücherregale.«

»Und jetzt?«

»Jetzt bemerke ich langsam, was um mich herum passiert. Außen und auch innen. Zum Beispiel hatte ich bis zum letzten Mal dieses Poster nicht bemerkt. Es sei denn, Sie hätten es gerade erst aufgehängt. Aber es hing schon vorher dort, nicht wahr?«

Der Doktor lächelte, während er das Bild von Louis Armstrong ansah.

»Doch, doch, das hängt schon seit zwei Jahren dort. Gefällt es Ihnen?«

»Ja... dieser Satz ist... ich kann nicht beurteilen, ob es für Jazz stimmt, ich verstehe nichts davon, aber ich glaube, er gilt auch für anderes... und es stimmt, es gibt Dinge, die man nie kapieren wird, wenn man sie sich erst erklären lassen muss.«

Ein paar Sekunden war es still. Roberto nahm das wütende Ticken einer Uhr wahr; er suchte sie mit Blicken, fand aber keine.

»Wo waren wir letztes Mal stehen geblieben?«, fragte der Doktor.

Roberto nickte, als wäre er ermahnt worden. Er fragte sich, ob der Doktor sich wirklich nicht erinnerte, an welcher Stelle sie vorigen Donnerstag abgebrochen hatten, oder ob er nur – was wahrscheinlicher war – seinen Konzentrationsgrad kontrollieren wollte.

»Ja. Mittlerweile fand der größte Teil meiner Arbeit nachts statt, in Diskotheken und Nachtlokalen. Abgesehen von meinen engsten Vertrauten – sehr wenige – wusste niemand, dass ich ein Carabiniere war. Für die Leute, die diese Orte frequentierten, war ich einfach eine der vielen Gestalten, die sich nachts in Lokalen herumtrieben, um die Zeit totzuschlagen, Frauen aufzureißen oder unsaubere Geschäfte abzuwickeln.«

»Entschuldigen Sie meine Frage, sie ist vielleicht dumm, aber wurde die Zeit, die Sie in diesen Lokalen verbrachten, als Arbeitszeit verbucht?«

»Am Anfang wurde das nicht so genau unterschieden. Doch dann merkten meine Vorgesetzten, dass ich beim Besuchen dieser Orte durchaus für unser Büro arbeitete. Ich holte Nachrichten ein, besorgte Telefonnummern, Autokennzeichen, Adressen. Ich sprach mit vielen Leuten, und die Informationen, die ich sammelte, dienten dazu, Ermittlungen voranzutreiben, bei denen beschattet, beobachtet, abgehört werden musste. Wenn die Information das Eintreffen einer Lieferung oder den genauen Aufbewahrungsort von Betäubungsmitteln betraf, gingen wir direkt mit Durchsuchungen, Festnahmen und Beschlagnahmungen vor. Nach und nach gaben meine Vorgesetzten mir immer mehr Freiheiten, so lange, bis ich keine genau definierten Arbeitszeiten mehr hatte.«

»Sammelten Sie nur die Informationen, oder nahmen Sie auch teil an den Festnahmen und dem ganzen Rest?«

»Anfangs war ich bei allem dabei, soweit das möglich war. Es kam vor, dass mir jemand sagte, in dieser Wohnung oder jenem Lagerraum befände sich der Stoff. Dieser Ort gehörte dann natürlich nicht der Person, die mich informiert hatte, und in solchen Fällen ist es wichtig, bei einer Festnahme dabei zu sein. Es ist ein wesentlicher Bestandteil der… wie könnte man sagen?«

»Der Befriedigung?«

»Ja, genau. Der Befriedigung. Wir haben ja schon darüber gesprochen, wie das mit den Festnahmen ist. Je mehr ich in gewisse Milieus eindrang, desto ungünstiger wurde es, wenn man mein Gesicht mit dem meiner Kollegen assoziierte. Mit der Zeit bestand meine Arbeit immer mehr darin, mich mit Dealern, Zuhältern und Hehlern herumzutreiben, und immer weniger darin, Telefongespräche abzuhören oder Durchsuchungen, Beschlagnahmungen oder Festnahmen durchzuführen.«

»Haben Sie sich von Anfang an wohl gefühlt in dieser Situation?«

»Gute Frage. Ja, ich fühlte mich wohl, und ich glaube, dass es mir gefiel, aber heute fällt es mir schwer, das zu beurteilen.«

»Machte es *Spaß?*«

»Spaß?«

Spaß.

Hatte er damals Spaß? Ja, vermutlich schon, auch wenn er das nie zugeben würde. Abgesehen davon, ob es nun eigentlich korrekt war, von *Spaß* zu reden, gefiel ihm damals dieses zügellose Dasein zwischen zwei Welten, die Erlaubnis, gegen die Regeln der normalen Arbeit und des normalen Lebens eines Carabiniere zu verstoßen.

Der Doktor unterbrach seine Gedanken.

»Bereitet Ihnen dieses Wort Schwierigkeiten?«

»Vielleicht ein wenig. Ich weiß zwar nicht, warum, aber aus irgendeinem Grund macht es mir Schwierigkeiten.«

»Gut. Sprechen Sie nur weiter.«

Na ja, du könntest mir doch auch erklären, weshalb ich mich unbehaglich fühle. Ich meine, ich glaube zwar, es zu wissen, aber du könntest es mir erklären, statt die Dinge immer in der Luft hängen zu lassen, denn so könnte ich mir eine genauere Vorstellung von dem machen, was in mir abläuft. Er hämmerte gegen seine Schläfe. Als wolle er einen Satz unterstreichen, den er gar nicht ausgesprochen hatte.

»Wie ich schon sagte, gehörte ich mittlerweile in die Szene und hatte mir einen Ruf als Gauner geschaffen.«

»Warum das?«

»Wenn die Rede darauf kam, wie ich meinen Lebensunterhalt verdiente, sagte ich, ich würde mich mit internationalen Transporten beschäftigen. Ohne genauer zu definieren, um was für Güter es sich handelte. In einigen Fällen wurde ich jedoch ein wenig vertraulicher. Ohne je wirklich deutlich zu werden, erwähnte ich Südamerika, Kolumbien, Venezuela. Ließ durchblicken, dass ich im Ausland ein luxuriöses Leben führte, dass ich einflussreiche Freunde hatte. Solche Dinge eben. Oft fuhr ich dort mit teuren Autos vor, die meine Kollegen und ich uns von Autohändlern ausliehen. Das machte natürlich einen starken Eindruck. Dazu kamen noch die Sprachen. Habe ich Ihnen schon gesagt, dass ich nicht nur Englisch spreche, sondern auch Spanisch?«

»Nein. Wie kommt das?«

»In Kalifornien ist das normal, vor allem an der Grenze zu Mexiko. Und außerdem war Spanisch die Muttersprache meines Vaters. Seine Eltern, meine Großeltern, waren Mexikaner. Sie waren in die Vereinigten Staaten eingewandert.«

»Ach so, ja. Ihr Nachname ist ja auch hispanisch.«

»Eines Abends, oder besser, eines Nachts, war ich wieder in einem dieser Lokale. Ich saß am Tresen, neben einem Mädchen, das als Prostituierte arbeitete und Kunden zum Konsumieren animieren sollte. Sie gehörte zu den Leuten, mit denen ich mich angefreundet hatte, und wir tranken gerade etwas miteinander – es war ein flauer Abend für sie –, als ein Typ hereinkam, der aussah, als käme er aus einem Gangsterfilm.«

»Warum?«

»Dunkler Anzug, dunkles Hemd, dunkle Krawatte, ein goldenes Feuerzeug, das ein halbes Kilo wog, eine ein Kilo schwere goldene Uhr. Er sah aus wie eine Karikatur. Mit ihm kamen zwei Gorillas herein, seine Leibwächter. Auch sie Karikaturen. Der Typ meinte, er müsse mit mir reden. Das Mädchen – sie hieß Agnese, das weiß ich noch genau – kannte die Benimmregeln und verschwand, noch bevor er anfing zu reden. Der Typ und ich setzten uns also an einen Tisch im Separee – die Gorillas blieben draußen –, und er bestellte eine Flasche Champagner für dreihunderttausend Lire, um mich zu beeindrucken. Ein Hanswurst.«

»Was wollte er von Ihnen?«

»Er wollte wissen, woher ich so gut Spanisch konnte.

Irgendjemand hatte mich mit einer Venezolanerin sprechen hören, die in dem Lokal arbeitete, und hatte es ihm erzählt. Ich machte eine vage Andeutung auf Südamerika und auf Geschäfte, die Spanischkenntnisse erforderten. Er sah mich aus seinen schlauen Augen an, als hätte ich genau das gesagt, was er von mir erwartet hatte. Er beglückwünschte sich selbst zu seiner Menschenkenntnis. ›Und was für Geschäfte machst du so in Südamerika?‹, fragte er mit dem Gesichtsausdruck von einem, der die Antwort schon kennt. ›Geschäfte, bei denen die wichtigste Regel lautet, dass man sich nicht einmischt‹, lächelte ich zurück und sah ihm dabei in die Augen.«

* * *

»Reg dich ab«, hatte der Typ gesagt. Er habe nicht respektlos sein wollen, sondern nur sehen, ob die Möglichkeit einer Zusammenarbeit bestand.

Es stellte sich heraus, dass er seinen Lebensunterhalt mit einem Prostituiertenring verdiente, daneben Geld verlieh und gelegentlich Kokain für die Kunden der Mädchen besorgte. Aber jetzt hatte er die Gelegenheit, in eine andere Liga aufzusteigen. Jemand hatte ihm vorgeschlagen, bei einem großen Kokaintransport mitzumachen. Er hatte gleich zugesagt und dann erst gemerkt, dass die Sache ein paar Nummern zu groß für ihn war, dass viel gefährlichere Leute beteiligt waren als die, die er gewohnt war, und er hatte Angst bekommen. Einen armen Teufel zusammenzuschlagen, der seine Raten nicht pünktlich bezahlte, das fiel in seinen Kompetenzbereich. Sich um die Mädchen zu kümmern, auf die sanfte Tour, wenn es ging, und auf die brutale, wenn es nötig war, das fiel auch in seinen Kompetenzbereich. Darin war er gut, ein Profi.

Aber bei den großen Nummern – und die, mit der er es jetzt zu tun hatte, war es tatsächlich, das wurde Roberto sehr schnell klar – wusste er nicht, wie man sich verhält. Und doch wollte er sich die Gelegenheit nicht entgehen lassen.

Er hatte sich umgesehen, sich das Hirn zermartert, und am Ende war ihm dieser zielstrebige junge Mann eingefallen, den er beinahe jeden Abend irgendwo sah, der alle zu kennen schien und den Eindruck machte, als kenne er sich aus in gewissen Kreisen.

»Was genau willst du von mir?«, hatte Roberto ihn gefragt, um Zeit zu gewinnen. Er versuchte, ein bisschen mehr Tiefenschärfe einzustellen, und kam sich dabei vor wie jemand, der Seezungen fischen geht und plötzlich einen zwanzig Kilo schweren Tunfisch an der Angel hat. Und der diesen Tunfisch nun auch fangen will. Verdammt noch mal, natürlich will er ihn fangen, aber er befürchtet, dass die Angelschnur reißen könnte, wenn er zu fest daran zieht. Und deshalb bewegt er sich vorsichtig. Ganz vorsichtig. »Wenn ich dich recht verstehe – und meine Menschenkenntnis trügt mich so gut wie nie –, könntest du mir bei dieser Sache behilflich sein. Da braucht man Spanischkenntnisse, da muss man…«

»Behilflich? Du meinst, ich sollte dein Assistent werden?«, unterbrach Roberto ihn mit einem höhnischen Lächeln, in dem eine Spur Verachtung mitschwang. Langsam machte ihm die Rolle Spaß. Sein Gegenüber versuchte, den Faux-pas schnell wieder gutzumachen.

»Nein, entschuldige, ich meine, ich wollte nicht… ich wollte nur sagen, dass wir zusammenarbeiten könnten, als Partner.«

»Und woher soll ich wissen, dass du kein Bulle bist und das Ganze hier keine Farce, um mir eine Falle zu stellen?«

»Bulle? Ich? Frag doch herum, hier im Lokal oder irgendwo sonst in Mailand, dann wirst du schon sehen, ob ich ein Bulle bin. Frag nach Mario Jaguar und hör dir an, was sie über mich sagen.«

»Mario Jaguar? Ist das dein Deckname?« Erneut das höhnische Lächeln.

Der Typ fing an, an Stirn und Oberlippe zu schwitzen, vielleicht vor Empörung. Manche Leute litten geradezu, wenn man sie verdächtigte, Bullen zu sein.

»Gut, Mister Jaguar, wenn du so vertrauenswürdig bist, wird es wohl kein Problem sein, wenn ich dich bitte, mit mir auf die Toilette zu kommen, damit ich dich durchsuchen kann. Danach können wir meinetwegen übers Geschäft reden.«

»Was laberst du da für einen Mist?« Seine Stimme klang jetzt etwas schrill.

»Ich meine, du hast ja kein Attest dabei, auf dem steht: ›Ich bin kein Bulle.‹ Deshalb will ich vor unserem Gespräch ganz sicher sein, dass ich tatsächlich *nur* mit dir spreche, wenn ich mit dir spreche.«

»Was meinst du damit?«

»Falls du ein Bulle bist, bist du ein guter Schauspieler. Falls du keiner bist, ist es vielleicht besser, wenn du dich nicht in Dinge einmischst, die zu groß für dich sind. Hast du schon einmal was von Mikrofonen, Aufnahmegeräten und so was gehört?«

»Du bist verrückt.«

»Okay. Dann war's das also. Ist ja auch besser, wenn du mit einem Verrückten keine Geschäfte machst.«

Mit diesen Worten stand Roberto auf und tat so, als wolle er gehen.

»He, warte doch. Du bist ja echt mies. Meinetwegen, ich gehe mit dir in diese Scheißtoilette und lasse mich durchsuchen. Dann können wir hinterher wenigstens über die Sache reden.«

Roberto konnte sich das Lachen kaum verkneifen. Der Impuls war so stark, dass er sich innen auf die Lippe beißen musste, bis das Blut kam. Auf dem Weg zur Toilette befiel ihn so etwas wie eine Vorahnung. Das, was gerade passierte, würde sein Leben für immer verändern. Es dauerte nur einen Augenblick, aber Roberto würde noch viele Jahre lang an diesen Moment zurückdenken als an den wahren, paradoxen Wendepunkt seiner Geschichte.

Mario Jaguar hatte natürlich keine Mikrofone oder Aufnahmegeräte bei sich, nur eine pralle Brieftasche mit einer absurden Menge von Banknoten. Sie gingen zum Tisch zurück, und er bestellte eine weitere Flasche. Der DJ hatte *Heal the World* von Michael Jackson aufgelegt, und ein paar unwahrscheinliche Paare drehten sich eng aneinander geschmiegt auf der Tanzfläche.

»Na, du kennst dich aber aus. Du hast mich durchsucht wie ein Profi«, meinte Jaguar.

»Bist du denn schon einmal durchsucht worden?«

»Nein, aber…«

»Woher willst du dann wissen, wie es die Profis machen?«

Jaguars Glas blieb in der Luft hängen.

»Scheiße, du bist echt kein einfacher Mensch, stimmt's?«

Roberto sah ihn wortlos an. Jaguar hielt dem Blick etwa zehn Sekunden stand, leerte dann das Glas und füllte es wieder. Dann steckte er sich eine Zigarette an, sog den Rauch ein, zog mit der Nase hoch und legte die Schachtel auf den Tisch. Roberto nahm sich eine Zigarette heraus. Er hatte keine große Lust zu rauchen, aber diese Geste schien in seiner Rolle vorgesehen.

»Sorry, dass ich dir keine angeboten habe. Du siehst nicht aus wie ein Raucher. Aber kann ich dir jetzt endlich erzählen, worum es geht?«

»Okay, schieß los.«

Er erzählte es ihm. Da waren ein paar Kolumbianer, mit

denen er seit einiger Zeit zusammenarbeitete und die ihm jeden Monat eine Ladung Mädchen nach Mailand lieferten. Sie waren für die Stammkunden bestimmt, die gern ein wenig Abwechslung hatten und sich das etwas kosten ließen. Er brachte die Mädchen in verschiedenen Wohnungen unter, wo sie ein paar Wochen lang von morgens bis abends arbeiteten. Dann wurden sie in andere Städte in Italien oder ganz Europa weitergeschickt.

Eines Tages hatte einer der Kolumbianer ihm vorgeschlagen, bei einem Kokaingeschäft mitzumachen.

»Eine große Sache.«

»Was bedeutet ›groß‹?«, fragte Roberto.

»In Kolumbien hat die Produktion unglaublich zugenommen, und jetzt suchen sie neue Abnehmer. Sie könnten Einheiten von 50 Kilo auf einmal liefern, und das zu einem sehr guten Preis. Denn sie haben Unmengen von dem Zeug und müssen es in Umlauf bringen.«

Roberto atmete tief durch. Von außen betrachtet konnte das so wirken, als wäge er die kommerzielle Seite der Nachricht ab. In Wirklichkeit diente dieses Durchatmen dazu, seine Emotionen in Schach zu halten. Einheiten von 50 Kilo. Wer hatte jemals solche Mengen gesehen?

»Eine solche Gelegenheit kann dein Leben verändern. Ich habe meine Jungs, ich handle auch mit Kokain, aber da handelt es sich um ein halbes Kilo alle zwei, drei Wochen. Ich verkaufe es an die Freier der Huren und an ein paar Freunde. Aber in einer solchen Situation wüsste ich nicht, wie ich vorgehen soll.«

»Was hast du dem Kolumbianer gesagt?«

»Ich habe ihm gesagt, dass ich interessiert bin, aber dass ich vorher noch mit meinem Partner für die Drogengeschäfte sprechen muss.«

»Aber du hast keinen Partner für Drogengeschäfte.«

Jaguar lächelte und zog eine Grimasse, mit der ein Schmierenkomödiant Schlauheit hätte ausdrücken können. Er war sichtlich zufrieden mit sich.

»Da hast du also gedacht, du könntest mit mir sprechen und mich als deinen Assistenten anheuern.«

»He, ich hab mich schon entschuldigt, da hab ich mich falsch ausgedrückt. Wir wären Partner, und das bei einem irren Geschäft. Ich habe den Kontakt und das Geld für die Investition. Du könntest die Sache abwickeln: dorthin fahren, die Leute treffen, den Transport organisieren. Wenn wir uns zusammentun, drehen wir die ganz große Nummer.«

»Du willst dir diese Gelegenheit nicht entgehen lassen, stimmt's?«

Jaguar lachte meckernd, bevor er antwortete.

»Natürlich nicht. Bei diesen Mengen reicht ein Dutzend Transporte, damit ich mir eine Südseeinsel kaufen kann und nie wieder arbeiten muss. Und das Gleiche gilt für dich.«

Im Laufe der Jahre sollte Roberto an die bizarre und grausame Situation zurückdenken, in die Mario Jaguar geraten war. Vollkommen allein, und aus eigenem Antrieb. Er hatte sich die Schlinge gesucht, die ihn erwürgen sollte, und selbst den Kopf hineingesteckt, während er fröhlich schlechten Champagner zu 300 Euro die Flasche in sich hineinschüttete.

»Hast du einen Ausweis?«

»Einen Ausweis?«

»Ja, einen Führerschein, Personalausweis, einen Mitgliedsausweis vom Mickey-Mouse-Club, irgendetwas.«

»Wozu?«

»Bevor ich mit jemandem ein Geschäft mache, will ich wissen, wer er ist. Du gibst mir deinen Ausweis, ich schreibe die Daten ab, lasse sie von einem Freund, der an der richtigen

Stelle sitzt, überprüfen, und dann sehen wir uns in drei Tagen hier wieder und reden weiter. Wenn alles in Ordnung ist, hast du nichts zu befürchten. Andernfalls kommst du in drei Tagen einfach nicht wieder. Natürlich kannst du dich auch weigern, mir deinen Ausweis zu geben, dann haben wir einfach ein Glas zusammen getrunken und uns freundschaftlich unterhalten. Freundschaftlich ist in diesem Fall natürlich nur eine Redensart.«

Jaguar seufzte. Dann erhob er sich mühsam vom Stuhl, holte seine pralle Brieftasche aus der linken hinteren Hosentasche und zog einen abgewetzten Führerschein hervor.

»Geht der?«

Roberto nahm ihn, ohne ein Wort zu sagen. Er öffnete ihn und sah das Foto eines jungen Mannes, der noch nicht Jaguar hieß, noch nicht mit Huren handelte und noch kein Wucherer war, der einfach ganz normal aussah. Wie einer, der zur Uni geht oder einen Job sucht, der mit seiner Freundin ausgeht, Pizza essen oder ins Kino, der mit seinen Freunden Fußball spielt und zwischendurch mal ein Foto am Automaten macht, für den Führerschein. Und dann nimmt sein Leben plötzlich eine Wendung, und er verwandelt sich in Mario Jaguar, den Zuhälter, Wucherer und zukünftigen (glücklosen) internationalen Drogenhändler.

Roberto rief die Kellnerin und ließ sich einen Stift bringen. In Wirklichkeit trug er einen bei sich – das tat er immer –, aber er wollte auf gar keinen Fall, dass der andere Verdacht schöpfte. Zu welchem Zweck sollte ein internationaler Drogenhändler, ein professioneller Verbrecher, einen Stift dabei haben? Einen Stift brauchten die Bullen, wenn sie aufschreiben mussten, was sie sahen, damit sie es nicht vergaßen, aber ein Verbrecher hat normalerweise keinen Stift bei sich. Wenn er einen braucht, leiht er ihn sich. Eben.

Nachdem Roberto die Personalien von Mario Binetti, genannt Jaguar, auf einer Papierserviette notiert hatte, gab er ihm den Führerschein zurück. »Ich gehe jetzt. Wenn alles in Ordnung ist, sehen wir uns in drei Tagen wieder, um dieselbe Zeit. Wenn nicht, dann sehen wir uns besser nicht wieder.«

»Wir werden uns wiedersehen, und ich werde dich reich machen. Wenn du jemand bei den Bullen kennst, werden sie dir schon sagen, wer Jaguar ist. Darunter sind einige, die sich manchmal mit einem meiner Mädchen amüsieren und mich dafür in Ruhe lassen.«

Roberto musste an sich halten, um ihn nicht zu fragen, wer diese Polizisten waren. Eins nach dem anderen, sagte er sich langsam und deutlich. Das Wichtigste waren jetzt die Zentnerladungen von Drogen, danach würden womöglich die korrupten Kollegen drankommen.

Er stand auf und ging. Während er über die Schwelle des Nachtclubs schritt, dachte er, dass das, was er gerade erlebt hatte, unglaublich war. Er musste sich zusammennehmen, um nicht loszurennen, solange ihn noch jemand sehen konnte. Einfach loszurennen und herumzuspringen, um die Spannung loszuwerden, war nicht gerade das, was man sich von einem Drogenhändler, einem hochrangigen Kriminellen, erwartete. Denn genau das war es, was er gerade wurde und was er die nächsten zehn Jahre bleiben würde.

* * *

Der Doktor sah auf die Uhr.

»Ich muss gestehen, dass ich es diesmal schwierig finde, unsere Zeit einzuhalten.«

Roberto wusste nicht, wo er mit seinen Erzählungen landen würde. Aber er hatte den Eindruck, die richtige Richtung eingeschlagen zu haben.

Er verließ das Gebäude und machte sich auf den Heimweg, als er eine Pizzeria bemerkte, in der er früher, vor vielen Jahren, mehrmals gegessen hatte. Gute Pizza, hervorragende, schwer verdauliche frittierte Spezialitäten.

Zweifellos war sie immer dort gewesen, auch in den letzten sieben Monaten.

# 6

Erinnern und Denken sind Tätigkeiten, die nicht immer guttun.

Der Doktor hatte es ihm immer wieder gesagt. Man sollte sich nicht von Gedanken oder Erinnerungen überwältigen lassen. Wenn sie kamen, sollte man sie aus der Distanz betrachten und an sich abperlen lassen.

Die Gedanken bleiben nur dann an uns haften, wenn wir sie festhalten. Um das zu veranschaulichen, hatte der Doktor ihm von einer Falle erzählt, die man in Indien dazu verwendete, um eine bestimmte Affenart zu fangen. Diese Falle funktionierte nach einer ebenso einfachen wie grausamen Methode. Es war eine Art Reuse mit einer engen Öffnung, in der sich Futter befand. Der Durchmesser der Öffnung erlaubte es dem Affen zwar, die Hand hindurchzustecken, aber sobald er sich das Futter genommen hatte und die volle Faust wieder herausziehen wollte, passte sie nicht mehr durch die Öffnung. Wenn er das Futter jedoch losließ, kam er wieder frei – andernfalls blieb er gefangen.

Gute Geschichte, dachte Roberto. Einleuchtend und perfekt.

Theoretisch.

Praktisch war es ein Ding der Unmöglichkeit, die Gedanken loszulassen. Wie sollte das gehen, wenn sie sich doch in den Kopf gebohrt hatten wie Schrauben, die einem Wunden in die Seele reißen, wenn man sie herausziehen will?

Mit der Zeit jedoch, mit Fortschreiten der Therapie und

auch mit Hilfe der Psychopharmaka, war ihm diese Empfehlung langsam doch machbar erschienen. Beim Laufen beispielsweise, wenn man ganz konzentriert einen Fuß vor den anderen setzte, war ihm, als würden die Leidensklümpchen nicht mehr ganz so hartnäckig an ihm kleben, und manchmal schienen sie sich sogar ganz aufzulösen. Dann wurde sein Kopf herrlich klar, und es geschah, was der Doktor gesagt hatte: Die Gedanken, diese Brocken aus Erinnerungen, Vorwürfen und Träumen, fielen ab von ihm, wenn auch nur für kurze Zeit. Es reichte aus, um zu erkennen, dass es zumindest möglich war.

Er ging nach Hause, und dann fiel ihm ein, dass es nur noch zwei Monate bis zur ärztlichen Untersuchung waren. Zum ersten Mal dachte er an die Möglichkeit einer Rückkehr in den Dienst.

Zum ersten Mal, seit ihn ein Kollege im Büro mit einer Pistole im Mund überrascht hatte, eines Nachts, während er sich fragte, ob man wirklich keinen Schmerz spürte, wenn man sich aus so geringer Entfernung in den Kopf schoss. Sich fragte, ob man wohl Kot in seiner Hose finden würde, wie bei den Toten, die er gesehen hatte, oder ob die instinktive und blitzartige Angst zu sterben doch weniger schnell war als die 9-Millimeter-Patrone der Parabellum, die durch sein Hirn rasen und ihm den Schädel aufreißen würde.

Er war ganz ruhig und klar, während er den Geschmack von angelaufenem Stahl auf der Zunge spürte und sich das Szenarium seines Selbstmords ausmalte.

Er erinnerte sich sehr gut an das Gesicht des jungen Unteroffiziers, an den zu Tode erschrockenen Ausdruck eines Menschen, der weglaufen will, um Hilfe zu holen, und zugleich weiß, dass er damit das Falsche tun könnte. Genau das Falsche.

»Kollege… tu das weg. Nimm sie raus, ich bitte dich.«

Er sagte wirklich »ich bitte dich«, und Roberto dachte, dass das doch interessant war. Ich bitte dich, schieß dir nicht in den Kopf, Kollege. Du würdest dadurch auch noch das ganze Büro besudeln. Es wäre ein Riesenakt: Richter, Journalisten, Ermittlungen.

Ich bitte dich, nimm das Ding aus dem Mund. Ich bitte dich, ich bin Polizist geworden, weil ich Klarheit wollte, die Bösen dort, die Guten – wir – hier, auf dieser Seite. Klare, vorhersehbare Verhältnisse.

Da war sicher nicht vorgesehen, dass man um zwei Uhr früh einen *Kollegen* im Büro antraf, der gerade seinen Kopf mit einer Pistole sprengen wollte.

Roberto sah ihn mit aufrichtiger Neugier an und verspürte zugleich unwirkliche Ruhe und Beherrschung. Der andere hatte ein glattes Jungengesicht, sah aus wie höchstens fünfundzwanzig und machte den Eindruck, als würde er gleich anfangen zu weinen.

»Ich bitte dich, nimm sie raus und leg sie auf den Tisch.« Seine Stimme bebte.

Roberto überlegte, was er tun sollte. Den Abzug drücken oder die Pistole auf den Tisch legen? Ein paar Augenblicke verspürte er ein Gefühl von Allmacht und unendlich vielen Möglichkeiten. Er war Herrscher über Leben und Tod. Er konnte entscheiden.

Entscheiden.

Er zog den Lauf aus dem Mund und legte die Pistole auf den Tisch. Die Patrone steckte noch drin, und der Abzug war geladen. Eine winzige Bewegung, und das nicht mehr wieder Gutzumachende wäre geschehen.

»Darf ich näherkommen?«, fragte der junge Mann.

»Klar«, sagte Roberto mit einer gewissen Verwunderung.

Weshalb sollte er das nicht dürfen? Er formulierte seine Gedanken in vollständigen Sätzen.

»Darf ich sie nehmen?«, fragte der junge Mann, als er vor ihm stand.

»Warte«, sagte Roberto. Er nahm die Pistole wieder in die Hand. Er sicherte sie, dann zog er das Magazin heraus und entnahm ihm die Patrone, die noch im Lauf steckte und dazu bestimmt gewesen war, durch sein Gehirn zu spritzen.

»Jetzt kannst du sie haben«, sagte er schließlich. »Vorsicht mit solchen Dingern. Da löst sich ganz leicht ein Schuss, und schon ist eine Tragödie passiert.«

Seine Stimme war neutral, ohne jede Spur von Ironie oder Sarkasmus. Sie klang nicht wie – sie war nicht – die Stimme eines Mannes, der noch vor einer Minute zwischen Leben und Tod geschwebt war.

Der junge Carabiniere nahm die Pistole, das Magazin und die entnommene Patrone. Dann erst verließ er das Zimmer und rief um Hilfe. Roberto blieb sitzen und wartete.

* * *

Der Kopf musste also beschäftigt werden. Auf diese Weise konnte man verhindern, dass er von den Gedanken vereinnahmt wurde.

Kochen war meist eine gute Ablenkung. Roberto machte sich ein Omelette. Wobei sich sein Augenmerk hauptsächlich auf die vorschriftsmäßige Durchführung des Rezepts richtete.

Er wartete, bis das Omelette abgekühlt war, und machte dann eine Flasche Wein auf.

Ein Schluck Wein, solange man es nicht übertrieb, war vereinbar mit den Medikamenten. Alle Beipackzettel wiesen zwar darauf hin, dass die Wirkung der Medikamente durch Alkohol verstärkt werden konnte, doch der Doktor hatte ihm ein Glas pro Tag erlaubt. Harte Sachen sollte er jedoch bis zum Ende der Therapie meiden.

Nach dem Essen machte er den Fernseher an. Eine weitere Regel war, dass man nicht zwischen den Kanälen herumschalten durfte: Man sollte sich konzentrieren, und sei es nur, dass man einen Film oder eine Fernsehsendung von Anfang bis Ende sah. Wenn nichts Interessantes kam, sollte man ausschalten und etwas anderes tun. Diese Möglichkeit war seit Einführung des Satellitenfernsehens immer unwahrscheinlicher geworden. Wenn es keine guten Filme oder Sendungen gab, waren da immer noch die Sportsendungen, allen voran Basketball, die NBA. An diesem Abend spielten die Los Angeles Lakers gegen die Minnesota Timberwolves. Und ein Junge, der in Südkalifornien aufgewachsen ist und Basketball nicht abgrundtief hasst, ist immer zumindest ein klein wenig ein Fan der Lakers. Basketball war ein perfekter Zeitvertreib für die Phase zwischen dem Abendessen und dem Moment, in dem der Körper die Vorstellung, schlafen zu gehen, akzeptierte.

Auf diese Weise vergingen weitere zwei Stunden. Die vertrauten, aufgeregten Stimmen der Sportreporter, die schnellen Wendungen des Spiels, die gelb-violetten Trikots und die schwarzen Muskeln, die Dunking-Würfe, Jack Nicholson wie immer am Fuß der Tribüne, die Werbespots für Taco Bell, Subway, Chrysler. Die Kiss-Cam, die sich küssenden Paaren ein paar Sekunden weltweiter Berühmtheit beschert.

Die Lakers gewannen mit zwanzig Punkten Vorsprung. Die Timberwolves waren nicht gerade die gefährlichsten Gegner in der NBA, aber trotzdem erzeugte das Ergebnis bei ihm etwas, was sich anfühlte wie gute Laune.

Jetzt war es Zeit, ins Bett zu gehen. Sich die Zähne zu putzen, mit Mundwasser zu spülen, sich das Gesicht zu waschen, ohne dabei in den Spiegel zu sehen, der ihm Falten und überflüssige Kilos präsentiert hätte.

Vielleicht noch fünf Minuten vorm Computer, um die Nachrichten der Tageszeitungen zu lesen.

Ein Bericht über eine internationale Aktion gegen die Mafia erregte seine Aufmerksamkeit. Zur 'Ndrangheta gehörige Kriminelle waren in Australien festgenommen worden, und diese Tatsache – dass kalabresische Mafiosi es sich auf der anderen Seite des Erdballs bequem eingerichtet hatten – wurde als neue, beunruhigende Entdeckung verkauft.

War denn nicht allgemein bekannt, dass die 'Ndrangheta längst in Australien angekommen war – wie an vielen anderen Orten auf der Welt auch?

Vielleicht war es Leuten bekannt, die seinen Beruf ausübten, ganz offensichtlich aber nicht den Journalisten und all den anderen. Und überhaupt war es ja sein ehemaliger Beruf, korrigierte er sich.

In diesem Moment merkte er, dass er ein Selbstgespräch führte, bei dem er sich laut Rede und Antwort stand. Er fragte sich, wann das angefangen hatte, fand aber keine Antwort – »das kann ich dir auch nicht sagen, mein Freund« – und beschloss dann, dass es nicht so schlimm war. Trotzdem wollte er das nächste Mal mit dem Doktor darüber reden.

Als er mit dem Durchlesen der Nachrichten fertig war, machte er den Computer noch nicht aus. Er ging wieder zur Startseite und tippte die Wörter *Werbung* und *Apothekerin* ein. Er fand sofort das Video. Sie war deutlich jünger, ihr Gesicht war hübsch und lustig, und der Werbespot war immer noch witzig.

Von hier aus war es nicht schwer, auf andere Seiten und Videos zu kommen. Roberto entdeckte, dass sie Emma hieß – er wiederholte ihren Namen mehrmals und beschloss dann,

dass er gut zu ihr passte – und dass sie viel fü
Fernsehen gedreht hatte und dazu noch eine Menge

Er fragte sich gerade, warum kein neuerer Film dar
war, als er einen Werbespot für Mineralwasser entdeckte, den er noch nie gesehen hatte. Er zeigte Emma, die in einem Swimmingpool mit sprudelndem Wasser schwamm. Sie trug einen Bikini und war schwanger, der Bauch wölbte sich schön über ihren mädchenhaften Körper.

Wenn es etwas gab, dessen Anblick Roberto nicht ertragen konnte, dann war es der nackte Bauch einer schwangeren Frau. Das heißt, eigentlich konnte er den Anblick von schwangeren Frauen im Allgemeinen nicht ertragen, egal, ob bekleidet oder nicht.

Also fuhr er den Computer herunter, nahm seine Tropfen und ging ins Bett.

# 7

Am nächsten Donnerstag kam Roberto wieder zu früh und drehte wieder eine Runde in der Umgebung. Er entdeckte, dass nur wenige Schritte von der Praxis entfernt das Museum für zeitgenössische Kunst lag, in einem alten Gebäude, in dem früher Bier gebraut worden war.

Wie oft war er hier schon vorbeigekommen? Das Gebäude war doch ein bisschen größer als der Brunnen, aber wie dieser war es ihm bis jetzt noch nie aufgefallen.

Er beschloss, es irgendwann zu besuchen. Dann ging er weiter und entdeckte ein kleines Geschäft, das gebrauchte Schallplatten und Noten verkaufte. Auf dem handgemalten Ladenschild stand *King Lizard*. Hinter dem Tresen stand ein Typ mit langen grauen Haaren, Lederjacke und geblümtem Hemd, dessen riesiger Kragen auf dem Revers der Jacke lag. Er war um die sechzig und sah aus, als sei seine modische Entwicklung in den frühen Siebzigerjahren stecken geblieben. Er hatte einen Computer vor sich und blickte nur kurz auf, um zu sehen, wer in den Laden gekommen war, dann starrte er wieder auf den Bildschirm.

Roberto stöberte mit einer gewissen Euphorie in den alten CDs und Vinylalben, so als suche er etwas Bestimmtes, wovon er sicher war, dass er es hier finden würde.

Als er alles durchforstet hatte, fand er, dass er nicht gehen konnte, ohne etwas zu kaufen. Er entschied sich für *Nevermind* von Nirvana, und als er den Laden verließ, hatte er das

Gefühl, dass das Viertel ihm langsam vertraut wurde. Ein tröstlicher Gedanke.

* * *

»Haben Sie etwas bei King Lizard gekauft?«

»Ja, genau, ich habe mich dort umgesehen und diese CD gefunden. Das ist die Musik, die ich in der Zeit hörte, über die ich Ihnen erzähle, und deshalb habe ich sie gekauft. Komischer Kauz, der Besitzer.«

»Ja, er ist ziemlich skurril. Neben dem Handel mit gebrauchten CDs schreibt er Rezensionen für spezialisierte Musikzeitschriften. Er ist zwar nicht gerade sehr mitteilsam, aber wenn man ihn näher kennt, ist er durchaus sympathisch.«

»Der Name des Geschäfts ist auch seltsam. König Eidechse. Was bedeutet das?«

»Das war der Spitzname von Jim Morrison.«

»Der von den Doors?«

»Ja. Mögen Sie sie?«

»Ich kenne mich nicht so gut aus mit Musik. War *Light my fire* nicht von den Doors?«

»Ja. Vielleicht kennen Sie auch dieses Lied?« Er pfiff so perfekt, dass es klang wie bei einem elektronischen Instrument.

»Ich kenne das Stück, aber ich weiß nicht, wie es heißt.«

»*People Are Strange.*«

»Sie pfeifen sehr gut.«

Der Doktor zuckte die Achseln und deutete ein Lächeln an.

»Was für Musik mögen Sie gern, Roberto?«

»Ich kenne mich zu wenig aus. Früher habe ich alles Mögliche gehört, aber jetzt, da Sie mich fragen, könnte ich nicht einmal sagen, welche Musik mir wirklich gefällt. Ich höre schon sehr lange keine mehr. Ich könnte nicht einmal erklären, warum ich diese CD gekauft habe. Wie ich schon sagte, habe ich diese Musik zur Zeit der Geschichte gehört, die ich Ihnen erzähle, aber wenn wir nicht darüber gesprochen hätten, hätte ich die CD vermutlich einfach nach Hause mitgenommen, irgendwohin gelegt und dann vergessen.«

»Aber jetzt wollen Sie sie anhören?«

»Ja, das habe ich vor.«

Der Doktor nickte, als wäre das Thema mit dieser Antwort soweit abgeschlossen, dass man zu etwas anderem übergehen konnte.

»Wie ist denn die Geschichte mit dem Typen ausgegangen, der Ihnen den Kokainhandel in Kolumbien vorgeschlagen hat?«

»Wir trafen uns in demselben Lokal wieder, drei Tage später, wie vereinbart. Ich hatte meine Vorgesetzten benachrichtigt, und sie hatten mit Einwilligung der Staatsanwaltschaft beschlossen, die ganze Sache unter Verschluss zu halten. Damals war das ziemlich ungewöhnlich. Wir holten aus den Akten alles heraus, was man über Mario Binetti alias Jaguar in Erfahrung bringen konnte, und als ich ihn zum zweiten Mal traf, wusste ich mehr über ihn als er selbst.«

Roberto unterbrach sich, um einem Gedankengang zu folgen, der ihm durch den Kopf geschossen war.

»Ich hatte mich kundig gemacht, und es machte mir Spaß, jedes noch so kleine Detail über die Person, mit der ich zu tun hatte, zu kennen. Leute und Situationen zu studieren interessiert mich vielleicht am allermeisten. Ich will immer perfekt vorbereitet sein und alles über meine Gesprächspartner wissen.«

»Ich stelle mir vor, dass die Arbeit eines guten Ermittlers vor allem darauf abzielt, die Schwachstellen der Menschen in Erfahrung zu bringen.«

»So ist es. Alle haben ihre Schwachstellen, man muss nur danach suchen. Es gab einmal einen Mann aus Apulien, der in Mailand untergetaucht war und den wir seit langer Zeit suchten. Wir standen unter Druck; die Staatsanwaltschaft wollte, dass wir ihn fanden, denn sie glaubte, er würde gegen seine Leute aussagen, wenn er nur einmal festgenommen wäre. Was sich übrigens als richtig erwies. Wir waren sicher, dass er in der Gegend war, aber wir konnten ihn nicht lokalisieren. Weder durch abgehörte Telefone noch durch Beschattung seiner Verwandten. Bei einem Gespräch mit einem V-Mann erfuhr ich dann zufällig, dass der Mann eine Schwäche für rohe Miesmuscheln hatte.«

»Inwiefern?«

»Er aß sie einfach sehr gern. In Mailand gibt es einen Fischladen von einem Mann aus seiner Gegend – er kam aus einem kleinen Dorf bei Bari –, wo er des Öfteren rohe Muscheln gegessen hatte, bevor er untertauchte. Der V-Mann erwähnte das beiläufig in einem Gespräch, aber bei mir klingelte es, als ich das hörte. Ohne jemandem davon zu erzählen – bis auf meine Kollegen von der Einsatztruppe –, ließ ich den Fischladen überwachen. Zwei Tage später hatten wir ihn.«

»Ich sollte eigentlich Sie bezahlen, für diese guten Geschichten«, lächelte der Doktor.

Roberto zuckte die Achseln, wie um zu zeigen, dass das Ganze nicht so wichtig war. Doch in Wirklichkeit genoss er die Bewunderung des Doktors. Sie war etwas Neues für ihn, und sie gefiel ihm gut.

* * *

Er freundete sich mit Jaguar an. Das heißt: Jaguar war überzeugt, dass sie Freunde geworden waren. Sie trafen sich mit den Kolumbianern, besprachen Preise und Logistik. Roberto sagte, er kenne in mehreren Häfen sichere Schleusen, dank einer Speditionsfirma sowie befreundeter Zollbeamter, die ihr Gehalt aufbessern wollten. Die Speditionsfirma war extra zu diesem Zweck gegründet worden, und die korrupten Zöllner wurden von zwei Carabinieri gespielt, die der Operation zugeordnet worden waren und unter falscher Identität agierten.

Bei einer der Lagebesprechungen bemerkte jemand, dass Roberto sich nicht glaubhaft in dem Milieu bewegen könne, wenn er nicht wenigstens eine Tätowierung hatte. Es gab zwar auch Kriminelle ohne Tätowierung, aber dieser Unterschied hätte auffallen und Misstrauen wecken können. Roberto gefiel die Vorstellung, tätowiert zu werden, überhaupt nicht, aber er musste sich fügen und entschied sich schließlich im letzten Moment für einen Indianerkopf auf dem linken Unterarm und ein Spinnennetz auf der rechten Schulter.

»Bist du sicher, dass du ein Spinnennetz willst? Weißt du, was das bedeutet?«, fragte ihn der Typ, der ihn tätowieren sollte – ein Hehler, Ex-Häftling und mittlerweile Betreiber eines Tattoo- und Piercing-Studios, das ihm ein Kollege empfohlen hatte.

»Nein, was denn?«

»Die Spinne ist ein Raubtier. In manchen Kreisen bedeutet eine Spinne oder ein Spinnennetz auf der Schulter – am Ellbogen ist das etwas Anderes –, dass du einer bist... der Blut vergossen hat und es wieder tun würde.«

Roberto überlegte kurz und meinte dann, dass das mit dem Spinnennetz in Ordnung gehe. Der Typ zuckte die Achseln.

»Auf jeden Fall muss ich dir noch eine stechen.«

»Warum?«

»Tätowierungen müssen immer ungleich sein, sonst bringen sie Unglück. Wenn du willst, schreibe ich dir ein schönes ACAB auf die Fingerknöchel.«

ACAB, die Abkürzung von »All Cops Are Bastards« – alle Bullen sind Bastarde.

Es war nicht ganz klar, ob das ein Scherz sein sollte – der Typ wusste, dass Roberto ein Carabiniere war – oder ob er es ernst meinte.

Roberto lachte ein wenig, aber er hatte das Gefühl, in eine Sache geraten zu sein, die er jetzt schon nicht mehr in der Hand hatte.

»Gut, stich mir ein ACAB. Aber nicht auf die Knöchel, such eine andere Stelle, die weniger gut sichtbar ist. Und mach's nicht farbig, sondern nur schwarz-weiß.«

Es war schmerzhafter, als er sich vorgestellt hatte. Sie verließen die Werkstatt – so lautete die Bezeichnung über der Ladentür – erst mehrere Stunden später.

Roberto hatte brennende Schmerzen an der Schulter, am Unterarm und am Fußgelenk, wo die kriminelle Inschrift über korrupte Bullen prangte. Jetzt war er bereit für sein zweites Leben, das binnen kurzer Zeit sein erstes werden sollte.

Die Kolumbianer schätzten ihn: Er war konkret, professionell, sympathisch, und er sprach perfekt Spanisch mit einem leichten mexikanischen Akzent.

Jaguar investierte seine ganzen Ersparnisse in das Geschäft. Er träumte von der tropischen Insel, die er sich mit den Einnahmen aus seiner neuen Tätigkeit kaufen würde.

Doch es gab keine tropischen Inseln und auch keine Einnahmen für Jaguar, seine Leute und die kolumbianischen Mittelsmänner, die nach Italien gekommen waren, um den Abschluss des Geschäfts durchzuführen und Kasse zu machen. Nach sechs Monaten Verhandlungen, Reisen und Nachforschungen waren sie alle verhaftet worden, während gleichzeitig im Hafen von Gioia Tauro ein Schiff beschlagnahmt wurde, in dessen Frachtraum sich Kokain für mehrere Milliarden Lire befand.

Das war Robertos erster Einsatz als verdeckter Ermittler. Der Auftakt, wie man so sagt, zu einer glänzenden Karriere als Geheimagent. Ein paar Monate später bekam er das Angebot, zum ROS nach Rom zu gehen.

Das ROS – das Raggruppamento Operativo Speziale, ein Spezialeinsatzkommando – ist die Abteilung der Carabinieri, die für organisiertes Verbrechen und Terrorismus zuständig ist. Der Hochadel der Ermittler, die höchste Ebene für einen jungen Unteroffizier, der gern als Bulle arbeitet. Natürlich nahm Roberto an und wurde kurz darauf in die Vereinigten Staaten geschickt, wo er ein Training für Geheimagenten beim FBI absolvierte.

Nach seiner Rückkehr trug er seine Uniform nur noch sehr selten und nur, wenn er eine Auszeichnung entgegennahm.

* * *

»Ich hatte die Tätowierung auf Ihrem Unterarm zwar bemerkt, aber den Grund dafür hätte ich nie erraten.«

»Darauf kommt man auch nicht so leicht.«

»Haben Sie schon einmal daran gedacht, sie entfernen zu lassen?«

»Am Anfang schon. Ich dachte, dass ich sie gleich nach meiner Zeit als verdeckter Ermittler – die ich für begrenzt hielt – wieder entfernen lassen würde. Doch dann verging die Zeit, ich machte weiter meine Arbeit, und schließlich gewöhnte ich mich an die Tattoos. Sogar an ACAB. Der Ausspruch ist in gewisser Weise ja durchaus wahr.«

Der Doktor kommentierte das nicht und sah auf die Uhr.

»Ist unsere Zeit abgelaufen?«, fragte Roberto.

»Wir haben noch ein paar Minuten.«

»Ich habe das Gefühl, alles dreht sich um mich herum.«

»Und vorher?«

»Vorher stand alles still.«

»Dann würde ich sagen, dass das eine gute Nachricht ist.«

Roberto hätte ihn gern gefragt, warum er diese Nachricht gut fand. Aber er tat es nicht und ließ stattdessen seinen Blick durchs Zimmer schweifen, bis er an dem Louis-Armstrong-Poster hängen blieb.

Da verstand er, warum es besser war, nicht weiterzufragen: Wenn man dir etwas Wichtiges erst erklären muss, wirst du es vermutlich nie verstehen.

## *Giacomo*

Eine Woche lang lag ich mit Grippe im Bett. Ich bin eigentlich ganz gern krank, denn dann muss ich nicht zur Schule und kann lesen, so viel ich will, ohne mich mit Hausaufgaben herumschlagen zu müssen.

Lesen ist vermutlich meine Lieblingsbeschäftigung, und wenn ich unbedingt sagen soll, was ich später einmal werden will, sage ich immer: Schriftsteller. Wenn ich ehrlich bin, würde ich es schon früher werden, noch bevor ich erwachsen bin. Mein Vorbild ist Christopher Paolini: Er hat seinen ersten Roman – *Eragon*, ich habe ihn zwei Mal gelesen – mit fünfzehn begonnen.

Ich war also zu Hause und war krank. Ich erinnere mich nicht mehr, was ich diese Woche geträumt habe, aber ganz bestimmt war ich nicht in dem Park, und das machte mir ein wenig Sorgen.

Als ich wieder in die Schule kam, erwartete mich eine Überraschung: Ginevra hatte meine Abwesenheit bemerkt. Als wir uns im Klassenzimmer über den Weg liefen, vor der ersten Stunde, sagte sie: »Ach, da bist du ja endlich wieder.« Ich suchte nach einer originellen Antwort, aber mir fiel nichts Besseres ein als: »Ich hatte Grippe, aber jetzt bin ich wieder ganz gesund.«

Das ärgerte mich ein wenig, aber ich war auch sehr froh, denn ihr war nicht nur meine Abwesenheit aufgefallen, sondern sie hatte auch als Erste das Wort an mich gerichtet. Kurz darauf hieß mich auch Cantoni willkommen, aber auf seine Art, mit einem Schlag in den Nacken.

Cantoni ist ein Idiot, er ist 1,70 Meter groß und hat den braunen Gürtel im Judo. Ich würde mich gern gegen seine Grobheiten wehren, aber ich bin nur 1,50 Meter und könnte ihn höchstens im Tischtennis schlagen, worin ich einigermaßen gut bin.

* * *

Diese Nacht bin ich in den Park zurückgekehrt. Diesmal geschah es auf andere Weise. Ich lag im Gras und schlief im Schatten eines Baumes, als Scott kam und mich weckte.

Ich weiß schon, es ist seltsam, wenn man im Traum ein Schläfchen macht, aber so war es nun einmal, und daran ist nichts zu ändern.

*Komm, Chef, sie warten schon auf uns.*

Er war schon auf dem Sprung, und ich musste rennen, um mitzukommen.

»He, Scott, warte doch. Nicht so schnell, wohin laufen wir eigentlich?«

Er antwortete nicht und trabte weiter.

»Wer erwartet uns denn?«

Immer noch keine Antwort. Ich wollte schon ungeduldig werden und lief schneller, um Scott einzuholen und ihn zur Rede zu stellen – war ich nun der Chef oder nicht? –, als ich mitten auf der Wiese eine Bank sah. Auf der Bank saß Ginevra. Scott war etwa zwanzig Meter davor stehen geblieben und hatte sich ins Gras gelegt.

*Los, Chef, sie wartet auf dich.*

Ich ging zur Bank, und Ginevra machte mir ein Zeichen, sich neben sie zu setzen.

»Dieser Cantoni ist wirklich ein Idiot«, sagte sie.

»Ach, der ist doch weiter kein Problem«, sagte ich, als wollte ich ihr bedeuten, dass ich Cantoni jederzeit vernichten könnte, wenn ich nur wollte, und nur deshalb darauf verzichtete, weil ich gegen Gewalt bin.

»Du weißt, dass ich einen Freund habe, nicht wahr?«

Ich nickte.

»Hast du eine Freundin?«

»Ach, ich hatte mehrere, aber zur Zeit bin ich ganz zufrieden, allein zu sein«, log ich mit einem beiläufigen Ton.

»Ja, ich glaube, ich trenne mich auch bald von meinem Freund. Es gibt da einen anderen, der mir viel besser gefällt«, sagte sie und sah mir dabei in die Augen. Ich schluckte schwer und fand kein Wort der Erwiderung.

»Gibt es denn ein Mädchen, das dir gefällt?«

»Ach, eine, die mir ganz gut gefällt, gäbe es schon ...«

»Ist sie hübsch?«

Ich dachte, ich sollte aufhören mit dem Unsinn und ihr die Wahrheit sagen: dass ich mich in sie verliebt hatte und dass wir keine Minute mehr verlieren sollten.

Als Mama mich weckte, sagte sie, ich hätte im Traum immer wieder diesen Satz gesagt: Wir sollten keine Minute mehr verlieren.

Sie fragte mich, was das bedeutete. Weshalb sollten wir keine Minute verlieren? Ich rappelte mich hoch, gähnte und sagte, ich hätte etwas geträumt, aber schon vergessen, worum es ging.

# 8

Samstagabend hatte sein Freund und Kollege Carella ihn zum Abendessen eingeladen.

Carella war untersetzt, hatte wenig Haare, drei Kinder, eine Frau, mit der er sich mit siebzehn verlobt hatte, und widmete seine Freizeit der Gemeindearbeit in seinem Stadtteil, dem Pigneto. Er gehörte zur Abteilung für Spezialeinsätze und war trotz seiner äußeren Erscheinung – der Schein trügt bekanntlich – ein hervorragender Ermittler.

Roberto und er hatten sich auf der Polizeischule kennengelernt und waren über die Jahre hinweg Freunde geblieben, obwohl sie sehr verschieden waren.

Carella hatte sich Robertos Lage zu Herzen genommen: Er rief ihn mindestens einmal die Woche an und lud ihn einmal im Monat zum Essen ein. Es war unmöglich, diese Einladungen auszuschlagen, ohne den Freund zu kränken, und so unterzog sich Roberto einen Samstagabend im Monat dem Ritual eines Abendessens bei den Carellas. Mit von der Partie waren immer Carellas Frau und zwei der drei Kinder (der Älteste, der schon neunzehn war, ging an diesen Abenden aus und entzog sich auf diese Weise dem Ritual). Die Wohnung roch nach Putzmitteln, das Essen war schlecht – Signora Carellas Spezialgericht war zerkochte Pasta, egal unter welcher Soße sie sich versteckte –, und man sprach über alte Zeiten. Roberto unterhielt sich höflich, ohne zuzuhören, was die anderen sagten oder auch nur, was er selbst sagte, und sehnte den Moment herbei, in dem er gehen konnte, ohne unhöflich zu sein.

Der Abend verlief wie alle anderen. Als sie an der Tür waren und sich gute Nacht wünschten, sagte Carella wie immer zu ihm, dass er fand, er sehe besser aus. Diesmal fügte er jedoch noch etwas hinzu.

»Weißt du, Roberto, in diesen Monaten habe ich immer gesagt, du würdest besser aussehen, du hättest Fortschritte gemacht, und bald wäre alles wie früher. Erinnerst du dich?«

»Natürlich.«

»Also, das war nicht die Wahrheit. Ich sagte das, um dir zu helfen, dir Mut zu machen, aber ich hatte überhaupt nicht den Eindruck, dass irgendetwas besser wurde. Kein bisschen. Du warst immer geistesabwesend. So geistesabwesend, dass ich dich manchmal fragen wollte, was ich gerade gesagt hatte, weil ich sicher war, dass du gar nicht zuhörst.«

Roberto sah ihn mit aufrichtiger Neugier an.

»Heute Abend war es anders.«

»Wie meinst du das?«

»Du warst da. Natürlich nicht immer. Aber zumindest in manchen Momenten warst du da und hattest den gleichen Blick wie früher. Während du in den vergangenen Monaten... na ja, du warst einfach anders, aber heute Abend bin ich richtig froh. Jetzt kann dir sagen, dass es dir besser geht, ohne zu lügen.«

Roberto wusste nicht, was er erwidern sollte, und verstand auch nicht genau, worauf der Freund sich bezog. Für ihn war der Abend nicht anders gewesen als sonst. Er lächelte vielsagend, und Carella lächelte zurück. Wenn die Dinge unklar sind, kommt man ohne Worte besser zurecht.

Er ging wie immer zu Fuß: Wenn er schnell ging, brauchte er ungefähr eine Stunde vom Pigneto bis zu sich nach Hause.

Als er die Piazza Vittorio überquerte, sah er, wie ein Jugendlicher ein Auto aufzubrechen versuchte, das offensichtlich nicht sein eigenes war. Ein paar Meter von Roberto entfernt stand ein anderer Junge Wache. Ohne zu überlegen, ging er zu dem Auto und dem Jungen, der sich an der Autotür zu schaffen machte.

»Was tust du da?«, fragte er und dachte zugleich, dass das eine der dümmsten Fragen seines Lebens war.

Der andere sah ihn überrascht an. Offensichtlich fand auch er die Frage merkwürdig. »Klauen ...«, sagte er schließlich wie jemand, der weiß, dass die Situation klar ist und keine weiteren Details erfordert. Roberto konnte nur mühsam ein Lachen unterdrücken. In der Zwischenzeit war auch der andere Junge zu ihnen gestoßen.

»Ich bin nicht im Dienst und auf dem Weg nach Hause, also zwingt mich nicht zu arbeiten. Trollt euch, und wir vergessen die Sache.«

Die beiden wechselten einen Blick, sahen dann Roberto an, beschlossen, lieber nichts zu riskieren, und verschwanden im Dunkel der Nacht.

Am nächsten Tag schien die Sonne. Roberto machte einen langen Fußmarsch bis zum Stadion. Er aß etwas in einer Trattoria in der Nähe und lief dann wieder zu Fuß zurück zu seiner Wohnung. Er dachte, er hätte die Strecke abmessen sollen, die er zurücklegte, und gleich darauf fragte er sich, warum er das hätte tun sollen.

Da fiel ihm wieder der Satz von Louis Armstrong ein. *If you have to ask what Jazz is, you'll never know.*

Von Zeit zu Zeit kontrollierte er sein Handy, um zu sehen, ob jemand angerufen hatte. Diese Geste war absurd, denn er wurde so gut wie nie angerufen, auch an diesem Sonntag nicht. Und doch fand er, dass diese Geste einen Sinn hatte. Worin dieser Sinn bestand, war wieder eine andere Frage.

Der Nachmittag und der Abend vergingen zwischen Fernseher und Computer.

Er sah sich noch einmal einige der Videos an, die er vor ein paar Tagen entdeckt hatte, vermied jedoch die Mineralwasser-Reklame. Er fand noch weitere, darunter Ausschnitte aus Theaterstücken, in denen Emma ganz anders aussah.

Auf einmal überkam ihn das unangenehme Gefühl, den Computer wie ein riesiges Schlüsselloch zu benutzen, durch das er ungestört spähen konnte. Er hatte den Eindruck, in einen Raum einzudringen, zu dem der Zugang nur mit Erlaubnis der Betroffenen genehmigt sein sollte.

Diese Wahrnehmung war ihm unangenehm, und so brach er die Internetverbindung brüsk ab, fuhr den Computer herunter, nahm seine Tabletten und ging schlafen.

# 9

Am nächsten Morgen wachte Roberto sehr früh auf, noch bevor es hell wurde. Nach einem vergeblichen Versuch, wieder einzuschlafen, nahm seine innere Unruhe zu, und er stand auf, zog sich an, aß ein paar Kekse, trank ein Glas Milch und verließ das Haus, wobei er sich beeilte, als habe er eine Verabredung und sei zu spät dran.

Er nahm die Via Panisperna, bog in die Via Milano ein, war dann gleich auf der Via Nazionale und umrundete die Piazza Esedra so schnell, dass er beinahe rannte. Er erreichte Porta Pia, überquerte den großen Platz, und erst als er sich auf der Via Alessandria wiederfand, fiel ihm auf, dass er in der Nähe der Praxis war. Wo er jedoch erst in etwa acht Stunden erwartet wurde. Da beschloss er, das rasende Tempo seiner Tour zu drosseln, ging noch eine halbe Stunde gemäßigten Schrittes weiter und gelangte so in den Park von Villa Ada.

Das Erste, was ihm auffiel, war ein Brunnen neben dem Eingangstor, der dem Brunnen glich, den er vor ein paar Tagen bemerkt hatte. Diese Entdeckung erfüllte ihn mit Freude.

Er müsste jetzt eigentlich müde sein, dachte er, doch stattdessen verspürte er ein Übermaß an Energie, etwas, das er freisetzen und loswerden musste. Er kletterte einen kleinen Abhang hinunter und sah sich vorsichtig um, ob ihn jemand beobachtete. Auch wenn der Park fast leer war, gab es doch den einen oder anderen Passanten. Ach was, sagte er sich, alle kommen hierher, um Sport zu treiben, und machte ein paar Liegestütze.

Er hörte erst auf, als er mit dem Gesicht nach unten auf den Boden sank. Als er sich wieder aufrichtete, zitterten seine Arme, und er konnte sein Keuchen kaum unterdrücken.

Ein älterer Herr mit einem Schäferhund an der Leine sah ihm besorgt zu. Es gab noch andere Leute, die hier Sport trieben, aber die trugen alle Trainingsanzüge und Turnschuhe. Jemand, der in Jeans und Blouson Liegestütze machte, war zumindest eine ungewöhnliche Erscheinung. Als der Besitzer des Schäferhunds merkte, dass Roberto ihn wahrnahm, sah er weg. Roberto folgte einem Impuls und ging zu ihm hinüber. Als er kurz vor ihm stand, sprach er ihn an.

»Guten Morgen«, sagte er freundlich, immer noch bemüht, nicht zu schwer zu atmen.

»Guten Morgen«, sagte der andere verwundert. Der Hund beobachtete aufmerksam die Szene.

»Schäferhunde sind meine Lieblingshunde«, sagte er. Der ältere Herr wirkte erleichtert.

»Meine auch. Ich habe Schäferhunde seit meiner Kindheit. Sie sind die besten.«

»Ihrer dürfte zwischen drei und vier Jahre alt sein.«

»Sie kennen sich aus. Er ist genau dreieinhalb.«

»Macht er Ihnen keine Schwierigkeiten, wenn Sie ihn ausführen?«

»Wollen Sie damit sagen, dass ich ein alter Mann bin und er mich mitreißen und zu Fall bringen könnte?«

»Nein, das meinte ich nicht, nur ...«

»Keine Sorge, die Frage ist durchaus berechtigt. Ich bin einundachtzig, und wenn er mich zu Fall bringen wollte, könnte er das ohne Weiteres.«

»Aber das tut er nicht.«

»Nein, das tut er nicht. Er ist ein sehr gut erzogener Junge.«

»Haben Sie ihn so gut erzogen?«

»Ja. Als ich jung war, habe ich in meiner Freizeit Hunde abgerichtet. Ich war ziemlich gut darin, ich habe an vielen Wettbewerben teilgenommen und oft gewonnen.«

»Was für Wettbewerbe?«

»Kennen Sie sich aus?«

»Ein wenig. Ich bin Carabiniere und hatte immer viel mit Hunden zu tun.«

»Oh, ich hatte viele Freunde unter den Hundestaffeln der Carabinieri. Ich habe alle aus den Augen verloren, wer weiß, ob sie überhaupt noch leben. Ich trainierte meine Hunde in den Disziplinen Vielseitigkeit und Verteidigung. Mein letzter Wettbewerb liegt etwa zwanzig Jahre zurück.«

Das war ein neutraler Satz, aber er wirkte auf einmal wehmütig. Er sah in die Ferne, ohne das, wonach er Ausschau hielt, zu finden.

»Lässt er sich streicheln?«, fragte Roberto nach einer Weile.

»Wenn ich es erlaube«, meinte der Mann, mit deutlich wahrnehmbarem Stolz in der Stimme. Dann wandte er sich an den Hund: »Es geht in Ordnung, Chuck, das ist ein Freund.«

Der Hund wedelte gelassen mit dem Schwanz und ging zu Roberto. Der streichelte ihm den Kopf und kraulte ihn dann hinter den Ohren.

»Darf ich Sie etwas fragen?«, sagte der Mann.

»Natürlich.«

»Warum haben Sie in Straßenkleidung Liegestütze gemacht?«

»Das wirkte seltsam, nicht wahr?«

»Ehrlich gesagt, ja…«

Roberto zuckte die Achseln.

»Ich habe eine schwere Zeit hinter mir. Es gab so etwas wie ein Erdbeben, und jetzt gibt es immer noch Nachbeben.«

Der alte Mann sah ihn neugierig an und nickte dann so, als habe er verstanden, aber vielleicht – dachte Roberto – wollte er nur nett sein.

»Gut, ich muss jetzt los. Wirklich ein schönes Tier.«

»Wenn ich so alt wäre wie Sie, würde ich keine Zeit verlieren. Von den Minuten, die wir vergeuden, kommt keine einzige mehr zurück. Viel Glück.«

Roberto grüßte, und der alte Mann ging weiter, der Hund immer vorbildlich bei Fuß. Wie ein Soldat, der stolz auf seine Disziplin ist. Roberto hatte den Impuls, dem Mann zu folgen, ihn aufzuhalten und zu fragen, wie man es anstellte, keine einzige Minute zu vergeuden. Natürlich tat er das nicht. Er blieb stehen und sah zu, wie der andere sich entfernte, und dachte, dass er ihn wie die meisten Menschen, denen er in seinem Leben begegnet war, nie wiedersehen würde.

* * *

Um Viertel vor fünf war er da. Er ging in die Bar gegenüber der Praxis und bestellte einen frischen Orangensaft, ohne das Haus aus den Augen zu lassen. Er hatte gerade die Bar verlassen und die Straße überquert, als das Tor aufging.

»Oh, wir sind ja richtig verabredet«, sagte sie lächelnd.

Roberto lächelte zurück und dachte mit einem leichten Anfall von Panik, dass er nicht wusste, was er sagen sollte.

»Sieht so aus.«

»Mir fiel auf, dass wir uns gar nicht vorgestellt haben. Ich heiße Emma ...«

Roberto gab ihr die Hand und nannte seinen Namen.

»Ich kenne Ihren Namen. Vielleicht war es nicht richtig, aber ich habe mir ein paar von Ihren Filmen angesehen. Soweit ich das beurteilen kann, sind Sie richtig gut.«

Er sprach schnell, so als habe er Angst, nicht alles unterzubringen, was er sagen wollte. Sie schien unbeeindruckt von dem Kompliment, aber auch nicht ärgerlich, dass er in ihre Welt eingedrungen war.

»Man könnte höchstens sagen, dass ich gut *war*. Ja, ich war nicht schlecht, aber das war in meinem vorherigen Leben. Ich bin keine Schauspielerin mehr.«

Roberto hatte Mühe, seine Frage zu unterdrücken. Was machte sie jetzt? Fragen, deren Folgen man nicht absehen konnte, ließ man lieber weg. Diesen Rat hatte ihm einmal ein befreundeter Anwalt gegeben. Die Regel war zwar auf Gerichtsprozesse gemünzt gewesen, aber offensichtlich galt sie auch in vielen anderen Bereichen.

»Ich habe gesehen, dass Sie auch Theater gespielt haben.«

Jetzt wirkte sie verwirrt, so als sei das ein heikles oder zumindest völlig unerwartetes Thema.

»Das kann man dort auch ansehen? Ich meine, diese Videos stehen im Netz? Ich benutze das Internet nie, höchstens für Emails.«

»Ich habe gesehen, dass Sie Shakespeare gespielt haben.« Roberto ließ nicht locker, aber noch während er die Worte aussprach, kam er sich unbeholfen und töricht vor. Er hatte gesprochen, als gehe er ständig ins Theater und sei ein Shakespeare-Kenner.

In seinem ganzen Leben hatte er Theaterhäuser höchstens anlässlich von Konzerten betreten und einmal, um zwei Requisiteure zu verhaften, die sich mit Kokainhandel etwas dazuverdienten. Bei jener Gelegenheit – der einzigen seines Lebens – hatte er ein Theaterstück gesehen. Er glaubte sich zu erinnern, dass es etwas von Pirandello war und dass ihn dort in der Dunkelheit, als er auf seinen Einsatz wartete, irgendetwas von den Dialogen berührt hatte.

»Sie interessieren sich fürs Theater?«

Da hatte er die Bescherung.

»Wenn ich ehrlich bin, kenne ich nicht viel. Aber das Wenige, was ich gesehen habe, hat mir gut gefallen. Pirandello zum Beispiel.« So, jetzt war es heraus. Jetzt würde sie ihn gleich fragen, was ihm an Pirandello so gut gefiel, und er würde keine Antwort wissen, würde blöd dastehen, und sie würde merken, dass er ein Aufschneider war.

»Ich habe in *Wie du mich willst* mitgespielt. Eine ganze Saison lang, auf einer Tournee durch ganz Italien«, sagte sie, und aus ihrem entrückten Gesicht schloss er, dass sie das lange vergessen hatte und sich erst jetzt plötzlich wieder daran erinnerte.

Roberto machte eine kaum merkliche Geste, um auszudrücken, dass er sehr genau wusste, wovon sie sprach. Er hoffte inständig, dass sie zu einem anderen Thema übergehen würde, und schwor, dass er sich noch am selben Abend auf Wikipedia mit Shakespeare, Pirandello und diesem Stück, das sie erwähnt hatte, vertraut machen würde.

»Was für Zeug man manchmal redet, wenn man sich zufällig über den Weg läuft«, meinte sie schließlich. Roberto atmete im Stillen auf.

»Jetzt muss ich los. In Wirklichkeit habe ich es immer eilig. Das nächste Mal erzählen Sie mir, was Sie so tun. Tschüss.«

Sie ging an ihm vorbei und wickelte sich den Schal um den Kopf. Sie hinterließ einen Hauch von Parfum. Roberto sah zu, wie sie um die Ecke bog und verschwand, dann betrat er das Haus.

# 10

Während er die Treppe hochging, sagte er sich, dass es keinen Zweifel gab: Emma musste auch eine Patientin des Doktors sein. Wenn Zufälle sich wiederholen, ist das zunächst ein Indiz und dann ein Beweis. Das war ein Satz, den ein Staatsanwalt, mit dem Roberto öfters zusammengearbeitet hatte, gern wiederholte. Auf den zweiten Blick war der Satz allerdings nicht mehr so tiefgründig und originell, wie es den Anschein hatte. Im Grunde war er es gar nicht.

Aus unerklärlichen Gründen versetzte ihn diese Überlegung in schlechte Laune.

»Ist irgendetwas nicht in Ordnung, Roberto?«

Natürlich hatte er es bemerkt. Roberto verspürte den kindlichen Impuls, ihm zu widersprechen.

»Nein, nein. Ich habe nur etwas geträumt, was mich beschäftigt.«

»Erzählen Sie es mir.«

Das hatte er nun davon. Es gab ja gar keinen Traum.

»Ich habe geträumt, ich würde einer Frau begegnen. Ich kannte sie schon vom Sehen, und die Begegnung fand an einem vertrauten Ort statt, aber ich konnte nicht genau erkennen, wo. Wir sprachen miteinander, sie nannte mir ihren Namen, und dann war sie weg, Nur ihr Parfum hing noch in der Luft, das ist doch ungewöhnlich für einen Traum, nicht wahr?«

Er staunte selbst, wie er die Geschichte hinbekommen

hatte. Es war alles zugleich wahr und falsch, sagte er sich. Wie so vieles, im Grunde.

»In der Tat sind Gerüche in Träumen eher ungewöhnlich. Aber nicht ausgeschlossen. Wie hieß die Frau aus dem Traum denn?«

»Ich weiß es nicht mehr. Ich weiß nicht mehr, was sie sagte, aber es war, als stellten wir uns einander vor. Dann musste sie auf einmal weg, sie war in Eile.«

»Können Sie ihr Parfum beschreiben? Mochten Sie es?«

»Beschreiben könnte ich es nicht. Es war nur ein Hauch, und im Traum dachte ich, sie habe offenbar nur sehr wenig davon aufgesprüht. Aber doch, es gefiel mir gut.«

Warum verstrickte er sich in diesen Unsinn? Er hatte den Doktor noch nie angelogen, der womöglich gerade versuchte, diesen nicht existierenden Traum zu interpretieren. Was es wohl bedeutete, ein Parfum zu träumen? Und die Begegnung mit einer fliehenden Frau? Er fühlte sich schuldig.

Gleich darauf jedoch fragte er sich ein paar lange, bestürzende Sekunden lang, ob die Begegnung tatsächlich stattgefunden hatte. Die bloße Vorstellung ließ ihn schwindlig werden.

»Ist Ihnen das in der Vergangenheit auch passiert? Ich meine, Gerüche in Träumen wahrzunehmen?«

»Selbst wenn es passiert sein sollte, habe ich keine Erinnerung daran.«

Und jetzt wechseln wir bitteschön das Thema, dachte er.

»Wenn es neu für Sie ist, von einem Parfum zu träumen, dann würde ich sagen, dass es eine gute Nachricht ist. Ein weiterer Hinweis auf eine positive Entwicklung.«

Das menschliche Gehirn ist doch immer für Überraschungen gut. Es gab keinen Traum, und deshalb hatte der ganze Gedankengang keinen Sinn. Und doch: Als der Doktor meinte, dass es eine gute Nachricht gab, weil das Parfum bedeutete, dass die Dinge sich zum Positiven wendeten, glaubte Roberto ihm. Der leichte Parfumduft, den Emma zurückließ, als sie ging, war eine gute Nachricht für ihn.

»Dieses Wochenende ist mir eine Erkenntnis gekommen. Seit etwa zehn Tagen träume ich viel mehr. Ich träume wirklich viel. Davor träumte ich überhaupt nicht. Ja, ich weiß, das kann man so nicht sagen. Wir träumen alle und jede Nacht, wie Sie mir erklärt haben.«

»Sie träumten, ohne sich daran zu erinnern. In gewisser Weise hat der Satz *Ich träumte nicht* also durchaus seine Richtigkeit.«

Roberto sah ihn an und wartete auf eine Erklärung.

»Kennen Sie die Geschichte von dem Baum, der in einem einsamen Wald umstürzt, wo ihn keiner fallen hören kann?«

»Nein.«

»Stellen Sie sich einen alten Baum vor, dessen Stamm morsch und von Parasiten zerfressen ist und der irgendwann nachgibt und mitten unter den anderen Bäumen zu Boden stürzt, wobei er Äste und Büsche mit sich reißt und womöglich noch ein Stück weiterrollt. Jetzt stellen Sie sich vor, dass in diesem Wald niemand ist, der den Baum fallen hören könnte.«

Roberto sah ihn verwundert an.

»Können Sie mir folgen?«

»Ich versuche es.«

»Wenn keiner da ist, um den Baum fallen zu hören, macht der Baum dann trotzdem ein Geräusch?«

»Was meinen Sie damit?«

»Wenn es niemanden in diesem Wald oder sonst in der Umgebung gibt, der dieses Geräusch hören konnte, können wir dann trotzdem sagen, dass es existiert hat?«

»Das Geräusch?«

»Ja.«

»Natürlich würde ich sagen, ja, aber das ist wahrscheinlich eine Fangfrage.«

»Keineswegs. Gab es das Geräusch nun oder nicht?«

»Sicher gab es das.«

»Wie können wir das sagen, wenn es keiner gehört hat und …«

»Was hat das denn damit zu tun …«

»Moment, lassen Sie mich ausreden. Wie können wir das sagen, wenn es keiner gehört hat und keiner davon berichten kann?«

Roberto antwortete nicht gleich darauf. Das war keine einfach so dahingesagte oder provokative Frage, und deshalb war die offensichtlichste Antwort wahrscheinlich auch nicht die richtige. Der Doktor hatte schon andere Male durchblicken lassen, dass Paradoxe dazu beitragen können, die Wirklichkeit zu verstehen und Probleme zu lösen. Insbesondere die einer verwirrten Psyche.

»Wollen Sie damit sagen, dass ein Geräusch, das keiner hört, auch nicht existiert?«

»Das ist ein bekanntes Zen-Rätsel, für das es auch eine wissenschaftliche Grundlage gibt, aber ich will Sie damit nicht langweilen. Die Funktion von Zen-Rätseln – man spricht von *ko¯an* – ist es, den Schüler, in unserem Fall Sie, mit der Widersprüchlichkeit des Realen zu konfrontieren, mit seinem paradoxen Wesen. Sie verdeutlichen, wie viele unterschiedliche Antworten es auf die Fragen des Lebens gibt, und zielen darauf ab, das Bewusstsein aufzuwecken. In gewisser Weise wirken sie wie eine Psychoanalyse.«

»Und das heißt?«

»Das heißt, dass die Frage nach dem Baum im einsamen

Wald Sie dazu bringen kann, über Träume nachzudenken und über die Frage, was es bedeutet, wenn man sich an sie erinnert oder nicht.«

»Und was bedeutet es?«

»Ein Zen-Meister würde bestimmt nicht auf eine so direkte Frage antworten. Der Sinn ist, dass der Schüler bei der Suche nach der richtigen Antwort sich selbst findet. Das heißt, sein Bewusstsein.«

In diesem Moment hörte man aus einer anderen Wohnung lautes Geschrei. Ein Mann und eine Frau stritten. Die Frau schrie lauter und wütender. Der Mann schien sich zu verteidigen und den Kürzeren zu ziehen. Roberto konnte nicht erkennen, ob die Stimmen von oben oder von unten kamen.

»Sie sind unter uns«, sagte der Doktor, der Robertos Frage erraten hatte.

»Warum streiten sie?«

»Sie sind am Ende ihrer Beziehung angekommen, aber sie haben nicht den Mut, es sich einzugestehen.«

Jetzt war der Streit verstummt. Roberto verspürte unverständlicherweise großes Mitgefühl für die private Tragödie, die sich im unteren Stockwerk abspielte. Er dachte an enttäuschte Erwartungen und verletzte Gefühle und an die Pläne, die beide zweifellos für ihre gemeinsame Zukunft geschmiedet hatten.

»Soll ich Ihnen etwas sagen?«

»Ja, bitte.«

»Ich habe Mitleid mit diesen beiden Unbekannten. Ich verstehe nicht, warum, aber es tut mir entsetzlich leid für sie. So, als würde ich sie kennen, als wären sie Freunde von mir.«

Aus der Wohnung unten kam jetzt das Geräusch einer heftig zugeschlagenen Tür, aber man hörte keine Stimmen mehr.

»Bin ich verrückt?«

Der Doktor machte eine Handbewegung, als wolle er etwas verscheuchen.

»Wir haben alle ein Quäntchen Verrücktheit in uns. Wichtig ist nur, wie wir damit umgehen. Einigen gelingt es gut, anderen weniger. Die Leute kommen zu mir, um zu lernen, wie sie mit ihrer Verrücktheit leben können. Auch wenn das den Wenigsten bewusst ist.«

Dieser Satz hätte ihm Angst machen sollen. Stattdessen überkam Roberto eine unerwartete Gelassenheit. Was der Doktor gesagt hatte, schien ihm durchaus akzeptabel. Wenn man es in Ruhe betrachtete, war es viel weniger schlimm, als wenn man es in einem dunklen Kämmerchen seines Bewusstseins verbarg.

»Es gibt da etwas, was ich Sie noch nie gefragt habe, Roberto.«

»Ja?«

»Lesen Sie gern?«

Es war unglaublich, dass er ihm diese Frage ausgerechnet an diesem Tag stellte. Vor Kurzem hatte er noch überlegt, dass er sich ein wenig mit Emmas Interessen beschäftigen sollte. Im Internet recherchieren, aber auch etwas lesen. Um vorbereitet zu sein, wenn sie sich unterhielten, und nicht das Gefühl zu haben, im Treibsand zu stecken.

»Ich kann nicht sagen, ob ich gern lese. Bisher habe ich es nicht oft getan. Wenn es passierte, hat es mir manchmal gut gefallen, aber zur Gewohnheit ist mir das Lesen nie geworden.«

»Erinnern Sie sich an etwas, was Ihnen gut gefallen hat?«

Tja, was hatte ihm denn gut gefallen? Ihm fiel nichts ein. Höchstens ein Buch über Basketball, das er vor einigen Jahren gelesen hatte. Er hielt es für besser, das nicht zu erwähnen. Er merkte, dass er den Doktor beeindrucken wollte, und schämte sich für seine Ignoranz. Ganz ähnlich hatte er sich auch vor weniger als einer Stunde gefühlt, als er mit Emma sprach.

»Vor ein paar Jahren habe ich ein Buch übers Lügen gelesen, das mir ein Richter geschenkt hatte. Es war von einem amerikanischen Psychologen …«

»Paul Ekman?«

»Ja, genau. Der, über den sie auch eine Fernsehserie gedreht haben …«

»*Lie to Me*, und das Buch war vermutlich *Ich weiß, dass du lügst.*«

»Das war es. Ich habe es dann auch beruflich genutzt. Ich meine, es war eine gute Anregung.«

»Und Romane? Lesen Sie manchmal Romane?«

Romane. Er konnte sich nicht erinnern, jemals in seinem Leben einen Roman gelesen zu haben, was wohl bedeutete, dass er keinen gelesen hatte. Wann denn auch? Er war mit neunzehn zu den Carabinieri gegangen. Die Ausbildung, der erste Einsatz, die Arbeit, die ihn immer mehr beanspruchte. In seiner immer knapper werdenden Freizeit hatte er anderes getan. Lauter Dinge, an die er nicht gern zurückdachte.

»Es macht gar nichts, wenn Sie keine Romane mögen.«

»Ich glaube, ich habe noch nie einen gelesen. Es ist mir einfach noch nie in den Sinn gekommen. Jetzt, da mir das klar wird, schäme ich mich dafür.«

»Scham kann ein sehr nützliches Gefühl sein. Es bedeutet, dass irgendetwas nicht stimmt, und kann einen dazu bringen, das zu ändern.«

Roberto kamen die Tränen. Er war siebenundvierzig, der beste Teil seines Lebens war vorbei und zu Bruch gegangen, und er hatte nichts, was er nach dieser Zeit vorweisen konnte. Er war gescheitert, ein einsamer, ungebildeter und unglücklicher Mann, der sein Leben auf unsinnige Weise vertan hatte.

Die Stimme des Doktors unterbrach diesen unerträglichen Gefühlsausbruch.

»Machen wir es doch so. Nach unserer Sitzung gehen Sie einfach in eine Buchhandlung – eine möglichst große, da kann man besser üben – und halten sich dort eine Weile auf. Sie sehen sich die Bücher an, die Sie interessieren – das können ruhig auch Bücher über Sport sein –, und wenn Sie eines finden, das Sie neugierig macht, dann kaufen Sie es, nehmen es mit nach Hause und lesen es. Das nächste Mal sprechen wir dann darüber, wenn Sie wollen.«

# 11

Der Doktor hatte ihm eine große Buchhandlung empfohlen. Ihm fiel ein, dass es am Largo Argentina eine wirklich große gab und dass er von der Praxis bis dorthin zu Fuß höchstens eine halbe Stunde brauchen würde.

Er ging rasch, wie immer, und brauchte genau die Zeit, die er geschätzt hatte. Vor dem Eingang versuchten zwei Afrikaner, ihm Märchenbücher zu verkaufen, und er hatte etwas Mühe, ihnen nichts abzukaufen, sie abzuschütteln und einzutreten.

Im Inneren der Buchhandlung merkte er, dass er nicht wusste, wie er vorgehen sollte. Bisher hatte er in Buchhandlungen immer ein präzises Anliegen gehabt. Ein spezielles Buch, das er für einen speziellen Zweck brauchte. Man ging zum Buchhändler, verlangte das Buch, trug es zur Kasse, zahlte und ging wieder. Ohne die anderen Bücher, die sich zu Tausenden in den Regalen, auf den Tischen und dem Boden türmten, auch nur zu *ansehen.*

Er sah sich vorsichtig um, als würden die anderen ihn bemerken, die Anwesenheit eines Fremden spüren, es weitersagen, miteinander tuscheln und ihn dabei misstrauisch beäugen.

Er brauchte ein paar Minuten, um sich zu vergewissern, dass ihn keiner bemerkte. Hier schienen die Menschen sich generell nicht füreinander zu interessieren. Alle bewegten sich zwischen den Büchern und den Stockwerken hin und her, blätterten, wählten, gingen zur Kasse oder lehnten sich an ein Regal, setzten sich auf Sofas und lasen, wie in einer Bibliothek. Der Anblick dieser Buchschnorrer, die kostenlos lasen, gab schließlich den Ausschlag für eine Entwarnung. Wenn sich keiner um sie scherte – und tatsächlich scherte sich keiner um sie, auch nicht die Buchhändler –, dann würde sich auch keiner um ihn scheren.

Er begann, den Mikrokosmos um sich herum genauer ins Auge zu fassen. Bis zu jenem Moment hatte er nur mehr oder weniger bunte, grob aufgelöste Schemen und herumwandernde Individuen wahrgenommen.

Es gab eine Gruppe von Männern mit grauen Anzügen und gelockerten Krawatten; einen Jugendlichen, der einen Buchumschlag und ein paar Seiten mit seinem Mobiltelefon fotografierte; eine ältere Dame, die mit sehr viel Sachkenntnis die Krimis inspizierte; zwei Mädchen, die sich sehr intensiv unterhielten und vollkommen desinteressiert an Büchern und überhaupt allem, was nicht mit ihrem Gespräch zu tun hatte, schienen; einen Mann, der aufgrund seines Bartes aussah wie ein Bergfex, sich Geschichtsbücher ansah und von Zeit zu Zeit die Nase hochzog und sich lautstark räusperte.

Nachdem er sich eine Weile zwischen diesen Gestalten hatte treiben lassen wie in einem Aquarium, fragte Roberto einen Buchhändler nach der Theaterabteilung. Dort wollte er Gesprächsstoff für die Begegnungen mit Emma finden. Die Titel, die er durchging, schienen ihm jedoch ungeeignet. Es waren Komödien und Tragödien. Roberto schlug einen Band von Beckett auf, las eine Seite und nahm ziemlich besorgt wieder Abstand. Dann gab es noch Bücher mit Titeln wie *Für ein schamanistisches Theater* oder *Der leere Raum*. Er versuchte, sie ebenfalls durchzublättern, doch auch hier gab er schnell auf.

Neben den Büchern übers Theater fand er einige Texte übers Schreiben, von denen ihm einer gleich ins Auge fiel. Er hieß: *Wie verfasse ich meine Lebensgeschichte.*

Beim Durchblättern bemerkte er, dass ihn jemand beäugte. Es war ein korpulenter Mann in einem dunklen, kastenförmig geschnittenen, weiten Trenchcoat. Er hatte ein Buch in der Hand und einen Rucksack über der Schulter – der winzig aussah bei seinem Umfang – und war, wie viele Dicke, altersmäßig sehr schwer zu schätzen. Nach ein paar Sekunden stellte er das Buch ins Regal und näherte sich Roberto.

»Darf ich Sie etwas fragen? Vielleicht bin ich indiskret, und dann sagen Sie es mir einfach, ich entschuldige mich, und damit ist die Sache erledigt.«

»Nur zu.«

»Sie gehen nicht oft in Buchhandlungen, stimmt's?«

Roberto spürte Ärger in sich hochsteigen und wollte ihm schon sagen, dass er tatsächlich indiskret war.

»Sieht man mir das an?«

»Ehrlich gesagt, schon.«

Dann gab er ihm die Hand und stellte sich vor. Er sagte, er sei Journalist. Er müsse einen Artikel über Buchkäufer schreiben. Über Stammkunden und Gelegenheitskäufer. Roberto war ihm gleich als interessantes Studienobjekt aufgefallen.

»Darf ich Sie fragen, warum Sie in die Buchhandlung gekommen sind?«

Roberto fand, dass es zu kompliziert war, alles zu erzählen.

»Ich habe eine Frau kennengelernt, die eine Leidenschaft fürs Theater hat. Ich möchte ihr gern ein Buch schenken, aber ich habe keine Ahnung, welches.«

Das war gelogen, aber während er diese Antwort erfand, hatte Roberto den Eindruck, dass sie den wahren Grund in sich barg.

»Kaufen Sie *Die Welt ist eine Bühne*«, sagte der Mann und reichte Roberto ein Buch mit einem orangefarbenen Umschlag, das auf einem der Tische auslag. »Das ist ein schönes Buch über Shakespeare und seine Zeit, unterhaltsam und zugleich sehr kompetent. Damit machen Sie bestimmt einen guten Eindruck, selbst wenn Ihre Freundin es schon gelesen haben sollte. Dann vielleicht sogar noch mehr.«

In demselben Augenblick näherte sich den beiden eine nachlässig angezogene Frau. Sie hatte ein Buch mit einem blauen Umschlag in der Hand und bat den dicken Mann, es für sie zu signieren. Der lächelte, nickte, nahm einen billigen Stift, den die Frau ihm hinhielt und der in seiner Hand lächerlich klein wirkte, und schrieb etwas auf die erste Seite. Die Frau bedankte sich, entschuldigte sich für die Störung und ging zurück zu ihrer Freundin, die in ein paar Metern Entfernung auf sie gewartet hatte.

»Manchmal schreibe ich auch Bücher«, sagte der Mann etwas verlegen, als müsse er sich entschuldigen. Sie standen da, ohne etwas zu sagen. Der Zwischenfall mit der Frau hatte sie aus dem Gleichgewicht gebracht. Nach einer kleinen Weile brach der Journalist/Schriftsteller das Schweigen, verabschiedete sich – »freut mich, Sie kennengelernt zu haben« – und ging, so schnell es ihm sein Umfang erlaubte, in einen anderen Bereich der Buchhandlung.

Roberto betrachtete den Umschlag des Buches, das er in der Hand hielt, und ging zur Kasse. Er fühlte sich auf angenehme Art fehl am Platz. Unbekümmert.

# 12

Die Unbeschwertheit hielt nicht lange an und wich alsbald einem Gefühl innerer Leere. Euphorie und Depression wechselten sich ab. Darüber hatten der Doktor und er vor einiger Zeit gesprochen. Es konnte vorkommen, dass die beiden Gemütszustände sich ein paar Wochen oder sogar Monate abwechselten, während die Gesamtsituation sich besserte.

Aber besserte sie sich wirklich?

Als er am Donnerstagnachmittag zum Doktor ging, verfolgten ihn ziemlich düstere Gedanken.

»Sind Sie in einer Buchhandlung gewesen?«

»Ja, ich bin gleich nach unserer Sitzung hingegangen.«

»Und, war es ein positives Erlebnis?«

Roberto musste einen Moment überlegen. Positiv. Doch, schon, auch wenn seine Tagesform extrem schlecht war. Das waren zwei verschiedene Dinge.

»Doch, kann man schon sagen. Ich habe einen Journalisten kennengelernt. In Wirklichkeit ist er auch ein Schriftsteller, wie ich festgestellt habe.«

»Ein Schriftsteller? Welcher denn?«

Roberto erzählte ihm von seinem Ausflug in die Buchhandlung und von der Begegnung mit dem Journalisten/Schriftsteller, dessen Namen er nicht mehr wusste – der Beschreibung nach glaubte der Doktor zu wissen, um wen es sich handelte, aber er sagte nichts –, und er zögerte nur einen kleinen Augenblick, als der Doktor ihn fragte, welches Buch er gekauft habe.

»Eine Biografie von Shakespeare.«

Falls die Erwähnung Shakespeares den Doktor irgendwie wunderte, gab er das jedenfalls nicht zu erkennen.

»Der Besuch in der Buchhandlung hat Ihnen also gefallen.«

»Ja, und ich bin ganz beschwingt nach Hause gekommen. Das hat einen Tag lang angehalten, aber gestern bin ich dann mit einem ganz schrecklichen Gefühl aufgewacht.«

»Welcher Art?«

»Traurig und angstvoll. Und zwar so stark wie in der ersten Zeit, in der ich zu Ihnen gekommen bin. Und seit gestern früh ist meine schlechte Laune immer schlimmer geworden. Ich dachte, es gehe mir besser, aber stattdessen habe ich Angst. Es kommt mir so vor, als hätte ich überhaupt keine Kontrolle über das, was hier drin abläuft«, sagte er und schlug sich ziemlich fest mit der Hand auf die Stirn.

Der Doktor trug ein dunkles Baumwollhemd. Er atmete tief durch, krempelte die Ärmel über den schlanken, muskulösen Unterarmen hoch und räusperte sich.

»Wir haben schon darüber gesprochen, und ich bin sicher, dass Sie sich daran erinnern. Diese Prozesse verlaufen nie linear. Man macht drei, vier Schritte vorwärts und dann wieder zwei zurück, dann wieder ein paar Schritte vorwärts, und so weiter. Die Rückwärtsschritte sind durch Angst vor Veränderung bedingt. Wenn man so lange mit dem Leid zusammenlebt, wird es ein Teil von einem selbst. Wenn es einem dann besser geht, wenn man beginnt, sich davon zu lösen, gerät man in widersprüchliche Stimmungen. Einerseits ist man froh darüber, andererseits vermisst man etwas, das Teil der eigenen Identität war und auch zu einer Art von Gleichgewicht beigetragen hatte. Das Schwanken zwischen Euphorie und Traurigkeit hängt damit zusammen. Es ist normal, es ist nichts, wovor man Angst haben müsste. Jedenfalls nicht mehr als die Angst, die man hat, weil man auf der Welt ist.«

»Vielleicht ist genau das das Problem. Ich habe Angst, weil ich auf der Welt bin.«

»Ich glaube, Sie sollten mehr Zuversicht haben. Wenn eine Situation besser wird, ich meine, sich verändert, dann spürt man die Erschütterung. Und dann ist es normal, dass auf ein paar Tage echter Euphorie auch weniger euphorische Momente folgen. In der Fachsprache nennt man so etwas dysphorische Momente. Wenn sie einem widerfahren, ist dass ein wenig, als schlage eine Welle über einem zusammen. Die Grundregel ist dann, nicht panisch zu reagieren, sich nicht zu sträuben, was zwecklos wäre, und abzuwarten, bis es vorbei ist.«

»Geht es denn vorbei?«

»Fast immer. Sie müssten doch am besten wissen, wie es ist, wenn eine große Welle über einem zusammenschlägt.«

»Man verliert vollkommen die Orientierung. Man weiß nicht mehr, wo oben und wo unten ist. Man hat keine Kontrolle mehr über die eigenen Bewegungen und den eigenen Körper.«

»Als wären die räumlichen Regeln außer Kraft gesetzt?«

»Ja, genau. Als wären die räumlichen Regeln außer Kraft gesetzt«, wiederholte Roberto langsam.

»Und wie kommt man da wieder raus?«

»Man wartet ab, bis es vorbei ist.«

»Genau. Das ist es. Manchmal, wenn die Welle besonders groß ist und der Sturz besonders heftig, kann man Hilfe gut brauchen.«

»Ja. Ich habe es allerdings immer allein geschafft. Auch wenn es manchmal ganz schön schwierig war.«

»Glauben Sie, dass Sie jede Welle bewältigt hätten?«

»Nein, da haben Sie recht. Es gibt Fälle, in denen man sich helfen lassen muss. Und andere, in denen man trotzdem untergeht. Einem Jungen, den ich kannte, ist das passiert.«

»Stimmt, das kann immer passieren. Zum Leidwesen derjenigen, die Hilfe leisten wollen.«

»Jedenfalls ist es genau so, wie Sie gesagt haben. Wenn die Welle einen erwischt, muss man sich ihr anvertrauen, ohne in Panik zu geraten. Ein paar Sekunden später ist die Welt meistens schon wieder an ihren Platz zurückgekehrt.«

»Wollen Sie mir noch etwas über das Surfen erzählen? Sie haben gesagt, dass Sie mit Ihrem Vater angefangen haben.«

»Ja.«

»War er gut?«

»Als Surfer oder als Lehrer?«

»Beides.«

Roberto war verunsichert. Aus dem Gleichgewicht gebracht, so als hätte ihm jemand die Lehne weggezogen. Er suchte nach Worten. Er streckte die Hände aus, als suche er nach einem Halt.

»Mein Vater… war gut. Alte Schule, aber sehr gut. Er hatte bei einigen großen Surfern von früher gelernt, Großwellensurfern. Leuten, die auch auf Hawaii gesurft hatten, an der North Shore, in der Waimea Bay.«

Roberto unterbrach sich abrupt.

»Ich nenne da Namen, die Ihnen gar nichts sagen.«

Der Doktor machte eine abwehrende Geste mit den Händen, als wolle er sagen: Ist schon in Ordnung.

»Und Sie? Waren Sie gut?«

»Ich war ganz okay.«

»Trifft dieser Ausdruck es genau? *Ich war ganz okay?*«

Roberto sah ihn an.

»Ich war gut. Ich war so gut wie mein Vater, und vielleicht

hätte ich ihn sogar noch übertroffen, wenn ich nicht aufgehört hätte.«

Der Doktor lächelte. Ein richtiges Lächeln, mit einer Spur Bitterkeit, so als wären sie alte Freunde, die bei einem Glas Bier zusammensaßen und von denen einer eine schöne Erinnerung ansprach, die beide verband; einer jener Gründe, wegen der sie sich als Freunde bezeichneten.

»Ich habe einen Roman gelesen, in dem es unter anderem auch ums Surfen ging, und da war ein Satz, der mir zu denken gab. Er lautete mehr oder weniger so: Eine Sache ist es, auf die Welle zu warten, eine ganz andere, sich auf dem Brett aufzurichten, wenn sie kommt.«

»Wer diesen Satz geschrieben hat, weiß, wovon er spricht. Wenn es so weit ist, erkennt man, dass der ganze Rest nur Mist ist. Entschuldigen Sie, Doktor, aber ich meine tatsächlich Mist. Das ist so ein Gefühl von Wahrhaftigkeit, ich weiß nicht, wie ich es sagen soll, so als würde auf einmal alles... alles scharf gestellt werden. Ein Gefühl von Schönheit, von Ganzheit, von Verschmelzung mit dem Rest der Welt. Wenn die Welle einen trägt, fühlt man sich *als Teil* des Ganzen, wenn Sie verstehen, was ich damit sagen will; und es ist, als bekäme alles auf einmal einen Sinn. Auf gewissen Wellen – Bergen aus Wasser, es sind richtige Berge – ist einem auf einmal alles egal. Man will nur noch wissen, wer man eigentlich ist. Nichts hat mehr Bedeutung, bis auf die Tatsache, dass man auf der Welle steht. In diesen Momenten herrscht vollkommene Harmonie, während man im Gleichgewicht zwischen Himmel und Meer schwebt, man steht beinahe still, während man in Wirklichkeit blitzschnell durch das Getöse von Wasser und Luft hindurchgleitet. Man durchquert die Welle genau an dem Punkt, wo man von den beiden Extremen gleich weit entfernt ist.«

Roberto brach ab. Er war überrascht, wie die Erinnerungen hochkamen und sich in Erzählung verwandelten.

»Glauben Sie an Gott, Doktor?«

Sein Gegenüber sah ihn leicht verwundert an, antwortete nicht sogleich.

»Ob ich an Gott glaube? Haben Sie schon einmal den Namen Blaise Pascal gehört?«

»Nein.«

»Pascal war ein französischer Philosoph des siebzehnten Jahrhunderts. Ein Philosoph und ein bedeutender Mathematiker. Berühmt unter anderem durch die so genannte Pascalsche Wette.«

»Und was ist die Pascalsche Wette?«

»Pascal sagte, dass es sich lohnt, auf die Existenz Gottes zu setzen. Ich erspare Ihnen die ausführliche Argumentation, aber kurz gefasst ist der Sinn, dass es sich lohnt, auf Gottes Existenz zu wetten, weil wir in diesem Fall unendlich viel gewinnen. Sollte sich hingegen herausstellen, dass es Gott nicht gibt, haben wir nichts verloren und wenigstens eine vom Glauben beglückte Zeit verbracht. Soweit Pascal.«

Roberto versuchte, sich die Idee zu eigen zu machen. Sie war durchaus reizvoll, wenn auch in gewisser Weise schwer greifbar.

»Mir ist das nicht ganz klar«, meinte er schließlich.

Der Doktor antwortete nicht. Er sah ihn an, presste die Lippen zusammen und bewegte dabei leicht den Kopf. Er versuchte offensichtlich, eine Situation unter Kontrolle zu halten, die sich nicht erwartungsgemäß entwickelte.

»Haben Sie Angst vor dem Tod?«

»Streng genommen müsste ich Ihnen jetzt sagen, dass das – meine Haltung zum Jenseits und meine Angst im Diesseits – nicht zu unseren Themen gehört. Streng genommen.«

»Entschuldigung.«

»Nachdem ich diese Vorbemerkung gemacht habe und es ansonsten mal nicht so streng nehme, würde ich jedoch sagen, dass der Tod nicht mein liebster Gedanke ist. Die wirklich störende Vorstellung ist für mich allerdings das, was ihm vorausgehen kann. Dieses Vorspiel würde ich mir gern ersparen.«

»Mir fallen gerade Dinge aus meiner Kinder- und Jugendzeit ein.«

»Erzählen Sie.«

»Mir fallen die Kaugummiautomaten ein, die mit den runden, bunten Kugeln. Erinnern Sie sich?«

»Erzählen Sie weiter.«

»Also, mir kommen diese Automaten in den Sinn und Erdnussbutter. Und Snickers und Marshmallows ... und jetzt fällt mir auch ein, wie mein Vater mich einmal zu den Lakers mitgenommen hat.«

»Ist das nicht ein Basketball-Team?«

»Die Lakers sind die beste Basketballmannschaft der Welt. Eine der Mannschaften aus Los Angeles. Meine Mannschaft.«

Plötzlich war der Duft von Popcorn wieder da, das Raunen der Menge, wenn Kareem Abdul-Jabbar einen seiner *Himmelshaken* setzte, die glatte Pappe eines Coca-Cola-Bechers. Er erinnerte sich an das karierte Jackett seines Vaters, an seinen Schnauzbart. Er sah ihn direkt vor sich, während er auf ihn einredete, nach After-Shave und Zigaretten duftend.

Sie kommentierten gerade einen Spielzug, vielleicht sprachen sie aber auch über etwas anderes. Roberto verfolgte die Szene wie ein außenstehender Betrachter und konnte nicht hören, was sie sich sagten. Irgendwann klopfte der Mann dem Jungen kameradschaftlich auf die Schulter. Roberto dachte, dass er sich wahrscheinlich nicht mehr lange beherrschen konnte. Bald würde er anfangen zu weinen und nicht mehr aufhören können.

»Mein Vater war Kommissar, das habe ich Ihnen bereits gesagt. Wir wohnten am Stadtrand. Von unserem Haus bis zum Meer waren es höchstens zehn Minuten. Und ein paar Minuten mehr bis nach Dana Point, wo man sehr gut surfen kann. Meine Mutter war Übersetzerin. Eines Morgens klingelten Kollegen meines Vaters bei uns und holten ihn ab. Es war ein wunderschöner Tag, ein Samstag. Für den Vormittag waren phantastische Wellen angekündigt. Wenige Tage später beging er Selbstmord im Gefängnis. Ich habe so gut wie keine Erinnerung an die darauffolgenden Wochen, aber sechs Monate später waren wir schon in Italien, im Elternhaus meiner Mutter. Sie hatte es zirka ein Jahr vorher geerbt und hatte mit meinem Vater beschlossen, es zu verkaufen. Danach ist meine Mutter nie wieder ins Ausland gefahren, und ich bin nie wieder nach Kalifornien zurückgekehrt.«

Er hatte diese Dinge mit einer monotonen, ausdruckslosen Stimme erzählt. Der Doktor atmete tief durch. Roberto spürte plötzlich Wut in sich hochsteigen, die sich unerwarteterweise gegen den Mann richtete, der ihm gegenübersaß.

Es folgten ein paar Minuten drückenden Schweigens. Dann platzte es aus Roberto heraus.

»Natürlich wollen Sie gar nicht wissen, warum mein Vater verhaftet wurde. Aber selbst wenn Sie es mich fragen würden, würde ich es Ihnen nicht sagen. Ich habe es satt, nach Regeln zu spielen, die Sie allein aufstellen.«

»Weshalb wurde Ihr Vater verhaftet?«

Roberto machte eine unwirsche Geste.

»Er nahm Geld von den Betreibern von Bars, Restaurants und Nachtclubs. Wer zahlte, wurde in Ruhe gelassen, wer nicht zahlte, dem machte er das Leben schwer.«

Nach einer Pause fügte er hinzu: »Ich habe noch nie jemandem davon erzählt.«

»Sie wären sonst in Kalifornien geblieben, stimmt's?«

»Ja. Wissen Sie, was absurd ist?«

»Was?«

»Ich bin nicht etwa wegen seiner Straftaten wütend auf meinen Vater, sondern deshalb, weil er sich umgebracht und mich im Stich gelassen hat. Verdammt.«

Er hörte auf zu sprechen. Er knetete sich die Hände, erst die eine, dann die andere. Er zupfte sich am Kinn. Er rieb sich das Gesicht.

Und dann kamen die Tränen.

# *Giacomo*

Mittlerweile grüßen Ginevra und ich uns jeden Morgen, wenn wir in die Schule kommen, und manchmal auch, wenn wir die Schule verlassen, außer wenn sie es sehr eilig hat. Gestern passierte etwas völlig Neues: Sie rief mich beim Namen.

Der Satz war folgender: »Giacomo, hast du einen Stift übrig? Meiner schreibt nicht mehr.«

Wir schrieben gerade einen Aufsatz, und theoretisch hätte man den Vorfall als unwichtig betrachten können. Sie wollte einen Stift von mir, und wie hätte sie mich sonst rufen sollen, wenn nicht bei meinem Namen?

Aber in meiner Schule nennen wir uns meistens beim Nachnamen. Den Vornamen verwendet man nur, wenn man wirklich befreundet ist. Und das bedeutet, dass der Vorfall sehr wohl wichtig ist.

Ich dachte, dass ich sie in meiner Antwort auch beim Vornamen nennen müsste, was ich noch nie getan hatte. In der Klasse gibt es nur zwei Mädchen, die beim Vornamen gerufen werden. Ich habe es nicht geschafft, aber in den nächsten Tagen will ich es unbedingt wieder probieren.

Ich nahm mir auch vor, ein paar Songs für sie zusammenzustellen, mit den Liedern, die ich besonders gern mag. Sie stammen alle aus der Zeit vor meiner Geburt. Sachen, die meine Eltern hörten, wie die Rolling Stones, Led Zeppelin, die Dire Straits. Ich könnte sie auf einen USB-Stick laden und ihr irgendwie zukommen lassen. Das wird natürlich nicht einfach, denn ich will nicht, dass es jemand bemerkt, aber wenn es soweit ist, wird mir schon etwas einfallen.

Ich muss es zugeben: Ich glaube, ich bin unsterblich verknallt in Ginevra.

* * *

Heute Nacht hat Scott mich zum See geführt, dem mit dem klaren Wasser, das aussieht wie in einem Swimming-Pool. Er meinte, wir könnten dort baden. Ich sprang kopfüber hinein – jetzt, im Nachhinein, glaube ich, dass ich auch komplett angezogen war – und glitt wie ein Fisch unter der Wasseroberfläche entlang, durch das blaue, durchsichtige Wasser. Ich muss sofort eine Anmerkung machen: Ich kann überhaupt keinen Kopfsprung, und ich kann zwar einigermaßen schwimmen, aber tiefes Wasser macht mir Angst, so wie eine ganze Reihe anderer Dinge auch.

Im See des Parks war es anders. Ich fühlte mich in Sicherheit und schwamm sehr viel, auch unter der Oberfläche, mit offenen Augen und guter Sicht, so als hätte ich eine Taucherbrille auf. Auch Scott war hineingesprungen und mit mir geschwommen, wir spielten und hatten eine Menge Spaß. Als wir aus dem Wasser kamen, waren wir trocken, und das mag von dieser Warte aus merkwürdig erscheinen, aber in dem Moment erschien es mir vollkommen selbstverständlich.

»Scott?«

*Was gibt es, Chef?*

»Wir sind hier in einem Traum, nicht wahr?«

*Ich denke schon, Chef.*

»Ich frage dich, weil mir das alles ganz real vorkommt.«

Scott setzte sich vor mich und neigte den Kopf zur Seite, in Erwartung dessen, was ich ihn gleich fragen würde.

»Hat das, was ich hier tue oder sage, irgendwelche Auswirkungen auf die... reale Welt?«

Ich hatte den Eindruck, als lächelte Scott, bevor er mir antwortete.

*Fast alles, was in der realen Welt passiert, hängt damit zusammen, was du auf dieser Seite tust und sagst, Chef. Und umgekehrt. Das wissen viele nicht, aber genau so ist es.*

Dieser Satz war ein wenig rätselhaft, und ich war mir nicht sicher, ob ich wirklich verstanden hatte, was Scott mir damit sagen wollte. Ich versuchte mich zu konzentrieren, aber je mehr ich mich bemühte, die Bedeutung dieses Satzes zu erfassen – und zu verstehen, was er mit Ginevra und mir zu tun hatte –, desto mehr entglitt er mir.

Dann verschwamm alles, und ich wachte auf.

# 13

Am Samstagabend kam er nach einem langen Spaziergang nach Hause, duschte und machte sich etwas zum Abendessen. Während er darauf wartete, dass das Wasser kochte, fiel sein Blick auf die Tüte aus dem Buchladen, die seit ein paar Tagen in der Küche lag. Zerstreut nahm er das Buch heraus, das er für Emma gekauft hatte, schlug es irgendwo auf und las ein paar Seiten.

Gar nicht schlecht, die Geschichte dieses mysteriösen William Shakespeare aus Stratford-upon-Avon. Ohne es zu merken, blätterte er zum Anfang zurück und las dann den ganzen Abend bis tief in die Nacht. Er machte am nächsten Morgen weiter, las den ganzen Nachmittag über und wieder den Abend durch. Gegen Mitternacht war er fertig und befand, dass die Erfahrung ungewöhnlich und interessant gewesen war. Er hatte innerhalb von zwei Tagen ein ganzes Buch gelesen, und das war ihm auch noch normal erschienen. Diese Natürlichkeit war das Seltsamste an der ganzen Sache. Bisher hatte er immer geglaubt, dass Lesen mit Anstrengung, Planung und viel Zeit verbunden war. Eine Tätigkeit für wenige Privilegierte. Und jetzt stellte sich plötzlich heraus, dass Lesen dasselbe war wie Trinken, Essen, Laufen oder Atmen – oder es zumindest sein konnte.

Zu irgendetwas muss das gut sein, sagte er sich, als er das Licht ausmachte und sich die Decke zurechtzog, um kurz darauf in Tiefschlaf zu versinken.

Als er am Montagmorgen erwachte und auf die Uhr sah, merkte er, dass er beinahe neun Stunden geschlafen hatte, ohne Unterbrechung.

Das war ihm zum letzten Mal vor vielleicht zwanzig Jahren passiert.

* * *

Auf dem Weg zur Praxis des Doktors fing es an zu regnen, und sofort tauchten an allen Straßenecken die dunklen Gesichter der Regenschirmverkäufer auf. Roberto kaufte einen Schirm, den er seiner Sammlung einverleiben würde: Er besaß einen Schirm für jeden Regenguss, der ihn in den Monaten zwischen Herbst und Frühjahr überrascht hatte.

Gegen zwanzig vor fünf war er bei der Praxis angekommen. Er hatte vorgehabt, in der Nähe des Tors mit gleichgültiger Miene auf- und abzuspazieren und zu warten, bis sie aus dem Haus kam. Aufgrund des heftigen Regens wirkte diese Aktion weit weniger natürlich als geplant. Er erwog, sich in der Bar unterzustellen, aber er verwarf die Idee gleich wieder. Wenn sie aus dem Tor kam, würde sie sofort Richtung Auto oder sonst wohin loslaufen, um nicht nass zu werden. Die einzige Möglichkeit, ein paar Worte zu wechseln, bestand deshalb im Treppenhaus. Diese Tatsache war ihm unangenehm, aber er sah keine Alternative. Er klingelte in der Praxis und hörte keine Antwort, aber wie gewöhnlich ging der Türsummer nach ein paar Sekunden, und das Tor war offen.

Er wartete noch etwa zehn Minuten, ohne dass jemand herauskam oder eintrat. Um zehn vor fünf hörte er schließlich, wie jemand die Treppe herunterkam. Es waren schnelle Schritte, beinahe wie von einem Mann. Roberto fragte sich gerade, ob es vielleicht jemand anderes war, als ihm Emma auf dem Treppenabsatz entgegenkam. Sie sah ihn, noch bevor sie ganz unten war, und blieb erstaunt stehen. Dann stieg sie die untersten Stufen langsam herab.

»Guten Abend«, sagte sie, als sie unten angelangt war.

»Guten Abend.«

»Es regnet wirklich heftig.«

»Ja, es kam ganz plötzlich, aber ich habe einen Schirm gekauft.«

»Wenn das ein Drehbuch wäre, müsste man die letzten Sätze unbedingt umschreiben. Das können wir besser.«

»Sie haben recht, aber Sie schüchtern mich ein.«

»Soll ich das als Kompliment nehmen?«

»Ich denke, ja. Darf ich Sie etwas fragen?«

»Natürlich.«

»Sind Sie hier in Behandlung …?«

»Ja. Sie auch, nicht wahr?«

»Ja.«

»Aber ich möchte ausdrücklich darauf hinweisen, dass ich harmlos bin und kein Wahnsinniger. Jedenfalls nicht besonders. Sind Sie wahnsinnig?«

Das war gut gesagt. Sie fing plötzlich an zu lachen. Ein schönes, herzliches Lachen.

»Manchmal schon, glaube ich. Früher war ich überzeugt, es zu sein, aber heute geht es besser. Nein, ich glaube, ich bin nicht wahnsinnig, auch wenn der Doktor meint, dass wir es alle sind.«

»Ja, ja, ich weiß. Der Unterschied besteht darin, dass manche mit ihrem Wahnsinn zurechtkommen und manche nicht.«

»Dann sind Sie schon einen Schritt weiter, so gut wie geheilt.«

»Warum?«

»Der Doktor hat mir das erst gesagt, als es mir schon besser ging, viele Monate, nachdem ich die Sitzungen angefangen hatte. Ich glaube, vorher hätte ich es nicht verstanden.«

»Fänden Sie es aufdringlich, wenn ich Ihnen das Du anbieten würde?«

Neues Gelächter, kürzer, aber mit derselben Klangfarbe.

»Warum nicht? Wir sind immerhin Kollegen.«

»Kollegen?«

»Wir sind beide in psychiatrischer Behandlung, meine ich«, sagte sie lachend.

»Ich habe ein Buch für dich.«

»Ein Buch für mich?«

Roberto holte den Band aus der Tasche seines Trenchcoats. Er hatte beinahe die Wahrheit gesagt. Er war in eine Buchhandlung gegangen – er erwähnte nicht, dass diese Erfahrung für ihn ungewohnt war, dieser Aspekt war seiner Meinung nach zu vernachlässigen –, dort hatte er dieses Buch gesehen, das ihm ein Freund empfohlen hatte, er hatte es gelesen, gut gefunden und gedacht, dass es auch ihr gefallen könnte. Vermutlich noch besser als ihm. Falls sie es nicht schon längst kannte.

Beinahe die Wahrheit.

Sie sah ihn verwundert an.

»Ich habe davon gehört. Das wollte ich schon immer gern lesen, vielen Dank.« Mit diesen Worten streckte sie die Hand aus und nahm das Buch, das er ihr reichte. Nach einer kurzen Pause folgte dann, als könne sie sich nicht beherrschen: »Wie seltsam.«

»Was denn?«

»Du siehst nicht aus wie jemand... ich meine, du siehst nicht aus wie jemand, der solche Bücher liest. Jetzt muss ich aufpassen, dass ich nichts Falsches sage, aber ich will damit sagen, dass du eher aussiehst wie jemand, der handelt, statt

Bücher zu lesen. Mit anderen Worten: In einem Film würde ich mit dir die Rolle des Bullen besetzen, nicht die des Professors.«

Er lächelte wortlos. Sie sah ihn neugierig an. Er lächelte weiterhin, ohne etwas zu sagen.

»Du bist doch nicht etwa wirklich Polizist?«

»Ich bin Carabiniere.«

»Nein.«

»Doch.«

»Also, so was... Du bist der erste Carabiniere, den ich kenne.«

»Ich habe auch noch nie eine Schauspielerin kennengelernt.«

Sie verzog das Gesicht. Nur ganz kurz und vielleicht ohne es selbst zu merken. Sie schüttelte den Kopf, wie um einen lästigen Gedanken zu verscheuchen.

»Ich bin keine Schauspielerin mehr. Aber jetzt musst du los, sonst kommst du zu spät.«

»Hast du einen Schirm dabei?«

»Nein.«

»Dann bringe ich dich noch zum Auto.«

»Dann kommst du noch später.«

Er erwiderte nichts, trat aus dem Haustor und öffnete den Schirm, woraufhin er ihr bedeutete, ihm zu folgen. Der Regen prasselte noch heftiger als vorher. So heftig, dass so gut wie niemand auf der Straße war. Emma nahm seinen Arm, um unter dem schützenden Schirm zu bleiben. Die bloße Berührung ihrer Hand ließ ihn erschauern.

Ganz genau wie das Erschauern vor vielen Jahren – dachte er überrascht, als ihn diese weit zurückliegende Erinnerung überkam –, als ihm eine vierzehnjährige Mitschülerin im Autoscooter die Hand aufs Bein gelegt hatte.

Sie erreichten das Auto. Sie öffnete die Tür, während er den Schirm über sie hielt und dabei komplett nass wurde.

»Also vielen Dank, und hoffen wir, dass es nächsten Montag nicht regnet«, sagte sie.

»Ja, hoffen wir's«, sagte er und kam sich vor wie ein Idiot.

»Also tschüss, Bulle.«

»Im Buch steht meine Telefonnummer. Für alle Fälle.«

»Ach, gut zu wissen.«

»Also, tschüss dann.«

»Tschüss.«

* * *

»Entschuldigung wegen letztem Mal.«

»Sie brauchen sich nicht zu entschuldigen. Es war normal, dass Sie sich über mich geärgert haben.«

Roberto sah ihn verdutzt an.

»Warum?«

»Was glauben Sie, weshalb das passiert ist?«

»Ich weiß es nicht. In dem Moment war ich einfach sehr wütend auf Sie. Und im Nachhinein kam es mir absurd vor.«

»Das war normal.«

»Mir kommt das merkwürdig vor.«

»Ich stimme Ihnen zu, dass es merkwürdig erscheinen kann. Aber es ist ganz in Ordnung so.«

»Ich weiß gar nicht, worüber ich heute mit Ihnen sprechen soll.«

»Dann schweigen wir doch einfach ein wenig.«

# 14

So vergingen die fünfzig Minuten, mit viel Schweigen und wenigen Worten, in einer angespannten Atmosphäre. Wenn man ihn gefragt hätte, hätte Roberto nicht sagen können, ob er fröhlich oder traurig, gelassen oder unruhig, erregt oder deprimiert war; er hätte gar nichts über sich sagen können. Er nahm ein Gefühl wahr, für das er keinen Namen hatte. Er kam sich vor wie jemand, der sehr komplexe Gefühle ausdrücken will, das jedoch in einer Sprache tun muss, die er kaum beherrscht. Dieser Gedanke schien ihm den Sachverhalt ziemlich genau zu treffen, und er wollte dieser Idee weiter auf den Grund gehen, doch nach kurzer Zeit verlor er den Faden, und seine Gedanken entschwanden in eine andere Richtung.

Am Ende der Sitzung teilte ihm der Doktor mit, dass er am Donnerstag auf einen Kongress fuhr und sie sich deshalb erst in einer Woche wiedersehen würden, am folgenden Montag.

Roberto vernahm die Nachricht zwar, aber erst als er auf der Straße stand, wo der Regen unerbittlich herunterprasselte, wurde ihm klar, was das bedeutete.

Seine Rundgänge durch die Stadt, seine Gedanken, sein Schlaf, seine Mahlzeiten, der Fernseher, der Computer, rauchen, trinken, Sport treiben, sich waschen, Essen zubereiten, einkaufen, alles drehte sich um die Termine Montag, siebzehn Uhr, und Donnerstag, siebzehn Uhr.

Der Kongress des Doktors setzte das Zentrum seines Sonnensystems außer Kraft und löste eine schwere Erschütterung seines Bewusstseins aus. Während er durch den Regen lief, den der Schirm nur teilweise von ihm abhielt, so dass er bald vollkommen durchnässt war, überkam Roberto die angstvolle Vorstellung von der unförmigen Zeit, die vor ihm lag. Ein spiegelglattes Meer, eine riesige leere Fläche ohne Begrenzungen, ohne Land am Horizont.

Die Woche floss zäh dahin, und jeden Tag drückte unablässig ein enger Ring auf seinen Kopf, gegen den auch keine Medikamente halfen.

Roberto quälte sich mühsam – als müsse er ein Gewicht tragen, das viel schwerer war als sein eigener Körper – durch Tage, die alle gleichförmig ineinander übergingen.

Er wachte morgens früh auf und ging abends spät schlafen. Er durchstreifte beharrlich die Stadt im Regen, der den größten Teil der Woche beinahe ohne Unterlass fiel. Er aß vollkommen durchnässt in Imbissstuben und armseligen Lokalen am Rand der Peripherie, an Orten, die er schon eine Stunde später nicht mehr wiedergefunden hätte. Er rauchte feuchte Zigaretten im Schutz von Mauervorsprüngen oder Laubengängen. Zwei Mal glaubte er, vertraute Gesichter zu erkennen, aber er wusste nicht, wem sie gehörten, und wollte es auch nicht wissen. Beide Male wandte er den Blick ab und ging fluchtartig weiter.

Am Sonntag waren die Kopfschmerzen weg.

Am Montagmorgen tauchte Roberto aus dem dunklen, schlammigen Teich auf, den er mit angehaltenem Atem durchquert hatte.

## *Giacomo*

Ich habe die Songs für den USB-Stick zusammengestellt. Es war nicht leicht, die Stücke auszuwählen, und ich brauchte dafür mehrere Tage, auch weil ich beschlossen hatte, dass es nicht zu viele sein durften und vor allem nichts, was ihr nicht gefallen könnte. Ich wollte auf Nummer sicher gehen.

Am Schluss hatte ich folgende sechs Lieder ausgesucht: *Time Is on My Side* von den Rolling Stones, *Everybody Hurts* von R.E.M., *Tunnel of Love* von den Dire Straits, *Don't Stop Me Now* von Queen, *With or Without You* von U2 und schließlich *Stairway to Heaven* von Led Zeppelin. Das ist mein Lieblingslied, weil es mich an etwas Schönes erinnert, allerdings weiß ich nicht mehr, woran.

Ich hatte auch überlegt, dieser Zusammenstellung einen Titel zu geben, aber alle, die mir einfielen, waren ungeeignet, beziehungsweise richtig bescheuert. Wie etwa *Songs für Ginevra* oder *Giacomo's Selection* oder anderes schleimiges Zeug, das ich nicht einmal hier aufschreiben will.

Letztendlich beschloss ich, auf einen Titel zu verzichten, packte den USB-Stick in meine Schultasche und trug ihn mehrmals zwischen Zuhause und Schule hin und her, ohne dass sich eine Gelegenheit bot oder ich den Mut fand, ihn ihr zu geben. Jetzt hat sie sich krankgemeldet und fehlt schon zwei Tage. Ich habe mir auch überlegt, sie anzurufen, aber ich habe ihre Handynummer nicht, und außerdem würde ich mich sowieso nie trauen, sie anzurufen.

Gestern Abend habe ich ihr nach einer Stunde Zögern die Freundschaft auf Facebook angeboten. Mal sehen, was passiert.

* * *

Ich hatte einen Albtraum, was mir schon lange nicht mehr passiert ist.

Ich saß auf meinem Bett und hatte das Gefühl, hellwach zu sein, als ich Flügelrauschen hörte. Ich wollte das Licht anmachen, doch da sah ich im Halbdunkel eine Taube, die auf der Lampe saß und mich ansah.

Kurz darauf entdeckte ich zwei weitere Tauben, die neben dem Bett auf dem Boden saßen. Nein, nicht zwei, es waren mehr, fünf, oder vielleicht auch sechs, sieben, oder gar zehn. Vielleicht auch zwanzig. Jetzt waren sie überall, auf der Kommode, auf dem Schreibtisch, auf dem Stuhl, sogar auf dem Bett. Das Zimmer war voller Tauben, und von irgendwoher kamen immer mehr herein. Sie saßen auf dem Schrank, auf der Lampe, auf dem Fußball. Und jetzt sahen sie mich an. Sie waren alle grau, was in der Dunkelheit wie schwarz wirkte, und hatten alle denselben dummen und feindseligen Ausdruck, der typisch für Tauben ist.

Keine rührte sich jedoch.

Sie sind zu ruhig, dachte ich und streckte, meine Abscheu überwindend, die Hand nach einer von denen aus, die auf der Kommode saßen. Ich berührte sie mit einem Finger, aber sie bewegte sich nicht. Ich tippte eine andere an, und auch diese regte sich nicht.

Dann stupste ich eine dritte an, diesmal etwas fester. Der Vogel fiel zu Boden, was klang wie bei einer Papierkugel oder einem Stück Pappe. Ich versuchte, noch einen weiteren anzuschubsen, und auch dieser fiel leblos zu Boden. Jetzt versuchte ich, obwohl es mich ekelte, einen in die Hand zu nehmen. Ich packte ihn vorsichtig mit Daumen und Zeigefinger, und da verstand ich.

Er war nicht lebendig.

Er war ausgestopft.

Alle Vögel waren ausgestopft, und während ich die Taube noch in der Hand hielt, hörte ich, wie sich ein Rascheln im Zimmer ausbreitete. Es kam aus keiner bestimmten Richtung.

Die Tauben fielen eine nach der anderen zu Boden, ein ganzes Bataillon. Es hagelte ausgestopfte Tauben. Es war widerlich.

Ich hielt die Hände schützend über den Kopf und versuchte, nicht zu schreien, und so blieb ich die ganze Zeit sitzen. Als der Schauer vorbei war, sah ich mich um und suchte den Boden und das Bett ab.

Keine Spur mehr. Jetzt war ich wach.

# 15

Er machte sich gerade zum Ausgehen bereit, als das Handy klingelte. Da das so selten vorkam, war sich Roberto zuerst gar nicht bewusst, dass das Klingeln ihm galt.

»Hallo.«

»Hallo, hier ist Emma.«

»Emma, hallo.«

»Mir ist eingefallen, dass du mir deine Handynummer ins Buch geschrieben hast.«

»Ja, auf die Innenseite des Umschlags«, antwortete Roberto. Den Bruchteil einer Sekunde später fühlte er sich wie ein Idiot. Wenn sie ihn anrief, hatte sie die Nummer ja offensichtlich gefunden.

»Also, das Buch hat mir sehr gefallen, danke. Beim Lesen kam mir so einiges wieder in den Sinn.«

In diesem Moment fiel Roberto auf, dass Emma eigentlich um diese Zeit in der Praxis des Doktors sein sollte.

»Bist du denn nicht beim Doktor?«

»Nein. Ich kann heute nicht. Ich werde in Zukunft nie mehr montags dort sein, denn... ach, der Grund ist unwichtig, etwas Berufliches. Ich musste den Tag ändern.«

»Oh, dann sehen wir uns also nicht mehr?« Er versuchte, seiner Stimme einen unbeschwerten Ton zu geben, aber ein Gedanke hatte sich in seinem Kopf festgehakt: Wenn sie ihre Sitzungen auf einen anderen Tag gelegt hatte, würden sie sich wahrscheinlich nicht mehr begegnen.

»Genau deshalb rufe ich an. Es ist ja ein wenig so, als wären wir verabredet. Und auch wenn es absurd klingt, dachte ich, dass du dir Sorgen machen könntest, wenn du mich nicht siehst.«

Sie machte eine Pause, und Roberto glaubte, das aufgeregte Gemurmel unkontrollierter Gedanken zu hören.

»Da hast du recht. Ich hätte mir Sorgen gemacht, wenn ich dich heute nicht getroffen hätte. Danke.«

Stille, erfüllt von unausgesprochenen Absichten. Jeder spürte, dass der andere kurz davor war, etwas zu sagen, und wartete ab.

»Vielleicht …«

»Ich dachte …«

»Entschuldige, was meintest du?«

»Nein, sag du.«

»Wenn du heute Abend noch nichts vorhast, könnten wir doch etwas Kleines essen gehen oder einen Aperitif trinken. Heute Abend.« Er sagte zwei Mal *heute Abend*, ohne zu wissen, warum. Doch noch während er es aussprach, bereute Roberto schon, den Vorschlag gemacht zu haben. Was wusste er schon von ihr, bis auf das, was er im Internet gefunden hatte? Er wusste nicht, ob sie verheiratet war – einen Ring trug sie zwar nicht, aber andererseits trug sie ja überhaupt keine Ringe, wie er dank seiner alten Gewohnheit, auf Details zu achten, bemerkt hatte – oder ob sie einen Freund hatte. Er wusste nicht einmal, ob sie womöglich gar keine Lust hatte, ihn zu treffen, und der Anruf nur der Ausdruck einer Persönlichkeitsstörung war.

»Es macht natürlich gar nichts, wenn du nicht kannst oder keine Lust hast. Ich wollte nicht aufdringlich sein, es war nur so eine Idee«, fügte er schnell hinzu.

Sie zögerte noch einen Moment.

»Ich habe nicht viel Zeit, aber für einen Aperitif würde es reichen. Wir müssten uns allerdings bei mir in der Nähe treffen.«

»Gern. Wenn du mir sagst, was bei dir in der Nähe ist, komme ich dorthin.«

»Ich bin in der Via Panisperna. Wir könnten uns auf der Piazza Santa Maria dei Monti treffen, da gibt es eine Bar mit Tischen davor... Heute ist es ziemlich warm, da können wir vielleicht sogar draußen sitzen.«

Roberto antwortete nicht. Santa Maria dei Monti war zweihundert Meter von seiner Wohnung entfernt.

»Hallo, bist du noch dran?«

»Nein, ich meine, ja, entschuldige, mir ist nur gerade etwas durch den Kopf gegangen – das kommt vor –, und ich war abgelenkt. Santa Maria dei Monti ist prima für mich, und ich kenne die Bar. Um wie viel Uhr wollen wir uns treffen?«

»Wenn du weit weg wohnst, ist es vielleicht umständlich für dich, bis nach Monti zu kommen, aber ich kann leider nicht lange weg, es tut mir leid.«

»Monti ist gar kein Problem für mich. Sagen wir um acht?«

»Ja, um acht ist gut«, und dann, nach einem kurzen Zögern: »Entschuldige...«

»Ja?«

»Ich warne dich, ich trete jetzt gleich ins Fettnäpfchen, aber ich achte nie auf die Namen, wenn ich jemanden kennenlerne...«

»Ich auch nicht.«

»... und so habe ich auch deinen nicht gehört. Entschuldige bitte.«

»Roberto.«

»Roberto. Aber du bist mir auch einer... Du hättest wenigstens deinen Namen neben die Telefonnummer schreiben können. Dann wäre ich nicht in der Verlegenheit gewesen, dich danach zu fragen.«

»Du hast recht, das war meine Schuld. Heute Abend diktiere ich dir meine gesamten biografischen Angaben und bringe dir auch eine Fotokopie meines Personalausweises mit, für alle Fälle.«

Sie lachte.

»Das ist eine gute Idee, dann kann ich überprüfen, ob du wirklich Carabiniere bist. Bis heute Abend also.«

»Um acht.«

# 16

Fiebrige Erwartung packte ihn. Er wollte schon in der Praxis anrufen und sagen, dass er die Nachmittagssitzung verschieben musste, weil ihm etwas dazwischengekommen war. Aber diese Idee verwarf er gleich wieder. Er ging aus dem Haus und rannte buchstäblich die Straße entlang, um nicht von dem geistigen Kribbeln übermannt zu werden, das ihn nach dem Gespräch mit Emma erfasst hatte.

Gegen Ende der Sitzung – die wie im Flug vergangen war, als wären sie zwei Fremde, die sich in einem Zugabteil freundlich unterhalten – fragte der Doktor ihn, ob alles in Ordnung sei. Roberto bejahte, alles sei in Ordnung, und, nun ja, der Doktor müsse entschuldigen, dass er ein wenig zerstreut sei, aber seit ein paar Tagen überraschten ihn seine eigenen Reaktionen, und er wisse selbst nicht mehr, was er von sich erwarten solle, und jetzt müsse er leider schnell weg, denn er habe noch eine Verabredung, und sie sähen sich ja dann am Donnerstag, er bitte vielmals um Entschuldigung.

Er ging und spürte den bohrenden Blick des Doktors im Rücken. Er beschloss, die Erklärungen für sein Benehmen auf Donnerstag zu verschieben.

* * *

Nach dem Duschen betrachtete er sich im Spiegel und stellte fest, dass er einen Bauch hatte. Was ihm natürlich bereits bekannt war. Jahrelange ungesunde Ernährung und unmäßiges Trinken hinterließen nun einmal ihre Spuren.

Doch auch wenn es ihm bekannt war, wurde es ihm in diesem Augenblick erst wirklich bewusst. Genauer gesagt: Er *sah* es. Er betrachtete sich im Profil, dann wieder frontal und dachte dann, er sollte sich auch von hinten sehen, was jedoch nicht ging, weil er keinen zweiten Spiegel hatte. Er versuchte, die Luft anzuhalten. Dann spannte er die Bauchmuskeln an, die zweifellos vorhanden waren, denn er hatte seit einiger Zeit wieder mit dem Training angefangen. Aber zweifellos waren sie immer noch unsichtbar. Er dachte daran, dass seine Bauchmuskeln vor vielen Jahren einmal ausgesehen hatten wie auf einer Reklame für Bademoden. Das konnte man jetzt nicht mehr behaupten. Wann genau waren sie eigentlich unter einer immer dickeren Fettschicht verschwunden? Er wusste es nicht, und die Jahre, während derer er dieses absurde Leben geführt hatte, waren in dünnen, furchterregenden Nebel gehüllt. Er wusste, dass er in Madrid, Genf, London, Marseille, Bogotá, Caracas, New York und Miami gewesen war, und an einer ganzen Reihe anderer Orte auch, aber die Erinnerungen an all diese Reisen, Flughäfen, Hotels, an die Begegnungen und Gelage waren durcheinandergeraten. So wie die an die Frauen. Das war noch etwas, was ihn sehr beunruhigte. Von vielen wusste er nicht einmal mehr den Namen oder auch nur, wie ihr Gesicht ausgesehen hatte. An die Körper erinnerte er sich und in einigen Fällen auch an ihren Geruch. Aber nicht an die Gesichter und die Namen.

Ist ja gut, sagte er sich. Es war besser, damit aufzuhören und sich ausgehfertig zu machen.

Er merkte, dass er keinerlei Parfum im Haus hatte. Ich muss eines besorgen, sagte er sich, während er sich mit der Kleiderfrage beschäftigte. Dieses Thema löste so etwas wie eine geistige Lähmung bei ihm aus, eine Art Panikattacke. Wie lange hatte er schon kein Kleidergeschäft mehr betreten? Er hatte nur alte und – wie er zu seiner Schande bemerkte – ziemlich schäbige Kleider. Auch seine Wohnung war alt und schäbig. Er dachte mit Schrecken an die Vorstellung, dass Emma sie sehen könnte, dass sie entdecken könnte, wo er lebte, erkennen könnte, wer er wirklich war.

Schließlich fand er unter einem Berg gewaschener, aber ungebügelter Hemden und T-Shirts, einzelner Socken, ausgeleierter Unterhosen und ausrangierter Krawatten wie durch ein Wunder ein neues Hemd, das noch in Zellophan verpackt war. Er packte es aus und zog es an; dann schlüpfte er in Jeans, die ja mehr oder weniger immer gleich aussahen, egal, wie lange man sie schon hatte; zum Schluss holte er noch das einzige einigermaßen präsentable Jackett aus dem Schrank. Es gehörte zu einem Anzug, den er seit Jahren besaß, aber höchstens zwei, drei Mal angezogen hatte.

Jetzt fühlte er sich besser. Er zog den Bauch ein, machte die Schultern gerade und fand sich nicht mehr ganz so erbärmlich wie vorher. Er zog auch ein paar Grimassen, um seinem Gesicht ein wenig Farbe und Ausdruck zu verleihen.

Damit keine peinlichen Missverständnisse entstanden, beschloss er, ihr gleich zu sagen, dass sie in derselben Gegend wohnten.

Er war zu früh dran, also ging er langsam und erreichte die Piazza Madonna dei Monti um fünf vor acht. Dieser Umstand gab ihm das Gefühl von Sicherheit und Kontrolle und versetzte ihn in gute Laune. Die Atmosphäre auf der Straße war heiter und erwartungsvoll, wie so oft an den ersten Frühlingsabenden. Auf den Stufen des Brunnens saßen Jugendliche, zwei ältere, beleibte Römerinnen unterhielten sich im Dialekt, ein Mann sammelte mit einer Zange und einer Plastiktüte auf, was sein Hund auf dem Pflaster hinterlassen hatte.

Roberto setzte sich an einen Tisch vor der Bar und sah sich weiterhin so neugierig und verwundert um, als sei er zum ersten Mal auf diesem Platz.

Emma kam fünf Minuten zu spät. Sie war ebenfalls frühlingshaft gekleidet. Jeans, weißes Hemd, Blazer, Umhängetasche aus Leder, Trenchcoat überm Arm.

»Entschuldige, ich hasse es, zu spät zu kommen«, sagte sie, während sie sich mit einem freundschaftlichen Lächeln setzte und dabei den Parfumduft verbreitete, der Roberto schon vertraut vorkam.

»Es sind doch nur fünf Minuten.«

»Sechs Minuten«, sagte sie und sah dabei auf die Uhr. »Weißt du, bis vor ein paar Jahren hatte ich die Angewohnheit, immer zu spät zu kommen. Zwanzig Minuten, auch eine halbe Stunde. Doch dann sprach ich einmal mit dem Doktor darüber, und er erklärte mir, was es damit auf sich hat.«

»Und das wäre?«

»Es ist eine Art Machtdemonstration. Ein Gewaltakt, ein verdeckter Übergriff. Also etwas, was mir ganz und gar nicht gefällt. Als er mir das sagte, erschien mir das unsinnig, man kann nicht alles mit Pathologien erklären, ich kam nur deshalb zu spät, weil ich immer so viel zu tun hatte und mir die Zeit nicht gut einteilte und so weiter. Ich reagierte ziemlich schlecht, richtig aggressiv. Das kam anfangs häufig vor.«

»Und er?«

»Er lächelte, was mich nur noch mehr reizte. Und dann sagte er, dass ich mich ja einmal fragen könnte, warum mich diese Überlegung so ärgerte, wenn ich Lust dazu hätte. Und irgendwann, wenn ich wiederum dazu Lust hätte, könnte ich ihm ja sagen, was bei meiner Selbstbefragung herauskam.«

»Ich kann mir gut vorstellen, wie er das sagte.«

»Natürlich hatte er vollkommen Recht. Ich hatte mich geärgert, weil er Recht hatte. Er hatte mich ertappt, wie schon so oft. Ich brauchte eine Weile, bis ich es ihm sagen konnte, aber damals fing ich an, auf die Sache mit den Verspätungen zu achten. Heute passiert es mir viel weniger, aber manche Gewohnheiten sind schwer abzulegen. Wenn ich trotzdem einmal zu spät komme, entschuldige ich mich immer. Ich habe es noch nicht ganz überwunden. Das hier ist für dich.«

»Was ist das?«, fragte Roberto.

»*I Am a Bird Now*, von Anthony and the Johnsons. Kennst du die?«

»Nein, aber ich kenne mich nicht gut aus mit Musik.«

»Als ich aus dem Haus ging, dachte ich, dass ich dir gern etwas von mir mitbringen wollte. Dein Buch hat mir wirklich sehr gefallen. Also habe ich dir diese CD mitgebracht. Nimmst du auch Gebrauchtes?«

Roberto war nicht mehr daran gewohnt, Geschenke zu bekommen, so dass er zuerst nicht recht wusste, wie er reagieren sollte. Er musste sich sogar zwingen zu lächeln und danke zu sagen. Dann nahm er die CD und betrachtete das Cover. Genau in diesem Moment kam die Kellnerin. Emma bestellte einen leichten Spritz mit Aperol. Roberto nahm dasselbe.

»Ich wohne in der Via Panisperna … Ach, entschuldige, das habe ich dir schon gesagt. Kennst du dich aus in der Gegend?«

»Ja, ich wohne hier.«

»Wie meinst du das?«

»Ich wohne in der Via del Boschetto.«

»Hier um die Ecke?«

»Ja.«

»Nein, so etwas … Warum hast du mir das nicht gleich gesagt?«

»Als du mir sagtest, dass du hier wohnst, war ich derartig überrascht, dass ich nicht gleich reagiert habe.«

»So ein Zufall. Dann sind wir bestimmt schon x-mal aneinander vorbeigelaufen.«

Er seufzte, lächelte, schüttelte den Kopf.

»Hast du eine Zigarette?«

»Du rauchst?«, fragte er leicht verwundert.

»Die Zigaretten anderer Leute. Ich kaufe keine, weil ich sonst ein Päckchen am Tag rauchen würde.«

Roberto holte seine roten Diana und ein Feuerzeug heraus und ärgerte sich insgeheim, keine zweite Packung gekauft zu haben.

»Ich habe allerdings nur diese. Es sind nicht gerade Damenzigaretten.«

Sie überhörte den Scherz, nahm das Päckchen und das Feuerzeug, steckte sich eine Zigarette an und rauchte gierig eine Hälfte, ohne etwas zu sagen. Die Kellnerin kam und stellte Spritz, Erdnüsse und Chips auf den Tisch.

»Wie lange wohnst du schon hier?«

»Das ist die Wohnung meiner Mutter. Ich habe mit ihr hier gewohnt, zwischen sechzehn und neunzehn Jahren. Dann bin ich auf die Unteroffiziersschule der Carabinieri gegangen. Seit damals sind fünfundzwanzig, sechsundzwanzig Jahre vergangen, und seit knapp zwei Jahren lebe ich jetzt wieder hier.«

»Bei deiner Mutter?«

»Nein, meine Mutter ist gestorben ...« Roberto hielt verwirrt inne. Er erinnerte sich nicht mehr, wann sie gestorben war. Er musste sich extrem anstrengen, um zuerst das Jahr, dann den Monat und schließlich den Tag zu rekonstruieren. Er war, als müsse er eine Steilwand emporklettern, an der es keine Gelegenheiten zum Festhalten gab.

»Meine Mutter ist vor knapp fünf Jahren gestorben. Die

Wohnung stand leer, bis ich wieder dort einzog, als sich einiges änderte ... bei meiner Arbeit.« Er wollte ihr schon sagen, dass er früher viele Jahre lang in Scheinwohnungen gewohnt hatte, in Dienstwohnungen, Hotels, möblierten Appartements. Er wollte noch hinzufügen, dass er davor nie eine eigene Wohnung gehabt hatte, außer als Kind, in Kalifornien. All das wollte er sagen und kam dann zu dem Schluss, dass das nicht der richtige Moment war, jedenfalls noch nicht.

»Ich wohne hier auch seit etwa zwei Jahren, nein, vielleicht sind es doch schon drei. Aber ich bin hier aufgewachsen. Ich wohne heute im selben Haus wie meine Eltern. Ihnen gehören da zwei Wohnungen, von denen sie eine mir und meinem Sohn überlassen haben.«

Sie beendete diesen Satz hastig, so als wolle sie sichergehen, dass sie auch alles sagte, ohne sich von ihrer Verlegenheit aus dem Konzept bringen zu lassen.

»Du hast ein Kind.« Das du erwartet hast, als du die Mineralwasser-Reklame gedreht hast, dachte er, ohne es auszusprechen.

»Wenn mein Sohn das Wort ›Kind‹ hören würde, würde er sehr wütend werden: Er ist elf Jahre alt, beinahe zwölf.«

»Beinahe zwölf«, wiederholte Roberto leise und mit abwesender Miene. Er blieb eine Weile stumm und schüttelte sich dann. Als sei ihm ein Gedanke durch den Kopf gegangen und dann wieder verschwunden.

»Und wo hast du gewohnt, bevor du sechzehn warst?«

»In Kalifornien. Ich bin dort geboren.«

Pause.

»Mein Vater war Amerikaner. Nach seinem Tod sind meine Mutter und ich von dort weggegangen.«

»Heißt das, dass du eine doppelte Persönlichkeit ... entschuldige, ich meine: doppelte Staatsangehörigkeit hast?«

Roberto brach in schallendes Gelächter aus und stellte fest, dass er schon lange nicht mehr so gelacht hatte.

»Doppelte Persönlichkeit ist eine geniale Definition. Aber die doppelte Staatsangehörigkeit habe ich auch.«

»Entschuldige, ich sage manchmal unglaublich dumme Sachen, sie rutschen mir einfach so raus.«

»Aber das ist nur die Wahrheit, du brauchst dich nicht zu entschuldigen. Wenn man genau sein will, ist es allerdings nicht korrekt, von doppelter Persönlichkeit zu sprechen, es sind viel mehr.«

»Roberto. So heißt du doch.«

»Ja.«

»Roberto, ich glaube, ich sollte von Anfang an etwas klarstellen.«

»Was denn?«

»Ich glaube nicht, dass ich bereit bin für eine sexuelle Beziehung. Ich möchte Missverständnisse vermeiden und dich in keiner Weise kränken.«

»Na ja, das war jetzt ziemlich direkt.«

»Ich mag dich. Was ich dir jetzt sage, klingt vielleicht absurd, aber bei den wenigen Malen, die wir uns begegnet sind, ist so etwas wie Zuneigung bei mir entstanden. Aus genau diesem Grund möchte ich vermeiden, dass falsche Erwartungen entstehen. Mein Leben ist immer noch ein Chaos, ich versuche, die Trümmer der Vergangenheit hinter mir zu lassen, und bin für eine ganze Reihe von Dingen noch nicht bereit.«

Sie holte noch eine Zigarette aus der Schachtel, die auf dem Tisch lag.

»Ich rede wie in einem schlechten Film.«

»Das gefällt mir, ich sehe fast nur schlechte Filme. Ich bin übrigens auch nicht bereit für eine ganze Reihe von Dingen. Dazu gehört auch Sex, wo du das Thema schon ansprichst.

Ich hatte auch überhaupt nicht daran gedacht, dass diese Begegnung in eine sexuelle Beziehung münden könnte.«

Wirklich nicht? Roberto wusste es tatsächlich nicht. Vielleicht war es so, vielleicht hing diese Antwort aber auch mit dem Bedürfnis zusammen, seine Verlegenheit zu überspielen; möglicherweise wollte er ihr auch eine harmlose kleine Lektion erteilen. Du bist nicht bereit für Sex (soll heißen: mit mir, da ich dir gerade gegenübersitze), also bin ich es auch nicht (soll heißen: mit dir, da du mir gerade gegenübersitzt).

Sie blickte ein wenig überrascht. Spielte mit der Zigarette. Steckte sie an. Fragte ihn dann, warum er nicht auch eine rauchte. Roberto erwiderte, dass er gerade keine Lust hatte. Sie schien etwas sagen zu wollen, änderte aber dann ihre Meinung. Leicht knisternde Spannung. Nicht beunruhigend, aber doch deutlich wahrnehmbar.

»Du weißt, dass ich in psychiatrischer Behandlung bin?«

»Auch ich bin in psychiatrischer Behandlung.«

»Und da ich eine brave Patientin bin, habe ich mich nach meiner Mitteilung, dass ich nicht bereit bin für eine sexuelle Beziehung, sehr geärgert, als du sagtest, dass für dich dasselbe gilt. *Ich* selbst darf nämlich einem Mann gegenüber keine sexuellen Absichten haben, aber mein Gegenüber darf das natürlich nicht, ist das klar?«

Er sah sie mit zusammengekniffenen Augen an.

»Du brauchst mich gar nicht so anzusehen«, lächelte sie, »so etwas darfst du nie zu einem Mädchen und schon gar nicht zu einer Schauspielerin sagen. Auch keiner Ex-Schauspielerin. Wir sind zarte Geschöpfe. Mit uns muss man behutsam umgehen.«

Sie zögerte, aber das war eine Kunstpause. Roberto brauchte nichts zu sagen, er musste nur zuhören.

»Wir haben alle irgendwie Angst vor dem Urteil der anderen, wir brauchen alle Bestätigung. Das ist normal. Das Problem stellt sich – für uns Schauspieler in besonderer Weise –, wenn dieses Bedürfnis nach Bestätigung zu einer Form von Abhängigkeit wird. Das nächste Stadium ist dann die Paranoia.«

»Inwiefern?«

»Du teilst dann die Welt auf in diejenigen, die dich bestätigen, dich lieben, dich bewundern, dich großartig finden, und alle anderen. Das sind die Bösen, die auf geheimnisvolle Weise auch noch untereinander verbündet sind.«

Sie hielt jäh inne.

»Okay, ich habe die Paranoia einer Schauspielerin, obwohl ich keine mehr bin. Ein wirklich trauriger Fall, würde ich sagen.«

»Bist du deswegen zu unserem Doktor gegangen?«

Sie sah ihn an, als verstehe sie ihn nicht. Als sei die Frage in einer fremden Sprache gestellt worden. Dann entspannte sie sich. Sie machte ein beinahe fröhliches Gesicht, wenn auch mit einem Hauch von Verstörtheit.

»Ob ich wegen meiner Schauspieler-Paranoia zum Doktor gegangen bin? Nein, das wäre ein allzu hochgestochener Grund und keine ausreichende Rechtfertigung für das viele Geld, das ich dort bereits gelassen habe und immer noch lasse. Ich bin zu unserem Doktor gegangen, weil mein Leben vollkommen am Ende war. Ein harmloser Grund, nicht der Rede wert.«

Roberto wollte schon sagen, dass sie also aus demselben Grund dort hingingen. Er tat es dann doch nicht, weil er nicht sicher war, ob er den richtigen Ton treffen würde. Sie stellte fest, dass es wirklich zu viel wäre, wenn sie jetzt noch eine dritte Zigarette rauchte, dass sie es besser sein lassen würde. Um sich gleich darauf noch eine anzustecken. Sie stieß den Rauch aus und trank ihr Glas aus.

»Ein Teil von mir sagt, ich sollte jetzt aufhören, ein anderer hat große Lust, dir alles zu erzählen. Können wir nicht etwas Gehaltvolleres trinken? Was weiß ich, einen fünfzehnprozentigen Primitivo aus Apulien? Und uns auch etwas zu essen bringen lassen?«

Er sah sie an, ohne die Frage auszusprechen, die ihm jedoch ins Gesicht geschrieben stand. So deutlich, dass sie sie gleich verstand.

»Du denkst dir jetzt, dass ich doch gesagt hatte, ich hätte nicht viel Zeit.«

»In der Tat hast du das gesagt.«

»Ich wollte mir ein Hintertürchen offenlassen. Wer ist das eigentlich? Eine Zufallsbekanntschaft, noch dazu aus der Praxis eines Psychiaters. Womöglich langweilt er mich schon nach zehn Minuten. Womöglich macht er sich völlig falsche Vorstellungen, immerhin ist er ja verrückt, so wie ich und die anderen Patienten auch. Womöglich ist er sogar gefährlich, ein Triebtäter, ein potenzieller Vergewaltiger, was weiß ich. Ich wollte einfach frei sein, mich jederzeit abzuseilen.«

»Und jetzt?«

»Bis jetzt habe ich noch keine Lust bekommen, mich abzuseilen. Du bist ein guter Zuhörer. Ich erzähle dir gern von mir. Ich nehme an, das bedeutet auch, dass du deinen Job gut machst.«

Welchen Job? Einen Job, den er nicht mehr ausübte. Er bezog ein Gehalt wie jeder Polizist, der aus gesundheitlichen Gründen freigestellt ist, aber einen Beruf – eine Tätigkeit, auf die er sich verstand und die er ausübte – hatte er nicht mehr. Nach Ablauf der Freistellung aus gesundheitlichen Gründen würde er eine Entscheidung treffen müssen. Entweder er ging zurück zur Polizei und ließ sich als Kommandant an eine Dienststelle wie seine erste versetzen, wo er mit Streitereien unter Nachbarn und Delikten wie Fahren ohne Führerschein und dem Diebstahl von Autoradios befasst war – gab es so etwas überhaupt noch, gestohlene Autoradios? Nein. Also nicht einmal das.

Oder aber er kündigte. Das war wohl die beste Lösung. War er eigentlich pensionsberechtigt? Diese Frage hatte er sich noch nie gestellt, wer weiß, warum sie ihm ausgerechnet jetzt in den Sinn gekommen war, wo er sich mit ihr unterhielt. Vielleicht hatte er einen Anspruch auf Frührente? Oder, fiel ihm ein, einen Rentenanspruch für seine zwanzig Dienstjahre, bis zu deren Antritt er jedoch erst noch ein gewisses Alter erreichen musste. Ein gewisses Alter, wie schrecklich das klang. Er musste sich erkundigen, was dieses gewisse Alter war, in dem er in Pension gehen konnte.

Ihre Stimme riss ihn aus diesen Gedanken.

»Hallo, bist du noch da?«

»Entschuldige. Du hast von meiner Arbeit gesprochen, und da sind mir ein paar Gedanken durch den Kopf gegangen, die mich abgelenkt haben.«

»Das habe ich gemerkt. Du warst ganz woanders.«

»Dann lass uns doch den zweiten Teil des Abends organisieren. Wenn wir ein Glas Wein trinken wollen und vielleicht auch etwas essen, sollten wir besser in ein Restaurant gehen. Hast du irgendwelche Vorlieben?«

»Allerdings habe ich die«, lächelte sie. Jetzt sah sie aus wie ein kleines Mädchen, und er spürte, wie sein Herz zerbrach und in lauter Einzelteile zerfiel. »Ich habe schon seit Ewigkeiten nicht mehr beim Inder gegessen. Hier ganz in der Nähe gibt es einen, der früher sehr gut war. Ich weiß nicht, ob er es noch ist. Wollen wir das herausfinden?«

## *Giacomo*

Ginevra ist noch nicht wieder in die Schule gekommen – sie fehlt jetzt seit drei Tagen – und hat auch nicht auf meine Freundschaftsanfrage auf Facebook geantwortet. Keiner weiß, warum sie fehlt, und ich mache mir langsam Sorgen.

Ich denke, dass das der Grund ist, weshalb ich so früh aufgewacht bin und nicht mehr einschlafen kann. Ich schaffe es nicht, im Bett zu bleiben, und deshalb bin ich aufgestanden und habe den Traum von voriger Nacht aufgeschrieben. Damit die Zeit vergeht und meine Nervosität auch.

Ich bin beim Lesen eingeschlafen (meine Mutter ist dann wohl hereingekommen und hat das Licht gelöscht), und kurz darauf war ich im Park. Scott war nicht da, und im Gegensatz zu den anderen Malen war der Himmel bewölkt. Die Luft war frisch, beinahe kühl, das Gras wirkte höher. Ich sah mich um und erblickte Ginevra. Ich winkte ihr zu, doch sie sah mich nicht und ging schnell in die andere Richtung.

Ich lief hinter ihr her, doch so schnell ich auch lief, ich konnte sie nicht einholen. Im Gegenteil, je schneller ich wurde, desto mehr vergrößerte sich der Abstand zwischen uns. Ich versuchte zu rennen, doch meine Beine waren schwer wie Blei. Ich hatte das Gefühl, in Zeitlupe zu laufen, und irgendwann stolperte ich und stürzte. Ginevra entfernte sich immer weiter, sie wurde immer kleiner, und irgendwann war sie vollkommen verschwunden. Unglücklich setzte ich mich ins Gras. Ich fühlte mich einsam und sehr unglücklich.

*Alles in Ordnung, Chef?*

Ich drehte mich um und sah Scott herbeitraben.

»Scott, Gott sei Dank bist du da. Wo hast du denn gesteckt?«

*He, Chef, was machst du denn für ein Gesicht? Was ist passiert?*

In diesem Moment fiel es mir nicht auf, aber Scott ist ein Meister darin, unangenehmen Fragen auszuweichen.

»Ginevra war da, ich habe sie gegrüßt, und sie hat mir nicht geantwortet. Ich habe versucht, zu ihr zu gehen, und sie ist weggelaufen.«

Scott sah mich mit einem Ausdruck an, der schwer zu definieren war.

»Was ist los, Scott? Ginevra kommt schon seit Tagen nicht mehr zur Schule, und wenn ich ihr begegne, läuft sie weg.«

*Ich weiß es nicht, Chef, aber ich habe das Gefühl, dass es ein Problem auf der anderen Seite gibt.*

»Was meinst du damit?«

*Die andere Seite ist, wenn du wach bist, Chef. Aber das ist ein Gelände, auf dem ich mich nicht gut auskenne.*

Obwohl ich jetzt besorgt und traurig war wegen Ginevra, erinnerte mich dieser Satz von Scott daran, dass ich schon seit einiger Zeit etwas fragen wollte.

»Erinnerst du dich an das erste Mal, als wir uns begegnet sind, Scott?«

*Das könnte ich niemals vergessen, Chef.*

»Erinnerst du dich, wer bei mir war?«

*Dein Vater.*

Dein Vater.

Ich glaube, dass keiner jemals diese beiden Worte zu mir gesagt hat. Zumindest könnte ich mich nicht erinnern. Die wenigen Male, die Mama von meinem Vater spricht, sagt sie *dein Papa*, und die Großeltern ebenfalls. Wenn ich an meinen Vater denke, verwende ich so gut wie immer den Ausdruck *Vater*, aber wenn jemand anderes ihn benutzt, gibt es mir das Gefühl, dass es meinen Vater tatsächlich gab, dass er nicht nur in meiner Erinnerung und meiner Fantasie existiert.

*Dein Papa* ist natürlich kein schlechter Ausdruck, ganz im Gegenteil. Aber, ich weiß nicht, wie ich es sagen soll, es steht eher für eine Beziehung zwischen Mann und Kind. Die einzige Beziehung, die es jemals zwischen uns beiden gab und die für immer vorbei ist.

»Warum ist er verschwunden und nie wieder aufgetaucht?«

Während ich den Satz noch aussprach, wurde mir klar, dass ich selbst nicht genau wusste, ob ich über den ersten Traum mit Scott sprach oder über meinen Vater, der von zu Hause wegging und nie wieder nach Hause kam. Und ich merkte, wie wütend ich über ihn war – sehr wütend –, weil er einfach verschwunden war. In der realen Welt oder im Traum oder in beiden.

Scott sagte nichts und sah mich nur mit demselben ernsten Ausdruck an wie vorher.

»Weißt du, dass mein Vater Schriftsteller war?«

*Ja, Chef, wir kennen uns gut, dein Vater und ich.*

»Wenn ihr euch so gut kennt, warum hilfst du mir nicht, ihn zu treffen? Ich müsste wirklich dringend mit ihm sprechen.«

*Dein Vater ist immer hier in der Gegend, auch wenn er sich nicht zeigt. Er hat auch einiges, was er dir sagen muss, aber er weiß nicht, wie er es anstellen soll.*

»Was muss mein Vater mir denn sagen, Scott?«

Er seufzte und wollte mir vielleicht gerade antworten, doch gerade in diesem Moment wachte ich auf. Ich versuchte, wieder einzuschlafen und weiterzuträumen, um die Antwort zu hören, aber es gelang mir nicht.

Es gelingt nie.

# 17

Als der Moment gekommen war, den Cabernet zu trinken, den sie bestellt und sich eingeschenkt hatten, zögerte Roberto. Sie merkte es.

»Du trinkst doch Alkohol, oder? Doch, du hast ja auch einen Spritz bestellt vorhin.«

»Es ist nur so, dass ich immer noch Medikamente nehme, die sich schlecht mit Alkohol vertragen. Und jetzt habe ich schon etwas getrunken ... Aber eigentlich ist das kein Problem, ich trinke den Wein und nehme dafür heute keine Medikamente. Der Doktor meinte, das könnte ich von Zeit zu Zeit tun. Auch wenn ich es bisher noch nie getan habe und mich die Sache ein wenig beunruhigt. Aber schlimmstenfalls schlafe ich heute Nacht eben nicht.«

»Du nimmst immer noch Tabletten? Wie lange gehst du denn schon zum Doktor?«

»Seit ...« Schon wieder dieses unangenehme Gefühl, die zeitlichen Koordinaten nicht zu finden. Seit wann ging er denn zum Doktor? Er fischte im Trüben, wie vorher, als er sich erinnern wollte, in welchem Jahr seine Mutter gestorben war.

Gleich nach dem Sommer hatte er mit den Sitzungen angefangen.

Ja, es war im September gewesen. Jetzt war April, somit waren es mehr oder weniger sieben Monate.

»Ungefähr sieben Monate.«

Und welcher Tag war heute? Montag, klar, denn er war

beim Doktor gewesen und hätte dort Emma treffen müssen, die jedoch nicht hingegangen war. Er hatte das Gefühl, dass seit dem Zeitpunkt, als er die Wohnung verlassen hatte, um zu seiner Sitzung zu gehen, nicht nur ein paar Stunden, sondern Tage vergangen waren, und zwar gleich mehrere. Dieses Gefühl war so stark, dass Roberto sich fragte, ob nicht wirklich ein paar Tage vergangen waren und er sich irrte, weil er inzwischen in einer persönlichen Zeitfalle gefangen war. Aber um auf die Frage zurückzukommen, welcher Tag im April war überhaupt heute? Welches Datum?

Da war sie wieder, diese Panik, dieser Eindruck, auf fremdem Terrain herumzuirren. Ein Ort, an dem sich hinter vertrauten, alltäglichen Gegenständen monströse Gestalten verbargen. Gestalten, die auf dich losstürzen und dich auffressen konnten. Es wollte ihm nicht gelingen, das Datum zu rekonstruieren – irgendwas Mitte April –, und er überlegte, ob er auf sein Handy schauen sollte. Zu diesem Zweck würde er es jedoch aus der Hosentasche holen müssen. Das wiederum erschien ihm unhöflich und auch irgendwie feige. Morgen würde er sich einen Kalender kaufen und jeden Tag auf das Datum achten. Und dann würde er nach und nach die Chronologie der vergangenen Monate und schließlich der vergangenen Jahre rekonstruieren.

»Welcher Tag ist heute?«

»Montag, der 18. April. Warum?«

»Ich komme manchmal durcheinander. Und ja, ich nehme verschiedene Medikamente.«

»Ich habe vor ein paar Monaten mit den starken Mitteln aufgehört. Abends nehme ich allerdings immer noch ein paar Tropfen Minias. Der Doktor meint, das sei in Ordnung, denn Schlaf sei wichtig, und ein paar Beruhigungstropfen hätten noch niemandem geschadet.«

Roberto wunderte sich im Stillen über diesen unbeschwerten und fröhlichen Umgang mit dem Thema. Dann hob er das Glas und prostete ihr zu, Emma hob ebenfalls das Glas, und beide tranken. Sie sah ihn an, und er konnte ihren Blick zwar nicht deuten, aber die Sache gefiel ihm.

Alle Gerichte kamen zugleich, Teller und Schüsseln mit Reis, indischem Brot, Tikka-Masala-Huhn, Lamm-Curry, Linsen.

Sie stürzte sich aufs Essen wie jemand, der lange gefastet hat, und etwa zehn Minuten lang wechselten sie nur wenige Worte.

Das Schweigen wurde erst gebrochen, als sie auf den Nachtisch warteten.

»Also, wenn ich alles richtig verstanden habe, arbeitest du nicht mehr als Schauspielerin?«

»Du wüsstest wahrscheinlich gern, was ich sonst tue.«

»Wenn das nicht indiskret ist.«

»Ich bin Verkäuferin.« Sie sagte es mit einer kaum merklichen Spur von Aggressivität.

»Wie bitte?«

»Meine Freundinnen schimpfen mich, wenn ich das sage. Sie finden, dass das nach Selbstmitleid klingt und dass ich gar keine Verkäuferin bin. Sagen wir also, dass ich eine Luxusverkäuferin bin, aber trotz allem eine Verkäuferin.«

»Ich glaube, das musst du mir genauer erklären.«

»Als ich merkte, dass ich nicht mehr schauspielern konnte und wollte, habe ich nach einem vollkommen anderen Beruf gesucht. Leider konnte ich nichts anderes. Und das ist immer noch so. Außer Singen, vielleicht, aber die Musikproduzenten standen nicht gerade Schlange bei mir. Wie auch immer, ich musste etwas finden, was für jemanden, der nichts kann, in Frage kommt. Ich fragte herum und bekam erst ein paar absurde Angebote, aber dann rief mich ein Freund an. Eigentlich ist er der Freund einer Freundin, und er war gerade dabei, eine Galerie zu eröffnen, oder besser gesagt: ein Zwischending zwischen einer Galerie und einem sehr anspruchsvollen Wohnladen. Bilder, Skulpturen, Möbel, Einrichtungsgegenstände ... Ob ich Lust hätte, dort zu arbeiten? Das hatte ich durchaus, aber ich meinte, ich habe keine Erfahrung, weder mit Kunst noch mit Einrichtung, egal, ob luxuriös oder nicht.«

»Und was sagte er?«

»Er ist ein Selfmademan. Ein anständiger Kerl, aber vollkommen unbedarft, was Stil betrifft. Er sagte, was ihn interessiere, sei nicht meine Erfahrung. Er sagte wortwörtlich, dass ich cool sei, ein *relativ* bekanntes Gesicht habe und gute Umgangsformen.«

»Was hast du erwidert?«

»Erst war ich ein wenig beleidigt wegen dem ›*relativ*‹, aber dann meinte ich, wir könnten darüber reden, wir haben uns getroffen, und um die Sache abzukürzen, wir haben uns geeinigt. Es war die richtige Entscheidung. Nicht das, was ich mir für mein Leben erträumt hatte, als ich auf der Schauspielschule war, aber eine leichte Tätigkeit in einer angenehmen Umgebung, bei der man mit interessanten Leuten zu tun hat. Die Bezahlung ist nicht besonders üppig, aber ich habe meine Ansprüche heruntergeschraubt. Und ich brauche kein Geld von meinen Eltern, um für meinen Sohn zu sorgen, den Doktor zu bezahlen und ins Kino oder ins Konzert zu gehen. Ins Theater gehe ich allerdings nicht. Ich glaube, ich könnte es nicht ertragen, im Zuschauerraum zu sitzen anstatt auf der Bühne zu stehen.«

»War das Theater deine große Leidenschaft?«

»Ja, das war es. Ich habe viel gespielt, auch die Viola in ›Was ihr wollt‹, aber ehrlich gesagt: Ich war eine mittelmäßige

Schauspielerin. Und in meinen Träumen als junges Mädchen hatte ich nicht vorgehabt, eine *mittelmäßige* Schauspielerin zu werden. Ich habe jahrelang nach Erklärungen für meine Mittelmäßigkeit gesucht und auch welche gefunden. Die allerbeste Erklärung kam mir erst, als ich aufhörte zu spielen, vielmehr, eine ganze Weile danach: Ich hatte einfach nicht genug Talent.«

In diesem Moment bemerkte Roberto, dass der Kellner humpelte, was ein rhythmisches Klopfen verursachte, dass im Hintergrund Musik lief und dass die Restauranttür unangenehm quietschte, wenn sie auf- und zuging. Es war, als hätte jemand plötzlich den Schalldämpfer weggenommen.

»Jetzt fragst du dich, warum ich aufgehört habe, stimmt's?«

»Stimmt.«

»Das erzähle ich dir lieber das nächste Mal. Wenn wir zu schnell machen, tun wir uns womöglich weh.«

Wehtun. Wehtun. Tun wir uns nicht weh. Tut euch nicht weh, Kinder. Ich habe mir wehgetan, Mama. Das tut weh. Hat Papa dir wehgetan?

Daddy.

Weh.

Weh.

Worte. Scherben, die verletzen können.

Roberto sprach langsam und wählte die wenigen, einfachen Wörter seiner Frage mit Sorgfalt. Behutsam, als laufe er auf einem Seil oder habe es mit scharfen, gefährlichen Gegenständen zu tun.

»In welche Klasse geht dein Sohn?«

»In die siebte, aber er ist ein Jahr voraus. Im Mai wird er zwölf. Heute heißt es, dass man Kinder lieber länger spielen lassen soll, dass es nicht gut ist, sie zu früh einzuschulen. Aber damals sagten mir alle, dass er so gescheit ist, so reif, dass es ein Jammer wäre, wenn er ein Jahr verlöre. Wenn ich noch einmal zurück könnte, würde ich ihn ganz normal einschulen. Und du? Frau, Kinder, wie sieht es bei dir aus?«

Wieder das Klopfen des hinkenden Kellners. Viel lauter als vorher. Zu laut. Nur, dass der Kellner nicht einmal in der Nähe war. Kribbeln. Blank liegende Nerven. Zuckungen. Bist du verrückt? Ja, aber im Grunde sind wir das alle. Frau, gewiss nicht. Kind? Nein, gewiss nicht. Gewiss nicht. Gewiss nicht.

»Nein, ich war nie verheiratet.« Er hörte seine eigene Stimme. Sie kam von weit her und klang ungewöhnlich konkret. Vielleicht war ich nah dran, wollte er schon sagen, um dem etwas hinzuzufügen. Aber dann hatte er doch keine Lust.

»Du sagtest, du bist Carabiniere.«

»Ja.«

»So etwas wie ein Hauptmann oder ein Offizier?«

»Ich bin Inspektor.«

»Herrje, wie eindrucksvoll«, sagte sie mit einem ironischen Lächeln. Dasselbe, dachte Roberto, wie in der Kondom-Werbung. »Also, wenn ich an dieses Wort denke, stelle ich mir einen Mann mit einer komischen Uniform vor, einen Mann mit Bauch und Schnurrbart.«

Er verspürte einen Anflug von Ärger über die *komische Uniform*. Doch das brachte ihn an den Tisch und zu ihrem Gespräch zurück, was gut war.

»Der Inspektor, der die Station leitete, wo ich meinen ersten Einsatz hatte, sah ungefähr so aus.«

»Und was tust du genau, als Carabiniere?«

Er versuchte, so schnell wie möglich eine Antwort zu konstruieren. Die Wahrheit. Eine komplette Lügengeschichte. Eine austarierte Mischung aus Wahrheit und Lüge. Wie immer.

»Zurzeit nichts, wenn ich ehrlich bin. Ich bin freigestellt, aus gesundheitlichen Gründen. Ich weiß nicht, wo sie mich einsetzen werden, wenn ich zurückkomme. Wenn sie mich überhaupt zurückwollen.«

»Weil du verrückt geworden bist?« Dasselbe Lächeln wie zuvor.

»Weil sie es gemerkt haben. Verrückt war ich auch schon vorher, aber da konnte ich es besser verbergen.« Das hatte er gut hingekriegt.

»Und bevor sie es bemerkten?«

Ein paar Sekunden lang spürte Roberto wieder, wie sich die Realitätsebene der Unterhaltung unmerklich verschob. Die Frage – bevor sie es bemerkten? – war zwar scherzhaft formuliert, aber ihr Kern erschien ihm ernst und wichtig. Nein, sie *war* ernst und wichtig. Emma wusste etwas über ihn und fragte weiter. Sie wusste einige Dinge, die er getan hatte und die er noch nie jemandem anvertraut hatte, nicht einmal dem Doktor. Vielleicht wusste sie sogar Dinge, die er noch nicht einmal sich selbst anvertraut hatte. Roberto schwankte bedenklich, bevor er sich diesem Ansturm von Wahnsinn entzog und es schaffte zu antworten. Doch dann traten die Koordinaten des Gesprächs wieder in den Rahmen der Normalität zurück.

»Ich gehörte einer Spezialeinheit an und habe später viele Jahre als Undercover-Agent gearbeitet.«

»Was heißt das? Ist das so etwas wie ein Polizei-Spitzel unter Kriminellen?«

»Ja, genau. Eigentlich dürfte ich dir so etwas gar nicht erzählen, aber ich denke, du hast nicht allzu viele Freundschaften im internationalen Drogenmilieu. Und außerdem habe ich mit dieser Arbeit abgeschlossen. Selbst wenn sie mich noch einmal in den Dienst aufnehmen sollten.«

»Warum hast du damit abgeschlossen? Und gleich für

immer? Hat das etwas mit den Problemen zu tun, wegen denen du beim Doktor bist?«

»Ich würde schon sagen.« Er benahm sich gut. Er schwindelte nicht. Er bewegte sich vorsichtig auf dem schmalen Grat, der die Wahrheit von der Lüge trennt.

Sie schwiegen. Roberto betrachtete Emmas Gesicht, folgte der Linie, die vom Backenknochen zum Mundwinkel ging und die Kontur der Wange zeichnete. Sie trank Wein und tupfte sich dann mit einem Zipfel der Serviette einen Tropfen von den Lippen.

»Es steht dir natürlich frei, nicht zu antworten. Ich habe dir gesagt, dass ich noch nicht so weit bin, dass ich über meine Geschichte sprechen könnte, und dasselbe gilt auch für dich.«

»Die Arbeit eines Agenten ist sehr schwer zu vermitteln. Man spielt eine Rolle. Das Problem dabei ist, dass man sehr lange schauspielert, auch monatelang, manchmal sogar jahrelang. Die Leute, mit denen man den Großteil seiner Zeit verbringt – die Kriminellen –, sind dieselben, die man am Schluss festnimmt. Sie betrachten einen als Kollegen und manchmal auch als Freund, aber man selbst tut alles, um sie ins Gefängnis zu bringen. Wenn man dieses Leben lange führt, gerät man leicht in Gefahr, das Gleichgewicht zu verlieren.«

Gut gemacht. Wieder keine Lüge. Alles wahr, aber ohne Einzelheiten, in sicherer Entfernung zu den scharfen Kanten, ohne an die Stellen zu rühren, die einen vor Schmerz aufschreien lassen.

»In gewisser Weise warst du auch ein Schauspieler.«

Roberto dachte über die exakte Bedeutung dieses Satzes nach. »Ja, in gewisser Weise war ich auch ein Schauspieler«, sagte er schließlich.

»Erzähl mir doch ein paar Geschichten aus deiner Arbeit. Das würde mich wirklich sehr interessieren.«

Roberto wollte gerade sagen, dass er das besser nicht tat, dass es nicht angebracht war, dass diese Dinge der Vergangenheit angehörten und es sich nicht lohnte, sie aufzuwärmen. Stattdessen willigte er ein und begann zu erzählen.

»Es war Anfang der Neunzigerjahre, ich arbeitete damals in Mailand. Ich ermittelte noch ganz normal, nicht verdeckt. Wir mussten einen Lauschangriff machen …«

»Was ist das?«

»Ich meine, eine Abhöraktion. Das heißt, dass man eine Wanze in der Wohnung von jemandem anbringt.«

»Wozu?«

»Der Betreffende hatte einen florierenden Handel mit Ecstasy laufen. Wenn man eine Wanze anbringen will, ist das Problem immer, wie man in die Wohnung, das Büro, Lager oder auch Auto derjenigen Person kommt, ohne dass sie es merkt. Damals verwendeten wir oft einen Trick, den man heute nicht mehr benutzt. Vermutlich hat er sich irgendwann herumgesprochen, und keiner ist mehr drauf reingefallen.«

»Was für ein Trick?«

»Wir ließen uns von der SIP helfen … So hieß die Telefongesellschaft damals. Wir baten sie, die Leitung zu unterbrechen, so dass der Teilnehmer den Kundendienst anrief. Dann kamen wir, als SIP-Techniker verkleidet, und montierten unter dem Vorwand, das Problem zu untersuchen, die Wanze in den Telefonapparat. Dort war es am leichtesten, sie zu verstecken und auch, sie abzuhören, aber die Abhöraktion lief nicht übers Telefon.«

»Nein, so was habt ihr wirklich getan?«, fragte sie belustigt und beugte sich über den Tisch.

Roberto nickte und lächelte ebenfalls.

* * *

Die Leitung war unterbrochen. Der Dealer rief den Kundendienst an. Wenige Stunden später standen Roberto und ein Techniker vor seiner Tür, in der Montur der Telefongesellschaft und mit entsprechenden Ausweisen.

»Guten Tag, der Herr, haben Sie ein Problem mit der Telefonleitung?«

Er war untersetzt, trug einen engen Trainingsanzug, hatte volle Lippen, wenig Haare und kleine, misstrauische Augen. Den Ausdruck von jemandem, der glaubt, immer zu wissen, wo es langgeht. Die Wohnung bestand aus zwei schäbig möblierten Zimmern. Es roch nach abgestandener Luft, Zigaretten und Schweiß.

»Ja, ich habe angerufen. Dieses verdammte Telefon geht seit heute Morgen nicht mehr.«

Der andere Carabiniere – er hieß Filomeno, ein Name, den man nicht so leicht vergisst – nahm den Apparat in die Hand, wählte, schraubte den Hörer ab, tat so, als untersuche er das Innenleben des Telefons, schraubte die Steckdose auf. Er wartete auf den geeigneten Moment, die Wanze anzubringen, doch der Typ starrte ihn die ganze Zeit an.

»Ich werde doch nicht etwa abgehört?«, fragte der Dealer irgendwann, als die beiden Carabinieri so taten, als führten sie eine technische Kontrolle durch.

Wir würden ja gern, aber wenn du uns nicht aus den Augen lässt, können wir die verdammte Wanze nicht anbringen, dachte Roberto. Im selben Moment hatte er eine Eingebung.

»Das ist schon möglich«, sagte er verschwörerisch.

Er spürte den Blick des anderen Carabiniere, der sich fragte, ob sein Kollege verrückt geworden war.

»Und wie kann man das herausfinden?«

Roberto sah ihn prüfend an, als sei er nicht sicher, ob er ihm trauen könne.

»Eigentlich ist es verboten, aber…«

»Aber?«

»Theoretisch könnten wir das herausfinden. Aber es ist illegal und sehr riskant.«

»Ich könnte euch dafür bezahlen.«

Roberto ließ ein paar Sekunden verstreichen, als wolle er Risiko und Nutzen abwägen.

»Wie viel?«, fragte er den anderen Carabiniere, der mittlerweile verstanden hatte, was gespielt wurde.

»Hundertfünfzigtausend Lire gleich und hundertfünfzig, wenn ihr mir das Ergebnis bringt.«

Roberto schüttelte den Kopf.

»Dreihunderttausend geteilt durch zwei? Und dafür riskieren wir, in den Knast zu kommen? Niemals.«

»Wie viel wollt ihr?«

»Fünfhundert gleich und noch mal fünfhundert nach der Kontrolle.«

Der Dealer sah erst Roberto an, dann Filomeno und wieder Roberto.

»Ihr habt das schon mal getan, stimmt's? Ihr verdient euch auf diese Weise was dazu«, sagte er schließlich mit der Miene des Kenners, der weiß, dass jeder Mensch käuflich ist. Dann ging er ins Schlafzimmer, um das Geld zu holen. Als er zwei Minuten später zurückkam, war die Wanze angebracht, und die fünfhunderttausend Lire in kleinen Scheinen – ganz eindeutig aus dem Verkauf von Rauschgift – wechselten den Besitzer und wurden später in das Beschlagnahmungsprotokoll aufgenommen. Am Nachmittag kam Roberto noch einmal vorbei und gab ihm die erwünschte Auskunft. Das Telefon funktioniere wieder, und es werde nicht abgehört, er könne ganz ruhig sein.

Er konnte vor allem ganz ruhig mit seinen Kunden *sprechen*, die zu ihm nach Hause kamen, dachte Roberto, während er mit weiteren fünfhunderttausend in zerknitterten Scheinen abzog.

Der weitere Ablauf der Ermittlungen war absehbar. Zwei Wochen Abhörprotokolle und ein paar Beschattungen reichten aus, um das Dickerchen mit ein paar tausend einzeln abgepackten Pillen in der Tasche zu schnappen, die er für die Diskotheken der Stadt und der weiteren Umgebung vorbereitet hatte.

* * *

»Ich könnte mir diese Geschichten stundenlang anhören. Du hast deine Arbeit geliebt, stimmt's?«, fragte Emma, als er fertig erzählt hatte.

Mehr oder weniger dasselbe, was der Doktor gefragt hatte. Nur, dass ihn das jetzt nicht mehr erschütterte.

»Ermittlungen können auch ganz schön langweilig sein. Man hört stundenlang Telefonate ab, schreibt Gespräche mit, beschattet jemanden, der den ganzen Tag lang nichts tut, oder sucht Archivmaterial heraus, um die Personalien der Verdächtigen zusammenzustellen. Das war zum Beispiel etwas, was ich gar nicht leiden konnte. Aber dann gibt es immer wieder Momente, in denen man denkt, dass man keinen anderen Job auf der Welt lieber machen würde.«

*Und Momente, in denen man sich fragt, ob sich das Ganze überhaupt lohnt, und wie sehr.* Dieser Satz zeichnete sich in seinem Kopf ab, doch er sprach ihn nicht aus.

Emma gähnte ein klein wenig, wobei sie sich die Hand vor den Mund hielt.

»Gehen wir schlafen, es ist schon spät«, sagte Roberto.

Sie unterdrückte ein Gähnen.

»Nein, nein, entschuldige. Das war kein Gähnen aus Langeweile. Ich bin einfach ein bisschen müde, aber ich will noch nicht schlafen gehen. Hast du Lust, noch eine Runde zu drehen? Es ist Frühling, wir können das Motorrad nehmen und ein wenig Rom bei Nacht erkunden.«

»Du fährst Motorrad?«

»Nur noch selten. Früher bin ich viel öfter gefahren. Es gibt eine Menge Dinge, die ich früher getan habe und jetzt nur noch selten oder gar nicht. Aber heute Abend hätte ich richtig Lust, was meinst du?«

Ich hatte auch einmal ein schönes Motorrad.

Ein wunderschönes sogar. Und ich trieb eine Menge Unsinn, mit einer Gruppe von Idioten wie mir. Wir fuhren nachts über die Autobahn und drehten auf, bis wir mit 200 oder mehr durch die Nacht brausten. Wir veranstalteten wilde Verfolgungsjagden mit dem Motorrad, als ich bei der Raubkommission war. Jede Sekunde hätte ich während dieser Wahnsinnsfahrten verunglücken können. Aber daran dachte ich nie. Kein einziges Mal. Ich fürchtete mich vor nichts, und der Tod existierte nicht für mich.

Danach hingegen begann ich, mich vor allem zu fürchten. Das war mir noch nie so klar gewesen wie in jenem Augenblick. Ich hatte ausgerechnet dann Angst vor dem Tod bekommen, als mir mein Leben nichts mehr wert war. Ich hatte aufgehört, Motorrad zu fahren. Ich hatte aufgehört, eine ganze Menge von Dingen zu tun. Wenn du Motorrad fährst – so wie ich es tat, jedenfalls –, stößt du immer an deine Grenzen. Den einen Moment bist du noch stark und unbesiegbar, einen Moment danach ein lebloser Körper, eine zerbrochene Puppe, mit offenen Augen und halb geöffnetem, staunendem Mund.

Ich hatte auch einmal ein schönes Motorrad.

Roberto dachte all diese Dinge auf einmal, atmete tief durch und spürte, wie es ihm eiskalt über den Rücken lief.

»Gut, gehen wir.«

# 18

Emma kam auf dem Motorrad aus der Garage gefahren und hatte schon den Helm auf. Am Lenkrad hing ein zweiter für Roberto.

»Ich hoffe, er passt dir«, sagte sie.

Roberto hatte ein wenig Mühe beim Aufsetzen. Dann schwang er sich hinter Emma auf den Sitz und setzte die Füße auf die seitlichen Stützen. Er roch den Duft ihrer Haare. Dann fuhren sie los.

Emma war eine gute Fahrerin, die ihrem Beisitzer das Gefühl vermittelte, dass sie das Motorrad souverän beherrschte. Sie fuhr nicht schnell, aber man hatte den Eindruck, sie könnte es jederzeit tun, ohne die Kontrolle zu verlieren.

Sie durchquerten die Straßen in aller Ruhe, mit einer Geschwindigkeit, bei der das Motorrad beinahe lautlos dahinschnurrte. Es glitt zwischen den Autos durch, folgte den Kurven, und in den dunkelsten Ecken schien es die Nacht mit dem Scheinwerfer verschlucken zu wollen.

Von Zeit zu Zeit, wenn sie an einer Ampel hielten, sagte Emma etwas, das Roberto jedoch nicht verstand. Er hielt sich an den seitlichen Griffen fest und sah die Straßen, an denen sie vorbeifuhren, ohne sie zu erkennen. Er erkannte nur mit Mühe, dass sie irgendwann den Tiber überquerten und die Lichter der Engelsburg rechts hinter sich ließen. Etwa zehn Minuten später hielten sie an, und Roberto stieg ab mit dem Gefühl, zum ersten Mal Motorrad gefahren zu sein. In gewisser Weise war es auch so, dachte er, während er sich umsah. Sie waren auf dem Gianicolo.

In das sanfte Rauschen eines Brunnens mischte sich der Duft von gemähtem Gras und unbekannten Blumen. Kaum Autos. In der Ferne verschwommene, beruhigende Lichter. Ein kleines Rudel streunender Hunde zog friedlich vorbei, immer seinem Leittier nach, schlüpfte in einen Gang unter einer Steintreppe und verschwand in Richtung Stadt, die unten am Fuß des Hügels funkelte.

Während er den Hunden nachsah, dachte Roberto an die vielen schlaflosen Stunden, die er rauchend und ziellos durch die Straßen gelaufen war. In Gesellschaft von streunenden Hunden wie diesen, von Möwen, Nachtschwärmern, die in den frühen Morgenstunden heimgingen, Polizisten, Carabinieri, Müllmännern, Lieferwagen mit druckfrischen Zeitungen, der Stille der einen Stunde, in der niemand unterwegs ist, den ersten Joggern, die Dunkelheit und Kälte in Kauf nehmen, den Ersten, die zur Arbeit gehen, und dann all den anderen, und schließlich begann der Tag, und es wurde schwieriger, sich zu verstecken.

»Bin ich banal?«, fragte sie.

Roberto gab sich einen Ruck.

»Warum banal?«

»Ich weiß nicht. Weil ich hierher gefahren bin ...«

»Wenn ich dir jetzt etwas sage, wirst du es mir nicht glauben.«

»Schieß los.«

»Dies ist erst das zweite Mal in meinem Leben, dass ich hierherkomme.«

»Du hast Recht, ich glaube es nicht. Wie ist das möglich?«

Er zuckte die Achseln. Es gab Städte auf der Welt, in denen

er wenige Wochen verbracht hatte und die er wesentlich besser kannte als Rom.

»Jetzt sage ich dir noch etwas.«

»Schieß los«, sagte sie wie jemand, der ein Spiel spielt, bei dem es eine Menge Überraschungen geben wird.

»Ich war noch nie im Kolosseum und habe noch nie das Forum Romanum besichtigt. Ehrlich gesagt, habe ich überhaupt keine von den Sehenswürdigkeiten von Rom besichtigt.«

»Machst du Witze?«

»Nein.«

»Das gibt's doch nicht. Die Leute kommen aus aller Welt, um diese Dinge zu sehen. Und du wohnst nur ein paar Meter entfernt und bist noch nie dort gewesen.«

Roberto fand das nicht besonders wichtig. Vielleicht war es ja auch wichtig, aber er konnte die wichtigen Dinge offensichtlich nicht von den unwichtigen unterscheiden.

»Dann bringe ich dich in den nächsten Tagen dorthin. Das ist einfach unverzeihlich. Wir nehmen das Motorrad an einem sonnigen Sonntagnachmittag und spielen ›Ein Herz und eine Krone‹, bloß mit vertauschten Rollen.«

»Ein Herz und eine Krone? Wie?«

»Der Film mit Audrey Hepburn und Gregory Peck. Jetzt sag bitte nicht, dass du den nicht kennst.«

Roberto hatte ihn nie gesehen, aber er wusste ungefähr, wovon er handelte, und zog sich geschickt aus der Affäre. Natürlich habe er ihn gesehen, also wirklich, nur dass es lange her war und er sich kaum noch daran erinnerte.

Während er diese Lüge erzählte, stellte er fest, dass er sich an kaum einen Film von den vielen, die er in seinem Leben gesehen hatte, erinnerte. Welcher Unterschied bestand eigentlich zwischen einem Film, den man nicht gesehen hatte, oder einem Ort, den man nicht besichtigt hatte, oder einem Buch, das man nicht gelesen hatte, und den Filmen, Orten und Büchern, die man zwar kannte, aber komplett vergessen hatte?

»Und wenn wir schon dabei sind: Allgemein wird behauptet, dass ich Audrey Hepburn ähnlich sehe. Mir ist das nicht so wichtig, aber die Tatsache, dass du es noch nicht bemerkt hast, ärgert mich schon ein wenig.«

Roberto sah sie an und fand nichts, was ihn an Audrey Hepburn erinnerte. Dann log er noch einmal und sagte, ja, sicher, wie konnte er das nur übersehen, die Ähnlichkeit sei wirklich groß.

»Als ich jünger war, freute ich mich ungemein darüber. Ich hielt es für einen Wink des Schicksals, eine Vorbestimmung.«

Emmas Worte hingen eine Weile über dem Brunnen und wurden dann vom Rauschen des Wassers verschluckt.

»Wer ist jetzt bei deinem Sohn?«

»Seine Großmutter, sie macht das sehr gern. Giacomo wäre eigentlich auch groß genug, um allein zu Hause zu bleiben, aber ich kann mich nicht damit abfinden, dass er so schnell wächst. In mancher Hinsicht ist er seinem Alter sogar voraus: die Bücher, die er liest, die Musik, die er hört, die Sachen, die er schreibt. Auch das, was er sagt. Die wenigen Male, die ich ihn zum Reden bringe.«

»Was meinst du damit?«

»Er ist sehr verschlossen und introvertiert. Es ist nicht leicht, an ihn heranzukommen.«

Sie schien etwas hinzufügen zu wollen, hielt sich aber im letzten Moment zurück, als sei ein unerwarteter Gedanke dazwischengekommen. Sie machte eine ungeduldige Geste, bevor sie weitersprach.

»Wie auch immer, meine Mutter hat sich jedenfalls gefreut, als ich sie bat, bei Giacomo zu bleiben. Ich gehe nämlich so gut wie nie abends aus, und sie macht sich deshalb Sorgen, sie will nicht, dass ich allein bin, ohne einen Freund oder Partner. Wahrscheinlich hört man nie auf, sich um die eigenen Kinder Sorgen zu machen. Manchmal belastet mich diese Vorstellung. Wir wollen sie vor allem schützen, aber das können wir nicht ein Leben lang tun.«

Wir wollen sie schützen.

Unsere Kinder.

Schwarz vor Augen.

Ruhe bewahren. Es ist alles unter Kontrolle. Ruhe bewahren.

Hör ihrer Stimme zu. Konzentriere dich auf ihre Stimme und atme tief durch.

Ruhe bewahren.

»Giacomo ist gern mit seiner Großmutter zusammen, lieber als mit seinem Großvater. Meine Mutter ist noch jung, mein Vater ein ganzes Stück älter. Sie sind beide Ärzte, er ist schon pensioniert, und sie arbeitet noch. Er verkraftet das Älterwerden nicht gut. Er war ein schöner Mann – er ist es immer noch –, der nicht akzeptieren will, dass er älter wird. Er hat sie oft betrogen, und sie wusste es. Ich habe mich oft gefragt, warum sie bei ihm geblieben ist, und habe keine Antwort darauf gefunden. Vielmehr, ich habe eine Antwort gefunden, die mir jedoch nicht gefällt, deshalb will ich sie auch gar nicht in Betracht ziehen. Jetzt haben sich die Rollen vertauscht: Sie hat einen anderen, der ebenfalls verheiratet ist. Sie macht das zwar nicht öffentlich, aber sie tut auch nichts, um es zu verbergen. Sie schwindelt, aber ohne sich zu bemühen, glaubwürdig zu sein, ohne wirklich aufzupassen, dass es keiner merkt. Ich bin mir sicher, dass mein Vater Bescheid weiß und nur so tut, als sei nichts. Weil er Angst hat, dass sie ihn verlässt, wenn er etwas sagt. Sie ist nett zu ihm, kümmert sich um ihn, und manchmal gehen sie auch zusammen aus. Aber die Machtverhältnisse haben sich verändert, und jetzt ist mein Vater der Schwächere. Das Leben kann ganz schön grausam sein.«

Aus der Ferne schallten zwei kurze Schreie, beinahe Klagelaute, durch die Nacht.

»Weißt du, was mich wundert?«, fragte sie.

»Was?«

»Dass ich dir so viel erzähle… so viel Intimes. Warum vertraue ich dir so?«

»Ich weiß es nicht«, sagte Roberto und zuckte die Achseln.

»Vielleicht vertraue ich dir, weil du trotz deines Auftretens verletzlich wirkst. Als du aufs Motorrad gestiegen bist, habe ich gemerkt, dass du Angst hattest. Nimm mir bitte nicht übel, was ich dir jetzt sage: Es hat mich gerührt.«

»Ich hatte Angst?«

»Stimmt das etwa nicht?«

Roberto hätte gern von sich erzählt, aber er wusste, dass er es nicht schaffen würde.

Aber er hatte es satt, sich einsam und verzweifelt und schuldig zu fühlen.

Schuldig.

Man hört nie auf, sich um die eigenen Kinder Sorgen zu machen.

Wir wollen sie vor allem schützen.

»Das Rauschen des Brunnens geht mir auf die Nerven. Fahren wir an einen stilleren Ort?«

Roberto klinkte sich mühsam wieder ein.

»Ja, klar.«

Sie setzten die Helme auf, glitten ein paar hundert Meter durch die Dunkelheit und setzten sich schließlich auf eine Bank zwischen dem Garibaldi-Denkmal und der Kanone.

»Hast du noch eine Zigarette für mich?«

Roberto zog das Päckchen aus der Jackentasche und reichte es ihr.

Sie rauchten ruhig und genüsslich. Die Luft war mild, der Frühling war schon fortgeschritten. Emmas Erzählung kam überraschend.

»Ich habe geheiratet, weil ich schwanger war. Er war Drehbuchautor.«

Sie nannte seinen Nachnamen, als ob Roberto ihn kennen müsse. Doch Roberto hatte den Namen noch nie gehört, und falls er ihn doch gehört hatte, hatte er ihn vergessen.

»Es war ein Fehler, und ich wusste es. Er zitierte immer einen Schriftsteller – ich weiß den Namen nicht mehr, aber das Zitat ging ungefähr so: Liebe bedeutet, dass wir den anderen mit all unserer Fantasie und all unserer Kraft erfinden, ohne der Realität auch nur einen Millimeter Platz zu machen. Wir hatten der Realität schon viele Meter eingeräumt, als wir feststellten, dass wir ein Kind erwarteten. Das Beste wäre es gewesen, das Kind zu bekommen und uns zu trennen. Was alle von uns erwarteten, war hingegen, das Kind zu behalten und weiter zusammenzuleben, ohne zu heiraten. Aber dann fragte er mich, ob ich ihn heiraten wollte, und ich sagte ja. Ohne nachzudenken. Vielleicht dachte ich sogar nach. Dachte, dass das Dinge konsolidieren würde, die sonst zu labil waren. Oder dass im Gegenteil auf diese Weise das Ende forciert würde.«

Roberto blieb stumm. Die Worte, die ihm einfielen, erschienen ihm alle dumm und oberflächlich.

Jedenfalls – fuhr Emma fort – heirateten sie, und das Kind kam auf die Welt und wurde Giacomo genannt. Drei Jahre später lernte sie einen anderen Mann kennen, mit dem sie eine Affäre hatte. Heimlich natürlich, aber es war unausweichlich, dass ihr Mann früher oder später davon erfuhr. Genau so geschah es auch, und er fand es ganz und gar nicht lustig. Streit, Geschrei, vorgetäuschtes Fair Play, entscheide du, wie es weitergeht, wenn du willst, gehe ich eben, sei nicht so dramatisch, allzu einfach, so was kann jedem passieren, dir auch, tut mir leid, dich zu enttäuschen, aber mir ist es nicht passiert, ich bin so dumm, mich an die Regeln zu halten, ich hasse es, wenn du dich als Moralapostel aufspielst, ha, das Wort *Moral* gehört offensichtlich nicht zu deinen Lieblingswörtern. Nach einigen ziemlich unangenehmen Tagen dieser Art beschloss sie, nicht alles wegen einer Bettgeschichte aufs Spiel zu setzen. Einer fröhlichen, ausgelassenen Affäre, aber eben doch einer Bettgeschichte. Sie versprach, die Beziehung zu beenden, er glaubte ihr, und nach einiger Zeit – etwa zwei Jahren – taten beide so, als sei alles wieder in Ordnung. Doch die Ordnung war offensichtlich nicht die richtige. Nichts war richtig. Und eines absehbaren Tages begegnete sie einem anderen und verließ ihren Mann.

»Ich weiß, dass ich jetzt wie ein Flittchen dastehe, nein, unterbrich mich nicht, ich weiß, aber es ist zugleich wahr und nicht wahr. Ich hatte einerseits das Bedürfnis oder das Verlangen nach einem anderen Mann – oder wie du es nennen willst –, aber ich wollte auch einfach etwas tun, was alles kaputtmachte. Ich fühlte mich eingesperrt und suchte einen Ausweg, um aus dieser Falle freizukommen oder, besser noch, sie zu sprengen.«

Der Ablauf wiederholte sich wie beim ersten Mal, beinahe identisch. Nur gab es diesmal kein Geschrei, keinen Streit, kein Hin und Her. Er war einfach fort. Tagelang ging er nicht ans Handy, rief nicht an, sagte nicht, wo er steckte, und sprach auch nicht mit dem Kind.

Emmas Stimme war im Lauf der Erzählung immer nüchterner geworden, immer farbloser, immer monotoner. Sie hatte keine Höhen oder Tiefen mehr. Sie war wie das Brackwasser mancher Kanäle, dem man kaum ansieht, ob es sich bewegt oder ob es so still und tot ist, wie es scheint.

»Genau zwei Wochen später, während der weder ich noch sein Sohn mit ihm gesprochen hatten, kam er bei einem Verkehrsunfall ums Leben. Er war mit dem Motorroller unterwegs, ein Auto fuhr ihn an, und er war sofort tot, ohne zu leiden. Zumindest behaupteten die Ärzte das. Gibst du mir noch eine Zigarette?«

Sie rauchte sie ganz auf, bevor sie erzählte, wie alles zusammenbrach. Da kannst du dir noch so oft sagen, dass die Beziehung zu Ende war, dass kein Zusammenhang bestand zwischen dem, was du getan hast, und dem, was dann passiert ist. Da kannst du dir noch so oft sagen – versuchen, dir zu sagen –, dass das Ganze eine schreckliche Tragödie war, die jederzeit hätte passieren können. Die Stimme, die das behauptet, wird von einer anderen übertönt, die viel lauter und stärker ist und die in alle Fasern deiner Seele dringt. Und diese Stimme sagt etwas ganz Einfaches und Schreckliches: Es ist deine Schuld.

Es ist deine Schuld.

Es ist deine Schuld.

Es ist deine Schuld.

In deinem Kopf entstehen plötzlich Gedanken, die du nicht erwartet hättest. Dass du diesen Mann geliebt hast. Dass er der einzige Mann war, den du je wirklich geliebt hast, und dass dir so etwas nie wieder passieren wird.

Dass ihm, wenn er nicht von zu Hause weggegangen wäre, nichts geschehen wäre.

Dass du ihn umgebracht hast.

Dass du dem Jungen seinen Vater genommen hast.

Die letzten Worte trafen Roberto mitten ins Gesicht, wie eine Ohrfeige.

»Ich bitte dich.«

»Entschuldigung«, sagte sie, wie aus einem Delirium auftauchend.

»Entschuldigung«, sagte sie noch einmal, nachdem sie sich noch eine Zigarette angezündet hatte, die sie sofort wieder ausmachte, ohne sie zu rauchen.

»Ich erzähle dir lieber nicht genau, wie die darauffolgenden Monate aussahen. Ich glaube auch, das wäre überflüssig. Meine Mutter hat mich schließlich zu unserem Doktor gebracht. Er ist ein Freund von ihr, und sie meint, es gibt nicht viele, die so gut sind wie er. Ich weiß noch, was sie sagte, als sie mich vor der Haustür absetzte.«

»Was denn?«

»Es war ein ungewöhnlicher Satz für meine Mutter, die immer sehr reserviert ist, sehr nüchtern, auch in ihrer Ausdrucksweise. Sie sagte: ›Er wird dir helfen, durchs Feuer zu gehen und zu überleben.‹«

Warum erzählte sie ihm das? Und erzählte sie es tatsächlich ihm, oder war das nur eine Gelegenheit, sich auszusprechen, bei der es egal war, wer ihr Gegenüber war? Er sah sie an, um eine Antwort zu finden, aber Emmas Gesicht war vollkommen ausdruckslos. Ein paar Sekunden später verloren ihre Worte die Bedeutung und waren nur noch Töne, nächtliches Rauschen und ein Gesicht im Halbdunkel.

Als Roberto ihr wieder zuhörte, sprach sie über ihren Sohn.

»Giacomo schreibt sehr gut, er schreibt wie ein Erwachsener, das hat er von seinem Vater.« Sie hielt inne, wie von einer plötzlichen Eingebung oder einem lästigen Gedanken getroffen. »Siehst du, ich kann nicht einmal seinen Namen sagen, wenn ich mir nicht Mühe gebe. *Sein Vater.*«

»Wie hieß er denn?«, fragte Roberto, und während er das sagte, fand er, dass diese Frage einen tieferen Sinn hatte, einen perfekten Rhythmus, und dass sie ihn in das Herz dessen führte, was diese Nacht passierte. Sie atmete tief durch, bevor sie antwortete.

»Gianluca. Er hieß Gianluca... Ich mochte Doppelnamen noch nie«, fügte sie hinzu, als wäre das von großer Bedeutung. Vielleicht war es das auch.

»Er schrieb an einem Roman. Er war Drehbuchautor, aber sein großer Traum war es, einen Roman zu schreiben. Es ist alles in seinem Computer, denke ich. Ich habe mal versucht, ihn anzumachen, aber man braucht ein Passwort. Das war eine Erleichterung. Ich wollte gern lesen, was er geschrieben hatte, aber ich hatte auch schreckliche Angst davor. Aus verschiedenen Gründen. Natürlich hatte ich Angst, etwas über uns beide zu erfahren, was ich lieber nicht wissen wollte. Aber wenn ich ganz ehrlich bin, hatte ich vor allem Angst, dass sein Roman schlecht sein könnte. Die Sache mit dem Passwort hat jedenfalls dieses Problem aus der Welt geschafft. Man kann den Roman nicht lesen – das Romanfragment oder was auch immer es sein mag –, und damit ist die Sache erledigt.«

Roberto dachte, dass das nicht ganz stimmte: Ein ganz normales Passwort zu knacken, um sich Zugang zu einem Computer zu verschaffen, war nicht schwer. Aber das hätte Emma gar nicht hören wollen. Sie saßen noch eine Weile schweigend auf der Bank, während die Geräusche der Nacht die Stelle ihrer Worte einnahmen.

Nach einer Weile schien sie eine Geste machen zu wollen. Sich ihm nähern, die Hand nach ihm ausstrecken. Es schien, als sei ein Kommando vom Gehirn an einen Arm ausgesandt, dann aber doch auf halber Strecke von einem anderen Impuls blockiert worden.

»Mir fällt gerade *Stairway to Heaven* ein. Das war sein Lieblingslied. Wenn ich in der Zeit nach seinem Tod daran dachte, musste ich es schnell wieder verdrängen, um nicht in Tränen auszubrechen. Anfangs waren die Tränen noch schneller als ich. Doch mit der Zeit schaffte ich es, die Töne wegzuschieben, bevor ich irgendetwas fühlte. Und jetzt ist mir das Lied in den Sinn gekommen, ohne dass ich es gemerkt habe. Ich hörte es und brauchte eine Weile, bevor ich merkte, was es war. Ohne weinen zu müssen. Es macht mich ein wenig traurig, aber das ist kein Vergleich mit der Verzweiflung von früher.«

Sie sah auf die Uhr.

»Vielleicht sollten wir nach Hause gehen. Ich muss morgen arbeiten. Allerdings fange ich erst um zehn an, das ist nicht so schlimm. Was ich vermisse aus meiner Zeit als Schauspielerin, bevor Giacomo auf der Welt war, ist die Möglichkeit, morgens lange auszuschlafen.«

»Fahren wir zu deiner Garage, stellen das Motorrad ab, und dann begleite ich dich noch nach Hause«, meinte Roberto.

»Nein, ich finde es schön, dich nach Hause zu bringen.«

Roberto dachte sich, dass er das auch schön fand.

Auf dem Rückweg durch die menschenleere Stadt dachte Roberto, dass ihre beiden Lebenswege wie zwei Leuchtstreifen waren, die ungefähr an demselben Punkt losgegangen waren, dann verschiedene Welten durchquert hatten und sich jetzt auf geheimnisvolle Weise kreuzten.

»Wie deine Wohnung wohl aussieht?«

»Die spottet jeder Beschreibung.«

»Kommt dich denn nie jemand besuchen?«

»Manchmal kommen Kollegen oder Freunde vorbei. Aber ich würde nicht sagen, dass oft Gäste ins Haus kommen.«

»Keine Freundinnen oder Geliebten?«

Roberto schüttelte lächelnd den Kopf. Es war das Lächeln über eine absurde Frage, die jedoch alles andere als abwegig war. Du bist Single und gesund. Es wäre ganz normal, wenn du Frauen um dich hättest. Und doch erschien ihm die Frage unpassend, ja bizarr.

»Nein, keine Freundinnen, keine Geliebten, nichts in der Art.«

»Na gut, ich merke an deiner Antwort, dass ich lieber nicht nachhaken soll. Also dann, gute Nacht.«

»Gute Nacht. Danke«, sagte Roberto verlegen, aber sie ging noch nicht.

»Warum habe ich dir all diese Dinge erzählt?«

»Vielleicht geht es langsam vorbei.«

»Vielleicht geht es vorbei. Du hast recht. Vielleicht bin ich durchs Feuer gegangen und habe überlebt.«

Roberto sah sie an, ohne etwas zu sagen.

»Du sagst nichts?«

»Vielleicht bist du durchs Feuer gegangen und hast überlebt, das könnte schon sein. Vielleicht kann man es überleben«, sagte er schließlich.

# 19

Sie schlüpfte durch die halbgeschlossene Tür ins Zimmer. Sie sah noch dünner aus als das letzte Mal, aber das lag vielleicht am Halbdunkel. Irgendwo musste ein Fenster offen stehen, denn Roberto bekam eine Gänsehaut, als sie sich aufs Bett setzte. Auf jeden Fall kam der Besuch unerwartet, und ihm war nicht klar, wie sie hereingekommen war. Sie hatte nie einen Wohnungsschlüssel gehabt. Genauer betrachtet, hatte sie diese Wohnung überhaupt nie betreten, wie hatte sie dann überhaupt hergefunden? Vielleicht sollte er sie das fragen. Nur dass ihm das Sprechen unendliche Mühe bereitete. Vielleicht hing seine Müdigkeit damit zusammen, dass er gerade am Einschlafen war.

Sie schien die Stille nicht unterbrechen zu wollen. Sie saß einfach da und wartete. Sie muss sehr abgemagert sein, dachte Roberto. Sie wog fast nichts. Als sie sich aufs Bett gesetzt hatte, hatte die Matratze sich nicht gesenkt. Schon wieder ein kalter Windstoß. Welches Fenster war das bloß, das da offen stand? Vielleicht hatte sie es ja offen gelassen. Vielleicht war sie überhaupt durch das Fenster hereingekommen. Er musste aufstehen und es schließen, aber er war so müde, so entsetzlich müde.

Er schaffte es nicht einmal, den Arm zu heben. Keinen einzigen Muskel konnte er rühren, es war, als sei sein Körper plötzlich gelähmt.

Dann sprach sie, oder besser gesagt, er hörte ihre Stimme.

Im Halbdunkel konnte er nicht erkennen, ob ihre Lippen sich bewegten, und ihre Stimme kam aus irgendeiner Ecke des Raumes. Sie klang etwas anders als das letzte Mal.

Sie war *anders* als das letzte Mal.

Du fragst mich nichts.

Weil ich keine Worte finde.

Du hast schon lange nicht mehr Spanisch gesprochen.

Spreche ich Spanisch? Das habe ich gar nicht gemerkt.

Du hast es nicht gemerkt.

Ist es ein Junge oder ein Mädchen?

Ein Junge.

Wie hast du ihn genannt?

Wie meinen Vater. Wie denn sonst?

Was weiß er über *seinen* Vater?

Er weiß, dass er tot ist.

Aber ich bin nicht tot.

Sie lachte ein mechanisches Lachen. Roberto glaubte, einen schwachen Geruch nach faulen Eiern wahrzunehmen.

Du bist tot, natürlich bist du tot.

Ich hatte keine Wahl.

Ich weiß, keiner hat die Wahl.

Wie ist er? Wie ist euer Leben? Erzähl es mir.

Es existiert nicht. Unser Leben.

Was soll das heißen?

Nichts existiert. Für dich sind wir nur ein Traum.

Ich wollte das nicht.

Keiner will nichts.

Ich habe Angst.

Du hast recht, es ist beängstigend.

Ich möchte das Kind sehen.

Es ist dort.

Wo?

Wo du es nicht sehen kannst.

Warum?

Du wirst es nie sehen.

Warum?

Weil ich nicht existiere und du auch nicht.

Roberto richtete sich auf und streckte die Hand aus, um sie zu berühren oder zu rütteln oder sonst irgendetwas. Seine Hand glitt durch sie hindurch, und sie senkte den Blick, um der Hand zu folgen, die durch sie hindurchglitt. Roberto sah ihren gesenkten Blick, ihre Haare und zugleich, in einer unnatürlichen Überschneidung, ihr Gesicht, ihr Lächeln, das zu einem Gelächter wurde und noch furchterregender war als alles andere.

Als Roberto dachte, dass er gleich verrückt werden würde vor Angst, verschwand plötzlich alles, und das Zimmer wurde wieder normal.

Normal.

# *Giacomo*

Heute war Ginevra wieder in der Schule, aber das ist keine gute Nachricht.

Sie kam zu spät, die erste Stunde hatte bereits angefangen. Als ich sie ins Klassenzimmer kommen sah, merkte ich sofort, dass etwas nicht stimmte. Sie war nachlässig gekleidet, was noch nie vorgekommen war, seit ich sie kenne, aber was vor allem anders war, war ihr Gesichtsausdruck. Ich beobachtete sie alle fünf Unterrichtsstunden lang. Sie war geistesabwesend, hatte einen leeren Blick, hörte nicht, wenn sie jemand ansprach – nicht ich, mir fehlte der Mut dazu –, und sie lächelte den ganzen Vormittag kein einziges Mal.

Die Italienischlehrerin ertappte sie drei Mal, wie sie nicht aufgepasst hatte, und schrieb schließlich einen Vermerk ins Klassenbuch. Es war das erste Mal in zwei Jahren.

Am Ende der fünften Stunde verließ sie das Klassenzimmer, ohne mit irgendjemandem ein Wort zu wechseln. Sie bewegte sich, als stünde sie unter Drogen, und schien sich nicht zu erinnern, wo die Tür war. Draußen wartete niemand auf sie mit einem Mofa oder Ähnlichem. Sie ging allein fort, nachdem sie durch die lärmende Schülermenge vor dem Schultor geschritten war wie eine Schlafwandlerin.

Ich ging mit einem unguten Gefühl nach Hause, ich fragte mich, was passiert sein konnte. Ich dachte, dass ich jetzt gern Scott begegnet wäre, damit ich ihn nach seiner Meinung und einem Rat fragen konnte. Ich sehnte mich so sehr nach ihm, dass ich irgendwann versuchte einzuschlafen, damit ich von ihm träumen und mit ihm sprechen konnte.

Ich legte mich aufs Bett und schloss die Augen, wobei ich mir Bilder vom Park und von Scotts Schnauze vorstellte.

Aber es war nichts zu machen: Ich blieb wach, und als ich schließlich aufstand, fühlte ich mich einsam und traurig.

# 20

»Man nennt das hypnagoge Illusionen.«

»Was für Illusionen?«

»Hypnagoge Illusionen sind so etwas wie Halluzinationen. Sie entstehen in der Übergangsphase vom Wachzustand zum Schlaf, in der so genannten hypnagogen Phase. In dieser Phase – die von ein paar Sekunden bis hin zu mehreren Minuten andauern kann – ist es für den Träumenden sehr schwer, den Traum von der Wirklichkeit zu unterscheiden. Wie es auch bei Ihnen der Fall war. Hatten Sie auch den Eindruck, sich nicht rühren zu können, bei Bewusstsein zu sein, aber wie gelähmt?«

»Ja, genau. Ich war wach, mit offenen Augen und betrachtete alles, ich konnte auch sprechen – tatsächlich glaube ich, dass ich mit dieser Person, also dieser Erscheinung, gesprochen habe –, aber ich konnte mich nicht rühren. ›Wie gelähmt‹ trifft es genau.«

»Das ist eine typische Nebenwirkung der hypnagogen Erfahrung. Alles in allem eine sehr unangenehme Erfahrung.«

Der Doktor machte eine ziemlich lange Pause und sah Roberto dabei in die Augen.

»Manchmal ist es auch eine sehr beängstigende Erfahrung.«

Nach weiteren Minuten des Schweigens fügte er hinzu: »Wer war die Person, die Sie gesehen haben?«

Die Frage war zu erwarten gewesen. Er hätte den Vorfall nicht erzählen dürfen, wenn er diese Frage vermeiden wollte. Das war klar.

Roberto nahm einen Füller vom Schreibtisch, zog die Kappe ab, betrachtete die Spitze der Feder, als sei sie etwas besonders Interessantes, steckte dann die Kappe wieder auf und wiederholte den Vorgang noch einmal. Und dann noch einmal. Und noch einmal. Der Doktor ließ ihn gewähren.

»Warum sagen Sie nichts?«, fragte Roberto und unterbrach die rhythmische Abfolge brüsk.

»Ich fürchte, Sie sind derjenige, der jetzt etwas sagen müsste. Falls Sie Lust dazu haben.«

Roberto fing wieder an, mit dem Füller zu spielen. Mehrere Minuten vergingen.

»Sie haben meine Frage nicht beantwortet.«

»Vielleicht, weil ich keine Lust dazu habe. Keine Lust, darüber zu sprechen.«

»Worüber zu sprechen?«

»Eben, dazu habe ich keine Lust.«

»Ich hingegen glaube, dass Sie sehr große Lust dazu haben, aber nicht den Mut dazu finden. Vielleicht ist der richtige Moment jetzt gekommen.«

Er hatte recht, wie immer, und Roberto wusste es. Er spürte, wie der Zorn in ihm wuchs und sich ausbreitete.

»Verdammt, wovon reden Sie eigentlich?«

»Sagen Sie mir doch, wovon wir reden.«

Die Stimme des Doktors war ruhig, aber mit einer Spur von Härte, die Roberto unerträglich fand. Er spürte, dass er gleich die Beherrschung verlieren würde. Er stand auf und fegte alle Gegenstände vom Schreibtisch. Der Doktor rührte sich nicht, versuchte auch nicht, ihn zurückzuhalten, er schob auch seinen Sessel nicht zurück. Er blieb stumm.

»Wissen Sie, was ich ganz bestimmt nicht will? Weiter Ihren Dummheiten zuhören. Ich gehe jetzt, und ich glaube nicht, dass ich wiederkomme.«

Er hatte Lust, den Schreibtisch mit Fußtritten zu bearbeiten, aber er hielt sich zurück. Er ging, ohne sich umzudrehen. Und trotzdem glaubte er zu sehen, wie der Doktor an seinem Platz sitzen blieb und ihm nachblickte, wie er aus dem Zimmer ging und verschwand.

* * *

Die Tage werden länger, dachte Roberto, als er das Haus verließ. Es war noch hell, und er meinte sich zu erinnern, dass es das letzte Mal um dieselbe Zeit schon dunkel gewesen war. Und das, obwohl er diesmal eine halbe Stunde früher gegangen war. Dann sagte er sich, dass das absurd war, dass es das letzte Mal auch hell gewesen sein musste, weil es ja schon Ende April war. Warum erinnerte er sich dann an Dunkelheit und eine winterlich beleuchtete Straße? Das würde er später noch einmal überdenken, jetzt war er verwirrt. Sehr, sehr verwirrt. Er spürte ein Kribbeln, das vom Rücken ausging und sich bis zu den Lenden ausbreitete.

»Meine Nerven liegen blank«, sagte er laut.

Das Kribbeln wurde immer unerträglicher, während Roberto weiterlief und sich dachte, dass er gar keine Lust zum Laufen hatte.

An einem Taxistand in wenigen hundert Metern Entfernung von der Praxis, der ihm nie zuvor aufgefallen war, stand ein Taxi. Der Fahrer las in einer Zeitschrift. Ohne nachzudenken stieg Roberto ein. Der Fahrer legte die Zeitschrift auf den Beifahrersitz und drehte sich nach seinem Kunden um. Er bewegte sich gemächlich und bedächtig. Er war schon älter, eigentlich zu alt, um noch zu arbeiten. Dem Aussehen nach musste er um die siebzig sein, höchstens ein paar Jahre jünger. Roberto fragte sich, ob man in dem Alter noch Taxi fahren durfte.

»Guten Abend, der Herr, wohin geht die Fahrt?«

Tja, wohin eigentlich?

»Zeigen Sie mir Rom.«

Der alte Taxifahrer sah ihn verwundert an. Rom zeigen, wie meinte er das? Er lächelte erwartungsvoll. Freundlich.

»Fahren wir erst einmal zum Kolosseum und zum Forum Romanum.«

»Ist der Herr zum ersten Mal in Rom?«

»Ja.«

»Ich fahre Sie gern, mein Herr, aber es ist spät. Wenn wir dort ankommen, sperren die zu und lassen Sie nicht mehr herein.«

»Das macht nichts. Wir halten dort, und ich werfe einen Blick hinein. Ich komme vielleicht ein anderes Mal wieder.«

Der Mann sah ihn noch ein paar Sekunden an. Dann zuckte er kaum merklich die Achseln, drehte sich wieder nach vorn und fuhr los.

Das Ruckeln des Autos und die Vorstellung, ein provisorisches Ziel zu haben, bewirkten, dass Roberto sich ein wenig beruhigte.

In einem jener Magazine, die man im Flugzeug findet, hatte er einmal eine Reportage über Durchgangsorte gelesen. Der Autor sprach von dem angenehmen Gefühl von Unverbindlichkeit, das man an Orten verspürt, an denen man ankommt und abreist. An Flughäfen zum Beispiel, aber auch an Bahnhöfen, Busbahnhöfen oder in Motels, in denen man nur eine Nacht bleibt und in deren Umgebung es höchstens einen Supermarkt, ein Fast-Food-Restaurant und ein paar Häuser gibt, von denen man sich fragt, wer dort bloß wohnen kann. Der Artikel handelte von der Unruhe und der kurzlebigen Sehnsucht, die Orte auslösen, die man schnell wieder verlassen muss.

Als Roberto undercover arbeitete, war für ihn alles immer nur provisorisch. Aus diesem Grund fühlte er sich an solchen Orten wohl; er gewann die absurde Routine seiner falschen Existenz beinahe lieb. Seine ganze Existenz war provisorisch, und paradoxerweise gab ihm das das Gefühl, nicht unverbindlich zu sein.

Als alles in die Brüche ging, hatte auch dieses komplizierte Gleichgewicht nicht mehr funktioniert. Die Vorstellung, an einem Ort zu bleiben, mit einer einzigen Identität und einer normalen Arbeit, hatte ihm auf einmal mit großer Deutlichkeit vor Augen geführt, dass es in seinem Leben gar keine Fixpunkte gab.

Jetzt saß er in einem Taxi, ohne Grund und ohne Ziel und auch ohne irgendein Gravitationszentrum, und fuhr durch die Straßen einer Stadt, in der er jahrelang gelebt hatte, ohne sie wirklich zu kennen. Ein friedliches Gefühl überkam ihn.

Sie bogen in die Via dei Fori Imperiali ein, und vor ihnen tauchte das Kolosseum auf.

»Soll ich hier anhalten?«

Er bejahte, aber so leise, dass er es wiederholen musste.

Der Taxifahrer fuhr an den Straßenrand, und Roberto stieg aus. Seine Wohnung lag nur wenige hundert Meter entfernt, doch alles, was er sah, war vollkommen neu für ihn.

Er hatte das Gefühl, auf dem Kopf zu stehen, ja, kopfüber in der Luft zu hängen. Aus dieser Perspektive würde er die Dinge jetzt langsam verstehen. Er wusste zwar nicht, was, aber er hatte den Eindruck, bald alles besser verstehen zu können.

Kopfüber glaubte er, endlich *sehen* zu können, was ihn umgab. Die umgekehrte Welt besaß eine Deutlichkeit, eine Transparenz, eine Verständlichkeit, die ihr vorher gefehlt hatten. Die Bögen und Wölbungen folgten aufeinander und zeichneten Fenster in den dunkelblauen Himmel, als enthielten sie eine Lösung. Der Himmel nahm die Form an, die die Linien des Kolosseums ihm gaben. Was Roberto sah, war in Wirklichkeit nicht das Kolosseum, sondern der vom Kolosseum gezeichnete Himmel. Diese veränderte Wahrnehmung gab ihm das Gefühl, vollkommen von der Zeit losgelöst zu sein.

»Mein Herr, entschuldigen Sie...«

»Ja?«

»Wir dürfen hier nicht so lange halten. Wenn die Polizei kommt, wird sie dafür sorgen, dass ich es bereue, auf der Welt zu sein und ein Taxi zu fahren.«

Roberto fühlte, wie ihn eine Welle von Sympathie für den alten Taxifahrer überkam. Er stieg wieder ein, und sie fuhren los, auf das Kolosseum zu und dann im Bogen darum herum.

»Ist das wirklich das erste Mal, dass Sie in Rom sind?«

Roberto nickte, beinahe glaubte er es selbst. Der andere musterte ihn im Rückspiegel.

»Aber Sie sind doch Italiener, oder?«

Wieder ein Nicken.

»Wie viel Zeit haben Sie denn für die Fahrt?«

Wie viel Zeit hatte er? Wie viel Zeit hatte er generell? Er hörte sich antworten: »Zwei Stunden. Dann muss ich zu einer Verabredung.«

»Gehen Sie gern ins Kino, mein Herr?«

Ob es wohl jemanden gab, der auf diese Frage mit nein antwortete? Gab es jemanden, der keine Filme mochte? Ja, er ging gern ins Kino, aber was sollte die Frage?

»Wenn Sie eine schnelle Stadtrundfahrt machen wollen, hätte ich einen Vorschlag für Sie.«

»Welchen Vorschlag?«

»Eine besondere Art, die Stadt zu sehen.«

»Und das wäre?«

»Wir machen eine Spazierfahrt an die Schauplätze, an denen die berühmtesten Filme gedreht wurden. Es sind einige der schönsten Orte von Rom, und auf diese Weise haben wir eine Idee für unsere Fahrt. Ein... wie sagt man... Kriterium. Wir haben ein Kriterium. Was halten Sie davon?«

Wir haben ein Kriterium. Ein Kriterium haben. Es ist gut, ein Kriterium zu haben. Die Schauplätze von Filmen, mit Kriterium. Das musste doch etwas zu bedeuten haben.

»Warum nicht?«

Der Taxifahrer lächelte, richtete sich auf seinem Sitz auf, und als er wieder anfing zu reden, klang seine Stimme anders als vorher.

»Beginnen wir mit ›Ein Herz und eine Krone‹. Erinnern Sie sich an die Vespa-Fahrt von Gregory Peck und Audrey Hepburn? Eines der Fotos, die auf dem Filmplakat zu sehen sind, ist genau hier aufgenommen, auf der Via dei Fori Imperiali. Allerdings gab es zu jener Zeit dort sehr viel weniger Verkehr.«

Ein Herz und eine Krone. Die Hepburn. Ein Kriterium. Alle sagen, dass ich der Hepburn ähnlich sehe. Ob diese Dinge zufällig passierten?

Roberto sagte nichts, und der Taxifahrer spähte in den Rückspiegel.

»Sie kennen den Film doch?«

»Ich habe ein paar Ausschnitte gesehen. Einzelne Szenen, aber nicht den ganzen Film.«

»Mein lieber Herr, so geht es aber nicht. Mein Vater hat da als Statist mitgespielt, und ich war auch am Set, obwohl ich mich nicht erinnern kann, weil ich noch zu klein war. Zu Hause habe ich ein Foto von Papa mit der Hepburn. Die war verdammt schön. Daran erinnern Sie sich aber wenigstens noch?«

In Wirklichkeit erinnerte er sich nicht besonders gut, weil ihr Gesicht sich mit dem von Emma überschnitt, die der Hepburn angeblich so ähnlich sah. Roberto stellte sich die wenigen Szenen, die er von dem Film kannte, mit Emma als Schauspielerin vor, er erinnerte sich an den Abend vor ein paar Tagen, als hätte er ihn mit Audrey Hepburn verbracht, auch wenn ihr Gesicht ziemlich verschwommen war, kaum erkennbar.

Zum Taxifahrer sagte er nur, dass er sich natürlich erinnerte. In gewisser Weise stimmte das. Wie so oft war das einfach nur ein Teil der Wahrheit.

»Wissen Sie, was Gregory Peck während der Dreharbeiten machte?«

»Was denn?«

»Er war ein Star, und die Hepburn nur eine junge, unbekannte Schauspielerin. Gregory Pecks Name würde wesentlich größer als ihrer auf den Filmplakaten stehen. Aber nachdem er sie hatte spielen sehen, wollte er, dass ihre Namen gleich groß waren. Er sagte, die Hepburn würde den Oscar gewinnen, und er wolle nicht wie ein Idiot aussehen, wenn er vor der Oscarpreisträgerin stand.«

»Und? Hat sie den Oscar bekommen?«

»Aber ja doch. Sie gewann einen Oscar und noch eine ganze Reihe weiterer Preise. Gregory Peck sagte auch, die Monate, die er in Rom verbracht hatte, seien die glücklichsten seiner ganzen Karriere gewesen.«

Roberto erwiderte nichts, aber der Taxifahrer bemerkte es nicht. Er hatte ausgeholt zu seinem Lieblingsthema, dem Film, und nichts hätte ihn mehr aufhalten können.

»Das waren andere Zeiten damals. Der Krieg war gerade erst vorbei. Da war so viel Lebenshunger, Ausgelassenheit und Schönheit, wie wir uns das heute nicht mehr vorstellen können. Wir sind trauriger, auch wenn es mehr Wohlstand gibt. Ich bin auch traurig. Aber ich weiß wenigstens, was ich tun muss, wenn ich traurig bin. Ich sehe mir einen dieser großen Filme an, und dann geht es mir wieder gut. Wir lassen übrigens jetzt das Kolosseum rechts hinter uns. Dort oben wurde eine Szene von ›Rendezvous in Rom‹ gedreht, damals durften die Autos dort noch fahren. Sehen Sie jetzt mal nach hinten, sehen Sie das Vittoriano? Merken Sie den optischen Trick, der bewirkt, dass es immer größer aussieht, je weiter wir uns entfernen? Wie am Anfang von ›Nuovo Cinema Paradiso‹, das auch einen Oscar gewonnen hat, erinnern Sie sich? Jetzt sind wir an der Piazza del Popolo, wo die Begegnung zwischen Gassman und Manfredi gedreht wurde, die berühmte Szene aus ›Wir waren so verliebt‹. Bis zum Trevi-Brunnen kann ich mit dem Auto nicht fahren, aber das war ein sehr beliebter Drehort. Die Szene, in der Anita Ekberg in dem Brunnen badet, spielt natürlich hier, aber auch die, in der Audrey Hepburn sich von einem Friseur auf dem Platz davor die Haare abschneiden lässt, und die, wo Totò einem Amerikaner den Brunnen verkauft. Die Spanische Treppe, wo Satta Flores die Szene aus ›Panzerkreuzer Potemkin‹ erklärt ...«

Die Fahrt dauerte etwa eineinhalb Stunden, und am Ende – nach einem Ausflug ins Coppedé-Viertel, wo Dario Argento »Der Vogel mit den Kristallfedern« gedreht hatte – setzte der alte Taxifahrer Roberto wenige Meter von der Stelle ab, wo er eingestiegen war.

»Danke, mein Herr«, meinte dieser, als er das Geld nahm, »wenn ich doch nur jeden Tag solche Kunden wie Sie hätte.«

# 21

Als er aus dem Taxi stieg, sah er zu den Fenstern hoch. Das Sprechzimmer des Doktors war noch beleuchtet, bei genauerem Hinsehen schimmerte es bläulich. Offensichtlich brannte nur noch die Schreibtischlampe.

Was tun?, das war jetzt die Frage. Was sollte er dem Doktor an der Gegensprechanlage sagen? Paradoxerweise beunruhigte ihn nicht so sehr, was er getan hatte, wie er aus der Praxis gelaufen war, sondern vor allem der Umstand, keinen neuen Termin zu haben. Und ohne Termin war es schwierig, wenn nicht gar unmöglich, mit dem Doktor zu sprechen. Das war eine Regel, die zwar nie ausdrücklich formuliert worden war, aber doch immer gegolten hatte.

Er konnte hier unten auf ihn warten. Und dann? Entschuldigen Sie vielmals, aber ich habe die Beherrschung verloren. Okay, danke für die Entschuldigung, dann sehen wir uns also nächsten Montag wieder in der Praxis. Jetzt würde ich ganz gern nach Hause gehen. Oder aber: Danke, aber es wäre besser, wenn Sie sich einen anderen Seelendoktor suchen würden, und bitte wenden Sie sich so bald wie möglich an meine Sekretärin, um die letzte Rechnung zu bezahlen.

Da ging plötzlich die Tür auf, und eine indisch oder bengalisch aussehende Frau kam heraus. Sie war sehr damit beschäftigt, vier oder fünf Mülltüten und eine große Reisetasche aus dem Haus zu befördern. Roberto hielt ihr die Tür auf. Sie lächelte, dankte und entfernte sich verblüffend flink.

Roberto sah der Frau nach, als tue er etwas Verbotenes, und betrat den Hauseingang erst, als er sicher war, dass sie ihn nicht beobachtete. Er stieg die Treppen empor bis zur Praxistür und klingelte, ohne zu überlegen.

Der Doktor öffnete die Tür nach dreißig Sekunden, begrüßte ihn mit einem Kopfnicken und forderte ihn auf einzutreten. Roberto blieb auf der Schwelle stehen.

»Es tut mir leid wegen ... vorhin.«

»Kommen Sie rein«, wiederholte der Doktor.

Sie gingen ins Sprechzimmer. Der Schreibtisch sah wieder ordentlich aus. Zusätzlich zu den üblichen Gegenständen stand ein Glas mit bräunlichem Inhalt darauf. Der Doktor holte aus einem Schrank hinter sich ein weiteres Glas und eine Flasche ohne Etikett.

»Möchten Sie einen Schluck? Es ist hausgemachter Brandy, den ein Freund von mir brennt.«

Roberto wollte schon ablehnen, sagte dann aber doch ja. Der Doktor goss ein wenig Brandy in Robertos Glas, füllte dann seines auf, als wollte er beide Gläser gleich voll machen, und setzte sich.

»Die Tabletten lassen Sie heute Abend lieber weg.«

»Wenn Sie einverstanden sind, lasse ich sie für immer weg.«

»Ich glaube, dass wir bald so weit sind.« Er trank einen Schluck, und Roberto tat es ihm nach. Der Geschmack des Brandys erinnerte ihn an einen Likör, den er das letzte Mal vor fünfundzwanzig Jahren getrunken hatte, als er beim Militär war.

»Als Sie gegangen sind, rief die Person an, die nach Ihnen kommt, die letzte Sitzung des Tages. Sie sagte ab, und so war mein Arbeitstag plötzlich zu Ende. Wir unterschätzen oft die beruhigende Wirkung der Routine. Und da ich auf einmal nichts zu tun hatte und Sie auf diese Weise gegangen waren ...«

»Das tut mir so leid, ich…«

»Bitte entschuldigen Sie sich nicht. Ich sagte: Ich war allein, ohne ein festes Programm für den Rest des Nachmittags, und so kam ich auf die Idee, meinen Sohn anzurufen. Er war nicht erreichbar, wie immer. Er wird mich auch nicht zurückrufen.«

»Ich wusste gar nicht, dass Sie einen Sohn haben.«

»Er ist dreißig. Eigentlich fast schon einunddreißig, in ein paar Tagen hat er Geburtstag. Als er auf die Welt gekommen ist, war ich sechsundzwanzig, vielleicht zu jung, noch nicht reif dafür. Vorausgesetzt, es gibt einen Moment, an dem man reif dafür ist. Er hat sein Studium abgebrochen, und ich habe immer gedacht, dass das gegen mich gerichtet war. Ein Versuch, die Erwartungen zu enttäuschen, die ich in ihn gesetzt hatte. Das ist natürlich eine Interpretation, die viel mit meinem eigenen Narzissmus zu tun hat. Es kann gut sein, dass die Erklärung ganz einfach die ist, dass ihm das Studieren keinen Spaß machte oder dass es nicht das richtige Studium für ihn war. Wie dem auch sei, jetzt arbeitet er bei einer Finanzgesellschaft. Nicht genau das, was ich mir für ihn erträumt hatte. Aber wenn ich ehrlich bin, habe ich nicht sehr viel Zeit darauf verwendet, eine Zukunft für ihn zu erträumen, und darin liegt das eigentliche Problem. Wir sehen uns nie, und ich weiß nichts von ihm. Nicht, was er denkt, was er gern mag, was er verabscheut – außer mir –, nicht, welche politischen Ideen er hat, ob er überhaupt welche hat. Ich weiß nicht, ob er Bücher liest – ich fürchte, nein –, ob er ins Kino geht, ob er Musik hört. Nicht einmal, ob er eine Freundin hat. Wir sprechen nur dann miteinander, wenn ich ihn anrufe, er selbst meldet sich nie. Und wenn ich ihn anrufe, ärgert ihn das. Ich frage ihn dann, wie es ihm geht, und er sagt, dass es ihm gut geht, wie immer, und aus reiner Höflichkeit fragt er mich dann, wie es mir geht, und ich sage, auch gut, und ich spüre seinen Widerwillen und dass er nur darauf wartet, auflegen zu können, und dabei würde ich ihn am liebsten fragen, ob er sich mit mir treffen will, sich mal richtig unterhalten, aber dazu fehlt mir dann der Mut, und deshalb enden unsere Telefongespräche jedes Mal auf dieselbe traurige, armselige Weise.«

Er trank einen Schluck Brandy, dann noch einen und leerte schließlich das Glas.

»Diese Unterhaltung dürfte natürlich gar nicht stattfinden. Als Sie an der Tür klingelten, hätte ich Ihnen nicht öffnen dürfen oder Ihnen höchstens sagen, dass wir uns bei der nächsten Sitzung sehen würden. Alles, nur nicht Sie dazu auffordern, ein Glas mit mir zu trinken und sich die Beichte eines gescheiterten Vaters anzuhören.«

Sie blieben eine Weile so sitzen, ohne etwas zu sagen.

»Ich denke auch oft an meinen Sohn«, sagte Roberto schließlich.

Der Doktor sah ihn an.

# 22

»Ich weiß nicht mehr, ob ich Ihnen je meinen Decknamen gesagt habe.«

»Nein, wie ist er?«

»Manguste.«

»Ist das dieses Tier, das wie ein Frettchen aussieht und Kobras jagt?«

»Ja, wir hatten fast alle Tiernamen. Wissen Sie, warum die Mangusten Kobras und andere Schlangen töten können?«

»Ich glaube, dass sie sehr schnell sind und die Schlangen an der Gurgel packen können, bevor sie sie beißt.«

»Das stimmt, aber manchmal kann die Kobra doch vorher zubeißen. Und der Manguste passiert nichts.«

»Heißt das, dass sie gegen Schlangengift immun ist?«

»Ja. Mangusten haben einen Abwehrmechanismus, der mit chemischen Rezeptoren zu tun hat und der dem der Schlangen gleicht. Das ist der Grund dafür, dass die Schlangen nicht an ihrem eigenen Gift sterben.«

»Wer hat Ihnen diesen Decknamen gegeben?«

»Ein Hauptmann von unserer Einheit. Aber er kannte die Geschichte mit dem Gift und der Resistenz gar nicht. Ich kannte sie selber nicht. Ich habe das erst Jahre später entdeckt, durch einen Zeitungsartikel. Als ich darüber las, nahm ich diese Information einfach nur zur Kenntnis. Viele Jahre später kam sie mir dann wieder in den Sinn, und ich kam zu dem Schluss, dass das Ganze eine Bedeutung haben musste.

Die Manguste ist wie die Schlange: Sie kann mit dem Gift im Körper weiterleben.«

Der Doktor schien etwas sagen zu wollen, ließ es dann aber sein.

»Ich habe jahrelang mit Kriminellen zusammengelebt, und sie vertrauten mir, ja, sie bewunderten mich. Ich hingegen tat alles, um sie zu ruinieren, selbst wenn wir in der Zwischenzeit Freunde geworden waren. Und wissen Sie, warum ich bei dieser Arbeit so erfolgreich war?«

»Sagen Sie es mir.«

»Weil ich wie sie war. Ich stahl zum Beispiel gern. Als verdeckter Ermittler hat man so viel Geld zur Verfügung, wie es sich ein normaler Carabiniere nie träumen lassen würde. Man hat viele Möglichkeiten, um Geld abzuzweigen oder zu zweckentfremden. Das tat ich, und ich hatte keinerlei Schuldgefühle, im Gegenteil, es machte mir Spaß. Es machte mir richtig Spaß.«

Roberto leerte sein Glas und fragte, ob er noch einen Schluck bekommen konnte.

Der Doktor öffnete eine Schublade seines Schreibtischs, holte eine Packung Schokoladenkekse heraus und schob sie in die Mitte des Tischs.

»Wir sollten eine Unterlage haben.«

Sie aßen Schokoladenkekse und tranken noch mehr Brandy. Mehrere Minuten vergingen mit Schweigen.

»Meine Arbeit bestand darin, ein anderer zu sein. Und es ist gar nicht so schlecht, von Zeit zu Zeit ein anderer zu sein, das gibt einem ein Gefühl von Freiheit. Ein Problem wird es erst dann, wenn man den Großteil seiner Zeit ein anderer ist. Wenn man ein anderer sein muss, um man selbst zu sein. Und wenn man sich fehl am Platz fühlt, sobald man kein anderer mehr ist. Ich weiß nicht, ob Sie verstehen, was ich meine.«

»Sie hätten es nicht besser ausdrücken können.«

»Jedenfalls fühlte ich mich wohl in der Gesellschaft von Kriminellen. Um meine Aufgabe zu erfüllen, musste ich natürlich erreichen, dass sie mir vertrauten, aber das war mir nicht genug. Ich wollte, dass sie mich schätzten, ich wollte ihnen *gefallen*.«

»Können Sie mir das an einem Beispiel erklären?«

»Wenn ich erfuhr, dass mich einer der Bosse einen guten Jungen genannt hatte oder einen fähigen oder netten Kerl, der sich auskannte, freute ich mich. Viel mehr, als wenn meine Kollegen oder Vorgesetzten so etwas sagten. Bevor ich sie hinhängte, wollte ich sie verführen.«

»Wie lange ging das so?«

Roberto versuchte ein Lächeln, aber es geriet zur Grimasse.

»Stört es Sie, wenn ich mir eine Zigarre anstecke?«, fragte der Doktor.

»Überhaupt nicht. Darf ich dann eine Zigarette rauchen?«

»Aber meinen anderen Patienten erzählen wir nichts von dieser Sitzung außer der Reihe, abgemacht?«

Roberto hatte den deutlichen Verdacht, nein, die Sicherheit, dass der Doktor über ihn und Emma Bescheid wusste. Das war ein beruhigendes Gefühl, ein Signal, dass die Dinge sich in die richtige Richtung entwickelten.

Der Doktor machte eine Schublade auf – dieselbe, aus der er die Kekse genommen hatte – und entnahm ihr eine Kiste Toscani. Er nahm eine Zigarre, schnitt sie mit einem Taschenmesser in der Mitte durch, goss mehr Brandy in die Gläser und steckte die Zigarre an. Roberto zündete sich seine Zigarette an.

»Es gibt da noch etwas, was ich klarstellen möchte, bevor Sie weitererzählen.«

»Ja?«

»Wenn Sie jetzt Gelegenheit dazu hätten, würden Sie dann immer noch stehlen wollen? Wenn Sie jetzt die Gelegenheit hätten – gleiche Bedingungen, gleiche Straffreiheit –, würden Sie dann immer noch gegen die Regeln verstoßen wollen?«

Roberto richtete sich überrascht in seinem Sessel auf. Auf diese Frage war er nicht gefasst gewesen, und er hatte auch keine Antwort parat. Er musste erst ein paar Minuten überlegen.

»Ich glaube nicht. Ich kann nicht ganz sicher sein, aber ich glaube nicht.«

»Wann haben Sie gemerkt – wann haben Sie zum ersten Mal das Gefühl gehabt, dass es Ihnen keinen Spaß mehr machte?«

Roberto steckte sich noch eine Zigarette an, mit dem Stummel der ersten. Das hatte er schon lange nicht mehr gemacht.

»Das kann ich Ihnen nicht mit Sicherheit sagen, aber es gibt ein paar Vorfälle aus den letzten Jahren, die mir immer zusammen einfallen, sie hängen miteinander zusammen.«

»Dann können Sie es vielleicht doch mit Sicherheit sagen.«

»Vielleicht jetzt schon, weil Sie mich darauf gebracht haben.«

Nach einer langen Pause, in der er seine Gedanken und Erinnerungen ordnete, fügte er hinzu: »Doch, so ist es. Es gibt drei Episoden, bei denen ich hätte merken müssen, dass der Mechanismus nicht mehr funktionierte, dass das Räderwerk kaputtging und ich besser hätte aufhören sollen.«

»Dann erzählen Sie sie mir doch. Wenn es Ihnen recht ist, in chronologischer Reihenfolge, vom ersten bis zum letzten Vorfall.«

* * *

Es war in Mexiko, in einer Kleinstadt an der Grenze zu Arizona, und er arbeitete mit einem Agenten der Federal Police zusammen, der ebenfalls undercover agierte.

Sie waren in die Villa eines örtlichen Bosses eingeladen worden, man hatte gegessen und getrunken und die gemeinsamen Geschäfte besprochen. Jetzt rauchten und tranken sie noch etwas und erzählten sich mehr oder weniger wahre, mehr oder weniger erfundene Geschichten.

Der Hausherr war ein gewisser Miguel, genannt El Pelo. Er hatte eine Haartransplantation hinter sich, und diese Haare färbte er, wie auch sein Schamhaar. Er rühmte sich, nur mit Mädchen unter zwanzig ins Bett zu gehen, und behauptete, dass ihn das jung halte.

Irgendwann machte El Pelo einem seiner Leibwächter ein Zeichen, und der ging drei Mädchen holen. Sie waren fast noch Kinder, vor allem eine von ihnen. Sie waren stark geschminkt und angezogen wie Nutten, aber unter der Schminke und den Kleidern sah man deutlich, dass sie nicht älter als zwölf sein konnten. Die Kleinste war vielleicht sogar noch jünger. In dem großen Speisesaal breitete sich erregtes Raunen aus.

El Pelo lächelte zufrieden. Er war stolz auf seine Gastfreundlichkeit: Ein perfekter Hausherr weiß eben, was eine echte *fiesta* ist, und beschränkt sich nicht darauf, Wein, Essen und Spirituosen anzubieten. Mit königlicher Geste verkündete er, dass er zu Ehren seiner Gäste drei Jungfrauen gekauft hatte. Stoff, den bis zu diesem Abend noch keiner angefasst hatte. Seine Lieblingsware. Er beendete seine kurze Rede mit der Aufforderung an seine Gäste, sich zu bedienen – *que aprovechen.*

Der mexikanische Federal-Police-Agent merkte, dass Gefahr im Verzug war: Roberto stand kurz davor, etwas zu sagen oder zu tun, was ihre ganze Unternehmung auffliegen lassen würde. Er flüsterte ihm ins Ohr, er solle keine Dummheiten machen. Sie könnten nichts tun. Gar nichts, sagte er. Lediglich auffliegen und umgelegt werden. Roberto schien ihn nicht zu hören. Sein Kollege packte seinen Arm so fest, dass seine Fingernägel sich Roberto ins Fleisch bohrten.

»Mach keine Dummheiten«, wiederholte er. »Denk daran, dass wir sie bald festnehmen, diese Schweine. Und dann werden sie auch hierfür zahlen.«

Die Szene, die sich vor ihren Augen abspielte, war abstoßend und grotesk. Behaarte Bäuche, schwitzende, verzerrte Gesichter, bestialische Grimassen. Die einen stürzten sich auf die Körper der Mädchen, die anderen sahen begeistert zu und masturbierten dazu.

Nach einiger Zeit, als schon mehrere Gäste gegangen waren und es nicht mehr auffiel, verließen Roberto und der Agent der Federal Police den Raum und gingen in den Patio, wo sie sich Zigaretten ansteckten und schweigend rauchten.

* * *

Roberto fuhr sich heftig mit der Hand übers Gesicht, als wollte er etwas Klebriges, Hartnäckiges abstreifen. Das Gesicht des Doktors war reglos, fahl, die zusammengekniffenen Lippen bildeten eine Narbe.

»Ich war bei der Vergewaltigung dabei, bei dem Massaker an drei Mädchen, und konnte nichts tun. Und wissen Sie, was das Schlimmste war?«

»Was?«

»Die Mädchen waren in gewisser Weise, wie soll ich es nennen, Komplizinnen. Es war keine brutale Vergewaltigung. Sie... sie *machten mit*, und was wirklich Angst machte, waren ihre lächelnden Gesichter und ihre Augen. Ich versuchte, nicht hinzusehen, aber mein Blick begegnete immer dem der Kleinsten. Nein, begegnen ist nicht das richtige Wort. Sie sah nichts, ihre Augen standen offen, aber es waren die einer Toten.«

Er konnte nicht weitersprechen. Er dachte an all die Mordopfer, die er in seinem Leben gesehen hatte. Alle Mordopfer haben offene Augen. Offen vor Schreck oder vor Verwunderung oder beides. Den Toten schließt man die Augen, weil sie am schlimmsten zu ertragen sind: ins Nichts geöffnet, ausdruckslos.

Die Erinnerung an jenen Abend in Mexiko war ohne Ton. Er konnte sich nicht an die Stimmen oder Schreie, an Gelächter oder Grunzen erinnern. Nur an eine grauenhafte Mechanik der Körper und eine Prozession deformierter Gesichter, wie in einer lautlosen Sequenz aus der Hölle.

Die Stimme des Doktors unterbrach den Albtraum.

»Erzählen Sie mir die zweite Episode.«

Roberto schüttelte den Kopf wie jemand, der plötzlich aufwacht und ein paar Sekunden braucht, bevor er in die Wirklichkeit zurückfindet.

»Gut. Ich war in Madrid und verhandelte wegen einer ziemlich großen Sache mit Kolumbianern, Spaniern und Italienern. Die Italiener waren nicht die üblichen Drogenhändler, keine Mafiosi der Sacra Corona Unita oder der Camorra. Es waren, wie soll ich sagen, ganz normale Jungs, die in das große Rauschgiftgeschäft eingestiegen waren. Das kommt nicht oft vor. Möglicherweise haben Sie sogar von der Sache gehört, denn als wir sie festnahmen, erregte das Ganze großes Aufsehen, weil es so ungewöhnlich war. Wie dem auch sei, ich war mit einem dieser Jungs in Madrid, wir hatten einen halben Tag frei, und er fragte mich, ob ich mitkäme, er wolle sich ein riesiges, berühmtes Bild von Picasso in einem Museum ansehen. Das Bild heißt *Guernica* – Sie kennen es bestimmt –, aber ich weiß nicht mehr, wie das Museum hieß.«

»Das ist das Reina Sofia.«

»Ja, genau, Reina Sofia. Roberto – er hieß wie ich – war schon mehrmals dort gewesen, um *Guernica* zu sehen; er tat das jedes Mal, wenn er in Madrid war. Er war ein sympathischer junger Mann mit vielen Interessen. Er wirkte eher wie ein Universitätsassistent oder ein Klassenprimus. Einer, der seine Arbeit als Erster fertig hat und dann noch alle abschreiben lässt. Ich unterhielt mich gern mit ihm, und ich glaube, er auch mit mir. Er sagte, ich sei anders als die Leute, mit denen er normalerweise bei unserer Arbeit zu tun hatte. Er meinte unsere gemeinsame Arbeit als Drogenhändler. Er sagte, er habe Vertrauen zu mir.«

»Warum machte er bei so etwas mit?«

»Wer weiß das schon. Er kam aus einer guten Familie, er ging zur Uni und war fast fertig mit seinem Studium. Ich habe oft daran gedacht, ihn zu fragen, warum er das tat, aber ich habe es dann nie getan.«

»Hatten Sie Angst, Verdacht zu wecken?«

»Ja, solche Fragen stellt man normalerweise nicht in diesen Kreisen. Und ich konnte mir auch vorstellen, was er vermutlich geantwortet hätte.«

»Was?«

»Er hätte gesagt, dass er nichts Verwerfliches darin fand, mit Kokain zu handeln. Er hätte gesagt, dass es keinen wesentlichen Unterschied gab zwischen Drogen, Nikotin und Alkohol. Nur dass die ersteren verboten sind und die letzteren nicht. Wenn jemand heute so etwas zu mir sagen würde, würde ich ihm vermutlich recht geben.«

»Ihr seid also ins Reina Sofia gegangen?«

»Ja, und er erklärte mir eine Menge zu *Guernica*. Ich habe

allerdings so gut wie alles vergessen, ich weiß nur noch die Geschichte vom Minotaurus, der das Gute und das Bestialische symbolisiert.«

Roberto brach ab. Er presste die Lippen zusammen, als habe er plötzlich Fieber bekommen.

»Ein paar Monate später ließ ich ihn zusammen mit vielen anderen festnehmen. Er bekam vierzehn Jahre und sitzt vermutlich heute noch hinter Gittern. Alles dank mir, seinem Freund. Dem Menschen, dem er vertraute.«

* * *

Die dritte Episode hatte sich in Panama abgespielt.

Roberto war auf einer Ranch zu Gast, deren Besitzer dem kolumbianischen Drogenkartell von Cali angehörte. Dieser Typ war sehr einflussreich, und die Ranch war mit allen Schikanen ausgestattet: Es gab Tennisplätze, ein riesiges Hallenbad und einen Pool im Freien mit Wellenanlage, ein Fußballfeld mit den offiziell gültigen Abmessungen und einem Rasen, der täglich bewässert wurde, und mit einer Tribüne. Es gab sogar einen künstlichen Vulkan, der auf Knopfdruck ausbrach.

Auf dem Fußballplatz spielten echte Teams, die vom Hausherrn eingeladen und bezahlt wurden. Die Spiele fanden zur Unterhaltung der Gäste statt. Und auch der Rest war dazu da, die Gäste bei Laune zu halten: hohe Polizeibeamte, Bürgermeister, Politiker, Ärzte und Anwälte und natürlich Kriminelle und Mafiosi aus der halben Welt.

Als Roberto dort war, wurde gerade eine Ladung Waffen angeliefert. Pumpguns, Maschinengewehre und Pistolen aller Art. Sie mussten ausprobiert werden, und irgendjemand sagte, das mache mehr Spaß, wenn man auf lebendige Zielscheiben schoss. In der Peripherie des Dorfs, das ein paar

Kilometer von der Ranch entfernt lag, zogen Rudel von streunenden Hunden herum, und derjenige, der die Idee gehabt hatte, fand, dass diese Hunde doch die perfekten Objekte waren, um die Waffen zu testen. Also machten sich ein paar mit Personen und Waffen beladene Jeeps auf die Suche nach den Hunden. Als sie sie endlich fanden, stiegen sie aus den Autos und luden und verteilten die Waffen. Auch Roberto bekam eine Pistole und lud sie, ohne nachzudenken.

Einige lachten, andere machten Witze, wieder andere mahnten zur Ruhe, damit die Hunde nicht wegliefen. Doch die Hunde dachten gar nicht daran wegzulaufen. Sie waren an Menschen gewöhnt und warteten ganz ruhig in ein paar Metern Entfernung. Einige von ihnen legten sich hin und schliefen, andere wühlten im Müll, die Welpen spielten.

Dann hob der Hausherr sein Gewehr – natürlich gab er den Startschuss –, zielte ohne Hast und schoss. Das erste Tier, das getroffen wurde, war ein großer rotbrauner Köter, der ganz friedlich aussah, eine Art Labrador. Der Schuss traf ihn am Hinterteil, die Beine gaben nach, und er brach zusammen. Gleich darauf brach ein Gewitter von Schüssen, Explosionen, Gebell und Geheul aus, in das sich Schreie, Gelächter und der Geruch von Schießpulver und Rauch mischten. Einige Hunde starben gleich beim ersten Schuss. Andere wurden nur verwundet, und nur ein paar schafften es zu entkommen. Als sie aufhörten zu schießen, fand Roberto sich inmitten des Rauchs wieder, mit der Pistole in der Hand. Erst da wurde ihm klar, dass er zusammen mit den anderen geschossen hatte.

Sie luden die Waffen neu und zogen los in die Richtung, in der die meisten Tiere herumlagen.

Ein Typ, der wegen seines Kindergesichts den Spitznamen El Chico hatte, fegte mit einer Maschinengewehrsalve die wimmernden Welpen hinweg. Andere nahmen die Überlebenden aufs Korn, die zu entkommen versuchten. Wieder andere reagierten sich an den Tierkadavern ab.

Der zuerst getroffene Hund, der einem Labrador ähnelte, war noch am Leben. Er musste eine zerschossene Hüfte haben, denn er jaulte erbärmlich und versuchte verzweifelt, sich mit den Vorderbeinen aufzurichten.

Roberto näherte sich ihm, wechselte das Magazin und schoss ihm in den Kopf. Blut und Hirnmasse spritzten auf seine Hose, während der Kopf des Tiers noch ein letztes Mal zuckte.

* * *

»Ich schäme mich, als sei das gestern geschehen. Ich konnte dieses Massaker ebenso wenig verhindern wie die Vergewaltigung der drei Mädchen. Aber keiner hat mich gezwungen mitzumachen. Ich hätte auf den Boden schießen können, in die Luft, überhaupt nicht. Ich habe selbst entschieden mitzumachen.«

»Sie haben auf den Labrador geschossen, um seinem Leiden ein Ende zu machen.«

»Ich bin feige und erbärmlich. Ein armseliger Wicht. Es fiel mir so leicht, mit Verbrechern zu arbeiten, weil ich einer von ihnen bin. Ich gehöre dazu, ich …«

»Jetzt reicht es.« Die Stimme des Doktors war wie eine Ohrfeige, schnell und präzise.

Roberto zuckte zusammen, als sei er geschlagen worden. Er senkte das Kinn auf die Brust. Ein paar Sekunden später hob er den Kopf wieder und studierte ohne Grund die Zimmerdecke. Er betrachtete die oberen Regalfächer, über denen ein schmaler Stuckfries die Decke einfasste, und entdeckte dann etwa dreißig Zentimeter darunter einen schmalen Riss im Putz, auf den er sich konzentrierte, als sei dort die Lösung des Ganzen verborgen.

Am Ende kehrte sein Blick zum Doktor zurück, Seine Augen waren rot und feucht. Er zog die Nase hoch, wobei er versuchte, keine Geräusche zu machen. Der Doktor reichte ihm ein Päckchen Taschentücher.

»Das war es aber nicht, worüber Sie heute Nachmittag *nicht* mit mir sprechen wollten, hab ich recht?«

»Nein, das war es nicht«, sagte Roberto und trocknete sich die Augen.

## *Giacomo*

Heute Morgen bin sehr früh aufgewacht, hatte großen Durst und stand auf, um ein Glas Wasser zu trinken. Das Glas auf meinem Nachttisch hatte ich wie immer im Laufe der Nacht ausgetrunken, ohne es zu merken. Ich trinke im Schlaf, und am nächsten Morgen ist das Glas dann leer, ohne dass ich mich daran erinnern kann, es getrunken zu haben. Als Kind war ich überzeugt, dass ein Geist mein Wasser austrank.

Als ich in die Küche kam, sah ich meine Mutter am offenen Fenster sitzen. Sie hatte mir den Rücken zugewandt und hörte mich nicht kommen. Sie sah hinaus und weinte.

Ich hatte sie schon lange nicht mehr weinen sehen und blieb wie angewurzelt stehen. Eigentlich hätte ich sie umarmen wollen und ihr sagen, dass sie nicht traurig sein sollte, denn ich war doch bei ihr. Aber ich konnte mich nicht dazu durchringen – ich hatte mich noch nie dazu durchringen können –, und ich befürchtete nur, sie würde sich umdrehen und mich sehen und mich dann ausschimpfen, weil ich sie hatte weinen sehen.

Also ging ich leise weg und setzte mich in meinem Zimmer aufs Bett.

Ich war mir sicher, dass sie mich nicht gehört oder gesehen hatte. Aber nach ein paar Minuten kam sie in mein Zimmer und setzte sich aufs Bett, ganz nah zu mir. Sie weinte nicht mehr, sie zog nur ein wenig die Nase hoch. Sie hatte sich die Zähne geputzt – ich roch die Zahnpasta –, aber ich merkte trotzdem, dass sie eine Zigarette geraucht hatte. Vielleicht auch mehr als eine. Sie nahm meine Hand, und so blieben wir eine Weile sitzen, Hand in Hand. Durch eine halboffene Tür drang Licht in den Flur.

»Manchmal bin ich ein wenig traurig«, sagte sie, ohne sich zu bewegen. Ich nickte. Ich wusste nicht, was ich sagen sollte, oder vielleicht wusste ich es auch, aber ich wusste nicht, wie. Ich fragte mich, wie unser Leben verlaufen wäre, wenn Papa nicht gestorben wäre. Ich dachte, dass das Leben sehr ungerecht war, hatte einen Kloß im Hals und musste mich sehr beherrschen, nicht loszuweinen.

»Weißt du, wenn man erwachsen ist, hat man manchmal Angst davor, dass die Zeit vergeht. Das ist nicht leicht zu erklären, aber je älter man wird, desto schneller vergeht die Zeit, und man hat das Gefühl, dass es immer schneller geht. Und das macht einem Angst.«

Sie sah mich an, ob ich ihr auch folgte. Ich nickte, auch wenn ich nicht wirklich verstand, wovon sie sprach.

»Als junges Mädchen traf ich manchmal Bekannte meiner Großeltern, die mich ein paar Jahre lang nicht gesehen hatten. Leute, an die ich mich nicht einmal erinnerte. Alle sagten dann immer, es sei unglaublich, wie erwachsen ich geworden war, wie die Zeit verging. *Gestern warst du doch noch ein Kind*, und jetzt… Diese Kommentare regten mich auf. Das war so ein Scheißgerede…« Hier brach sie ab, wegen des Schimpfwortes. Mama passt immer sehr auf mit Schimpfworten. Sie sagt, dass es nicht eine Frage schlechten Benehmens und ordinär ist, sondern dass unsere Art zu reden auch unser Denken beeinflusst. Ich bin mir nicht sicher, aber ich glaube, das hat sie von Papa.

»Entschuldige, Giacomo. Es ist mir rausgerutscht. Das kann passieren, wenn man müde oder traurig ist. Was ich sagen wollte, ist jedenfalls: Als ich vor vielen Jahren diese Worte hörte, fand ich sie idiotisch. Heute hingegen kann ich sie verstehen.«

Ich hatte das Gefühl, sie wollte noch etwas hinzufügen, aber das tat sie dann doch nicht. Vielleicht dachte sie, dass ich zu jung dafür war. Also umarmte sie mich und drückte mich an sich, und ich roch ihren Mama-Duft, denselben wie damals, als ich klein war, und so blieben wir sitzen, bis die Traurigkeit ein wenig nachließ.

# 23

»Ich arbeitete mit einem Agenten der DEA zusammen, der wie ich mit der spanischen Polizei in Kontakt war und mit den Spezialeinheiten der kolumbianischen Polizei.«

»Die DEA ist die amerikanische Drogenbehörde, oder?«

»Ja. Es ist oft nicht leicht, einen ihrer V-Leute von einem echten Drogenhändler zu unterscheiden. Aber vermutlich hätte man dasselbe von mir sagen können. Er hieß Phil und gefiel mir von Anfang an nicht. Etwas an ihm war... mir kommt das richtige Wort nicht, auf Englisch würde ich sagen: *rotten*.«

»Faul.«

»Ja, genau. Bei der Vorbereitung unseres Einsatzes machte er einen so negativen Eindruck auf mich, dass ich ernsthaft daran dachte, mich ersetzen zu lassen.«

Roberto sann kurz darüber nach, was passiert wäre, wenn er diesem Impuls nachgegeben hätte. Er ließ es schnell wieder sein.

»Natürlich tat ich das nicht. Eines der Ziele unserer Ermittlungen war es, einen Ring aufzudecken, der aus Polizei- und Zollbeamten bestand – Italienern, Spaniern, Amerikanern –, die sich von den Drogenhändlern bestechen ließen. Leute, denen man bis zu diesem Zeitpunkt nichts hatte nachweisen können. Gerade deshalb waren die Beziehungen zwischen mir und meiner Truppe – Kollegen, die meine Arbeit mitverfolgten und im Notfall eingreifen konnten – auf ein Minimum reduziert. Jeder Kontakt konnte die Unternehmung gefährden.«

»Wie lange dauerte die Operation?«

»Mehr als eineinhalb Jahre. Ich war mindestens ein Jahr lang durchgehend in Kolumbien, so lange am Stück hielt ich mich sonst nie in Südamerika auf. Ich wohnte in Bogotá, wo ich eine Wohnung hatte und ein halbes Jahr lang blieb. Ich kenne die Stadt besser als Rom, und ich war sehr gern dort. Es gab dort einiges, was mir sehr gut gefiel.«

»Zum Beispiel?«

»Zuallererst das Klima. Die Stadt liegt nahe am Äquator, aber 2600 Meter über dem Meeresspiegel. Es ist dort nie zu heiß oder zu kalt. Die Jahreszeiten unterscheiden sich nicht viel voneinander, es herrscht so etwas wie ewiger Frühling. Dann gefiel mir die Altstadt – La Candelaria –, die zwar gefährlich, aber auch wunderschön ist. Die Taxifahrer ermahnten einen ständig, die Autotüren zu verriegeln, und nachts hatte man manchmal den Eindruck, dass kleine Geisterbanden auftauchten, die nur darauf warteten zuzuschlagen und wieder zu verschwinden.«

»Waren Sie bewaffnet?«

»Nein, aber der Großteil der Leute, mit denen ich zu tun hatte, war es. Mir ist allerdings nie etwas passiert, auch wenn ich allein und unbewaffnet unterwegs war. In Bogotá gibt es vieles, was man dort überhaupt nicht vermuten würde. Zum Beispiel ein unglaubliches Trambahnnetz – das TransMilenio, eine Art überirdische U-Bahn –, das wie ein Uhrwerk funktioniert, man glaubt, in Stockholm oder in Zürich zu sein. Dann gibt es eine Menge Fußgängerzonen, wo man nicht einmal parken darf. Bei einer südamerikanischen Hauptstadt – und speziell Bogotá, das einen sehr schlechten Ruf hat – stellt man sich vor, dass die Autos sich stapeln, in zweiter und dritter Reihe parken, wie hier in Rom. Ich wohnte dort in einer Wohnung im fünfzehnten Stock einer Siedlung, und ich muss sagen, dass nachts, wenn ich das Fenster aufmachte, die Luft immer frisch und niemals kalt war. Ich zündete mir dann oft eine Zigarette an und blickte auf die leeren Straßen hinunter, mit einem Gefühl inneren Friedens. Das gefiel mir sehr.«

»Das hätte ich nicht gedacht.«

»Es ist ein Ort voller Überraschungen. In La Candelaria befindet sich die Nationalbibliothek, und es heißt, sie sei die meistbesuchte Bibliothek der Welt.«

Roberto unterbrach sich. Er rieb sich die Augen mit den Fingerspitzen; er massierte sich die Schläfen.

»Erzählen Sie mir mehr von dieser Bibliothek.«

»Gut. In Wirklichkeit war ich nie drinnen, ich kenne sie nur von außen. Jemand hat mir davon erzählt …«

Auf einmal hatte Roberto das Gefühl, eine Sprache zu sprechen, die er nicht beherrschte. Die Wörter kamen ihm nicht mehr auf Italienisch in den Sinn, stattdessen fielen ihm ganze Sätze auf Englisch und Spanisch ein. Das dauerte ein paar Sekunden, dann war alles wieder an seinem Platz.

»Ein Mädchen. Sie erzählte mir von der Bibliothek. Sie war fast zwanzig Jahre jünger als ich und die Tochter eines der Männer, die wir im Visier hatten. Ich lernte sie zu Hause bei ihrem Vater kennen, und nach zwei Tagen war es, als würden wir uns schon immer kennen. So etwas war mir noch nie passiert.«

»War sie schön?«

»Nicht nur schön. Sie war intelligent, tiefgründig, leidenschaftlich. Und außerdem war sie auch noch nett, sie brachte mich zum Lachen, machte aus mir einen besseren Menschen, als ich eigentlich bin. Sie war die bemerkenswerteste Person, die mir je begegnet ist.«

»Was war sie von Beruf?«

»Sie studierte noch, sie war kurz vor dem Examen in Literatur, und sie hatte gar nichts mit der Welt ihres Vaters zu tun. Als sie mitbekam, dass wir geschäftlich miteinander zu tun hatten – das heißt, von Anfang an –, sprach sie davon, ihr Leben ändern zu wollen. Sie sagte, sie wolle von dort weggehen, nach Italien. Wir könnten dort ein Geschäft aufmachen oder ein kleines Hotel, irgendetwas, das ein normales Leben ermöglichte.«

»Was haben Sie geantwortet?«

»Ich sagte, dass ich das schön fände. Und wie ein Irrer glaubte ich tatsächlich, dass sich irgendwie alles fügen würde und wir es schaffen würden.«

»Sagen Sie mir ihren Namen?«

Roberto sah ihn überrascht an. Der Doktor blickte erwartungsvoll zurück.

»Jetzt, da Sie mich fragen, wird mir klar, dass ich sie wahrscheinlich nie beim Namen genannt habe. Wir nannten uns nicht beim Namen. Wir sagten uns all die Dinge, die Verliebte einander sagen und die man sich nicht zu wiederholen traut. Ich nannte sie *amore* oder *tesoro*, auf Italienisch. Ich habe jetzt einen Moment gebraucht, um mich an ihren Namen zu erinnern. Sie hieß Estela.«

»Warum im Imperfekt?«

»Wie bitte?«

»Warum sagen Sie, sie *hieß*?«

Roberto riss den Kopf instinktiv zur Seite und nach hinten, als erwarte er eine Ohrfeige oder einen Fausthieb, dem er ausweichen wollte.

»Das war unabsichtlich. Nein, sie ist nicht tot... ich glaube jedenfalls nicht. Ich weiß nicht, warum ich die Vergangenheitsform verwendet habe.«

»Ist sie die Person aus dem Traum?«

»Ja.«

Lange Pause. Wie ein endgültiges Resümee, eine stumme, schnelle Aufrechnung zum Schluss.

»Ich hätte mich natürlich nicht darauf einlassen sollen. Aber am Anfang sagte ich mir, dass es nur eine Affäre sei – davon hatte ich mehrere bei meinen Missionen gehabt –, obwohl alles darauf hindeutete, dass es etwas anderes war. Anders als alles, was ich bisher erlebt hatte. Ich habe noch nie eine Frau so geliebt wie sie.«

Nach einer weiteren Pause, wahrend der sich Bilder übereinanderschoben, die keiner Chronologie folgten, sagte er: »Ich rutschte immer tiefer in die Sache hinein, ohne die Dinge steuern zu können. Ich tat weiter meine Arbeit – sammelte Informationen, übermittelte Informationen, organisierte Kokain-Transporte und bereitete Festnahmen vor –, und zugleich lebte ich ein anderes Leben, in dem ich ein verliebter Mann war, der romantische Dinge tat und absurde Zukunftspläne schmiedete. Mir war überhaupt nicht bewusst, was ich tat, und schon gar nicht, dass ich mich auf einen Abgrund zubewegte.«

»Wie lange dauerte das?«

Wieder schien Roberto sich über die Frage zu wundern. Er musste über seine Antwort nachdenken, und als er sie hatte, schien ihn das noch mehr zu wundern.

»Sechs Monate, vielleicht etwas länger. Wenn ich nicht den genauen Zeitraum wüsste, würde ich denken, dass es viel länger war.«

»Der Zeitraum dehnt sich in Ihrer Wahrnehmung.«

»Ja, genau. Während der Moment des Einsatzes, an dem ich verschwinden musste, immer näher rückte, tat ich so, als wäre nichts, und hoffte insgeheim, dass ein Zaubertrank alle Probleme lösen würde, ohne dass irgendjemand sich wehtat.«

»War der Vater Ihrer Freundin einer der Leute, die Sie festnehmen wollten?«

»Er war einer der Wichtigsten. Kein bloßer Drogenschmuggler, sondern ein Drahtzieher, der riesige Geldbeträge verwaltete und dazu noch die Politik beherrschte. Einer, der bestimmte, wer Parlamentarier und Bürgermeister wurde, der aber auch direkte Beziehungen zu den größten Verbrechern weltweit unterhielt. Stellen Sie sich vor, es gab eine ganze Reihe kolumbianischer Polizisten, die nach Dienstschluss – nach dem regulären Dienst in der Kaserne – bei ihm als Leibwächter arbeiteten. An ihn ranzukommen war extrem schwierig gewesen, es war der wichtigste Einsatz meines Lebens. Und ich war mit seiner Tochter zusammen. Jedes Mal, wenn dieser Gedanke mich streifte, zitterten mir die Knie. Ich versuchte, nicht daran zu denken, und verließ mich darauf, dass mir im entscheidenden Moment etwas einfallen würde.«

»Und dann kam der Moment.«

»Und dann kam der Moment«, wiederholte Roberto. »Wir hatten einen Schiffstransport organisiert. Ein Schiff, dessen Ladung buchstäblich nur aus Kokain bestand. Tonnenweise Kokain. Meine Arbeit der vorhergehenden Monate, die von Phil, die Abhörprotokolle aus den verschiedenen Ländern – vor allem aus Italien – hatten so viele Beweisstücke geliefert, dass wir damit Hunderte von Leuten ins Gefängnis bringen konnten. Damit war mein Einsatz beendet, und ich konnte nach Italien zurückkehren. Offiziell, und das dachten alle, einschließlich José, der Vater von Estela, ging ich nach Italien zurück, um mich um den Schlussakt des Kokaintransports zu kümmern. Was auch stimmte, nur nicht so, wie sie sich das vorstellten. Ich hatte gesagt, dass ich nach dem Ende der Unternehmung innerhalb von ein paar Wochen nach Kolumbien zurückkommen würde. In Wirklichkeit fuhr ich nach Italien, weil bei Ankunft der Fracht die weltweiten Festnahmen und Beschlagnahmungen losgehen würden. Der letzte Ort auf der Welt, an dem ich mich in dem Moment hätte aufhalten dürfen, war Bogotá.«

»Dieser Herr... José, wusste der Bescheid über Sie und seine Tochter?«

»Ich glaube schon, auch wenn die Sache nie offiziell besprochen wurde. Wir versteckten uns jedenfalls nicht. Ich denke, dass José nicht wusste, wie er die Sache nehmen sollte. Er mochte mich, ich war ihm sympathisch, und er vertraute mir. Aber er wusste auch, dass ich Drogenhändler war wie er, und die Vorstellung, dass seine Tochter mit jemandem wie ihm zusammen war, war ihm gar nicht recht. Das ist typisch für Kriminelle, die sich zu Geschäftsleuten mausern. Er legte uns allerdings auch keine Hindernisse in den Weg, nie... wir genossen vollkommene Freiheit. Es war die schönste und verrückteste Zeit meines Lebens.«

Roberto atmete ein paar Mal tief durch.

»Es fehlten nur noch wenige Tage bis zu meiner Abreise, als Estela mir mitteilte, dass sie ein Kind erwartete. Sie wollte es behalten. Ich war wie in Trance. Ich sagte, ja, ich wolle es auch. Sie umarmte mich und drückte mich an sich und war so glücklich – sie war außer sich vor Freude über das Kind –, und ich fühlte, wie mir das Herz brach. Das ist keine Redensart: Während sie mich in den Armen hielt, fing meine Brust an zu schmerzen. So stark, dass ich dachte, ich bekäme einen Herzinfarkt. Ich hatte den Eindruck, vor Angst zu ersticken, aber das ist nicht richtig ausgedrückt. Ich *erstickte tatsächlich* vor Angst. Und in diese Angst mischte sich Panik.«

Roberto schaukelte so heftig auf seinem Stuhl, dass er fast die Kontrolle über die Bewegung verlor. Er nahm die Zigarettenschachtel und steckte sich eine an. Der Doktor ließ sich eine von ihm geben.

»Die Tage zwischen der Nachricht von ihrer Schwangerschaft und meiner Abreise waren ein Albtraum. Als meine Mutter vor ein paar Jahren starb, war ich unglaublich traurig. Als mein Vater verhaftet wurde und dann starb, war das schrecklich, Aber nichts davon ist vergleichbar mit dem, was ich damals durchlebte. Ich konnte nicht essen, nicht schlafen, musste aufpassen, dass ich nicht vor allen Leuten in Tränen ausbrach. Manchmal ertappte ich mich dabei, wie ich eine Geste oder eine Bewegung immer wiederholte – etwa, um einen Sessel herumgehen oder einen Gegenstand auf dem Tisch hin- und herschieben –, so wie manche Zootiere verrückt werden, wenn sie im Käfig gefangen sind. Und wissen Sie, was das Schlimmste war?«

»Was?«

»Mit Phil, dem DEA-Agenten, zu sprechen. Er war froh, dass alles zu Ende ging und dass wir dort fertig waren. Ich hingegen war verzweifelt und musste so tun, als sei ich ebenso stolz und erleichtert wie er. Mit Estela hingegen musste ich so tun, als freute ich mich auf unsere gemeinsame Zukunft, darüber, dass wir heiraten würden, musste mit ihr darüber diskutieren, ob es wohl ein Junge oder ein Mädchen würde, ob wir ihm einen italienischen Namen geben würden, weil sie Italienisch schön fand und wollte, dass wir in Italien lebten, weil es das schönste Land der Welt…«

Der Doktor machte die Zigarette aus und zerdrückte sie im Aschenbecher fester, als es nötig gewesen wäre.

»Gab es einen Moment, an dem Sie vorhatten, ihr die Wahrheit zu sagen?«

»Ja. Ich wollte ihr die Wahrheit sagen und sie bitten, mit mir zu fliehen, aber diese Idee war vollkommen verrückt. Wie konnte sie mit mir fliehen, während ich ihren Vater ins Gefängnis brachte, wo er vielleicht für den Rest seines

Lebens bleiben würde? Also überlegte ich, die ganze Operation auffliegen zu lassen, die Polizei und alles andere hinter mir zu lassen und mit Estela in Kolumbien zu bleiben. Ich erwog das ernsthaft – oder vielleicht wollte ich nur *denken*, dass ich es ernsthaft erwog –, aber ich hatte nicht genug Mut für so etwas. Also ging ich am vereinbarten Tag bei José vorbei, um mich zu verabschieden, umarmte ihn und sagte, wir würden uns in einem Monat wiedersehen. Dann ging ich zu Estela, und sie küsste mich und sagte, sie würde mich schrecklich vermissen, sie würde die Minuten bis zu meiner Rückkehr zählen, und die Begegnung mit mir sei das Schönste, was ihr in ihrem Leben passiert war. Ich antwortete, dass das für mich auch so war, und das entsprach der Wahrheit.«

Roberto sprach mit gesenktem Kopf, die Augen auf die hölzerne Schreibtischplatte gerichtet. Nach einer Weile hob er den Kopf, und seine Augen begegneten denen des Doktors.

»Ich bin abgereist und habe sie nie wieder gesehen.«

Es war, wie wenn nach einem ohrenbetäubenden Lärm plötzlich Stille einkehrt.

Roberto nahm eine Hand in die andere, sank ein paar Sekunden lang nach vorn und starrte ins Leere. Der Schmerz begann zu fließen. Es tat weh, das stimmte, aber es war weniger schlimm als all das, was sich die ganze Zeit in ihm aufgestaut hatte. Er dauerte eine ganze Weile.

»*Over the Rainbow*. Das war der Codename.«

»Wie bitte?«

»*Over the Rainbow* war der Deckname für die Operation.«

»Wie das Lied.«

»Ja, wie das Lied.«

Die Operation war gestartet worden, mit Festnahmen überall auf der Welt, mit der Beschlagnahme von Firmen, Geldern,

Drogen, Autos, Schiffen. Eine der größten Aktionen in der Geschichte der Drogenbekämpfung.

Natürlich war auch Estelas Vater verhaftet worden. Die Kollegen konnten sich nicht erklären, warum Roberto nicht an der Durchführung der Festnahme teilnehmen wollte. Er wirkte apathisch, auch nach drei Wochen Freistellung und auch, als er erfuhr, dass er für eine Tapferkeitsmedaille vorgeschlagen worden war. Er nahm seine Arbeit wieder auf, aber in den Augen seiner Kollegen und Vorgesetzten war er nicht mehr der Alte. Seine Vorgesetzten beschlossen sehr schnell, ihm keine heiklen Aufgaben anzuvertrauen, zumindest vorerst nicht. Und nach ein paar Monaten war allen klar, dass man ihm momentan überhaupt keine Aufgaben anvertrauen konnte. Er wurde dabei überrascht, wie er Selbstgespräche in seinem Büro führte. Ein Kollege traf ihn, als er, auch diesmal allein, mit zerknitterten Kleidern – er, der immer so auf sein Äußeres geachtet hatte – durch die Straßen spazierte, mit vom Alkohol glänzenden, rot geränderten Augen, Bartstoppeln, gebeugten Schultern und einer im Mundwinkel hängenden Zigarette.

Und dann die Episode, als der junge Kollege ihn in seinem Büro überrascht hatte, die Pistole im Mund, mit geistesabwesendem Gesichtsausdruck.

Sie hatten ihm die Dienstpistole abgenommen und ihn aus gesundheitlichen Gründen freigestellt. Ein neutraler Ausdruck dafür, dass er verrückt geworden war, dienstunfähig, eine Gefahr für sich und andere.

»Etwa zehn Monate vergingen, bevor ich den Mut fand, einen Kollegen von der kolumbianischen Polizei anzurufen. Einen, mit dem ich mich fast angefreundet hatte. Ich wollte erst um den heißen Brei herumreden und dann die Frage wie beiläufig einflechten. Aber dann merkte ich, dass ich keine

Lust auf solche Spielchen hatte. Mochte er denken, was er wollte, ich erkundigte mich direkt nach Estela. Ich fragte, ob ihr Vater noch saß, ob sie irgendwie in die Ermittlungen verwickelt worden war und ob sie noch in Bogotá lebte. Ich bat ihn, mir alles, was er herausfinden konnte, mitzuteilen.«

»Und er?«

»Er kommentierte das nicht und fragte auch nicht, wozu ich diese Informationen brauchte. Er sagte nur, dass er zwei, drei Tage Zeit dafür bräuchte. Nach genau drei Tagen rief er mich dann zurück und berichtete, was er herausgefunden hatte: Estela lebte noch in Bogotá, im Haus ihres Vaters, und war in keiner Weise von den Ermittlungen betroffen gewesen. Sie besuchte ihren Vater regelmäßig im Gefängnis. Bevor er mir den Rest sagte, zögerte er einen Moment, und da war ich mir sicher, dass er alles über sie und mich wusste.«

»Was sagte er?«

»Nachrichten, die er über einen V-Mann bekommen hatte. Er sagte, dass Estela zwei Monate nach der Verhaftung in einer Privatklinik abgetrieben hatte. Heimlich, weil Abtreibung in Kolumbien illegal ist. Dieses Kind war mein Sohn.«

Robertos Erzählung brach ab, wie eine Straße, die plötzlich im Nichts endet.

Die Wanduhr schlug zwei Mal. Der Doktor stand auf, um das Fenster zu öffnen und den Rauch herauszulassen. Die Luft war mild, und nur wenige Autos fuhren vorbei. Das Rauschen der Nacht führte einen zarten, frühen Duft nach Lindenblüten mit sich.

»Zeit zum Schlafengehen«, sagte der Doktor und trat wieder an seinen Schreibtisch, ohne sich jedoch zu setzen. Roberto stand auf und hatte das Gefühl, dass seine Beinmuskeln eine längst vergessene Elastizität wiedergefunden hatten.

»Was… wie geht es jetzt weiter?«

Der Doktor lächelte. Seine Augen waren halb geschlossen, und er wirkte müde.

»Haben Sie diese Geschichte schon jemals einem Menschen erzählt?«

»Nie, und ich glaube auch nicht, dass ich dazu in der Lage gewesen wäre.«

»Sehen Sie, Sie dachten, Sie wären dazu nicht in der Lage, aber Sie haben es geschafft. Der Rest kommt dann von selbst.« Einen Moment später fügte er hinzu: »Wenn Sie wollen, sehen wir uns am Montag. Wenn Sie hingegen eine Pause brauchen, ist das auch in Ordnung. Sie müssen das nicht gleich entscheiden.«

Sie gingen zur Tür, doch Roberto wollte noch nicht gehen.

»Sie denken an dieses Kind, als ob es zur Welt gekommen wäre, stimmt's?«

»Ja. Ich denke an das Kind, als wäre es auf die Welt gekommen und ein kleiner Junge geworden. Ich stelle ihn mir vor, als einen Jungen ...«

»Das geht vorbei. Mit der Zeit und mit etwas Geduld wird es vorbeigehen.«

Roberto nickte, und der Doktor nickte ebenfalls.

»Wir sind einen unorthodoxen Weg gegangen. Brandy, Schokolade und nächtliche Sitzung. Vielleicht schreibe ich darüber einen Beitrag für den nächsten Kongress. Das könnte eine neue Therapieform werden.«

## *Giacomo*

Ich war mit Scott im Park, aber ich weiß nicht, wie wir dorthin gelangt sind.

Ein paar Meter vor uns lief Ginevra, mit dem Rücken zu uns.

Ich rief sie, aber sie drehte sich nicht um.

Ich rief sie wieder, und dann lief sie wieder so schnell wie in dem anderen Traum. Ich rannte ihr wieder nach, und diesmal konnte ich zwar mithalten, sie aber nicht einholen. So sehr ich mich auch bemühte, der Abstand zwischen uns blieb immer gleich. Scott folgte mir wortlos, doch ich spürte, dass auch er sich Sorgen machte.

Irgendwann kam sie bei einer Tür an, die plötzlich aus dem Nichts aufgetaucht schien, mitten auf der Wiese, komplett mit Türstock, Rahmen und Klinke. Zu meiner großen Verwunderung machte Ginevra sie auf, ging hindurch und verschwand, als führte die Tür in ein Haus oder ein Zimmer oder wenigstens irgendein Gebäude.

Stattdessen war es nur eine Wiese. Ich ging mehrmals um die Tür herum, und diesmal gab es keinen Zweifel.

»Was ist das für eine Tür, Scott?«

*Vergiss es, Chef. Lass uns gehen.*

»Was soll das heißen, lass uns gehen? Was ist mit Ginevra passiert?«

Scott setzte sich hin und seufzte. Er sah besorgt aus.

*Ginevra ist in ihrem Zimmer und schläft. Gehen wir.*

»Ich gehe da durch. Sie braucht meine Hilfe.«

*Ich würde das lieber nicht tun, Chef.*

»Ich gehe.«

Ich wartete seine Antwort nicht ab und sah ihn nicht einmal an. Ich machte auf, ging hinein, schloss die Tür hinter mir und war auf einmal in einem dunklen Raum. In der Luft hing ein schwacher Duft, und es dauerte eine Weile, bis ich merkte, dass es Ginevras Geruch war. Als meine Augen sich an die Dunkelheit gewöhnt hatten, konnte ich langsam erkennen, was in dem Zimmer war. Ein Schreibtisch mit einem Computer, Hefte, Stifte, Zeitungen; ein Regal mit Stofftieren, ein paar Bücher, ein Radio, ein kleiner Fernseher, ein Poster von Justin Bieber – der in meinen Augen eine Witzfigur ist, bei Mädchen aber sehr gut ankommt –, das etwas schief aufgehängt war.

Und dann das Bett, in dem Ginevra tief schlummerte, obwohl sie doch gerade erst hereingekommen war.

Ich ging näher. Ihr Atem ging etwas unregelmäßig, sie umarmte ihr Kopfkissen und war wunderschön. Dann verzog sie auf einmal den Mund, als müsse sie weinen und versuche, sich zusammenzureißen.

»Hilfe«, flüsterte sie.

»Was ist los?«, fragte ich, aber sie hörte mich nicht. Sie schlief.

»Ich bitte dich, hilf mir doch ....«

»Ich *will* dir ja helfen. Aber du musst mir sagen, was los ist.«

Sie hörte mich nicht und begann nach einiger Zeit im Schlaf zu weinen.

Das machte mich verrückt. Ich dachte, ich müsste sie aufwecken und ihr sagen, sie solle nicht weinen, ich würde sie beschützen und alle ihre Probleme lösen, wenn sie mir nur sagte, was los war. Ich legte ihr eine Hand auf die Schulter und spürte in demselben Moment, wie durch die Hand ein elektrischer Schlag meinen ganzen Körper durchzuckte. Ich hatte eine grauenhafte Vision – Dutzende von kleinen Teufeln, die mit widerlichen Geräuschen auf mich sprangen –, und dann wachte ich ganz plötzlich auf, so als hätte mich jemand von irgendwo hinuntergeschubst.

* * *

Seit ich angefangen habe, in den Park zu gehen, bin ich noch nie so aufgewacht.

Ich stand voller schlimmer Vorahnungen auf, und es wurde kein guter Tag, nach diesem Traum und diesem Erwachen. In der Schule war ich noch zerstreuter als sonst, und die Mathelehrerin regte sich über mich auf. Sie meinte, ich sei wohl gar nicht in der Klasse, sondern irgendwo anders.

Auch Ginevra war – wie immer in letzter Zeit – vollkommen geistesabwesend. Ich dachte mir, dass wir in dieser Klasse wie zwei Fremde waren; aus unterschiedlichen Gründen waren wir dort vollkommen fehl am Platz.

Am Schultor beschloss ich, ihr zu folgen. Sie ging schnell weg, sie flüchtete beinahe. Ich lief schnell auf die andere Straßenseite, überholte sie um etwa fünfhundert Meter, überquerte die Straße wieder und ging ihr wie zufällig entgegen.

Ich weiß nicht, was ich vorhatte. Vielleicht wollte ich sie aufhalten und mit ihr sprechen, sie fragen, was los war, und ihr meine Hilfe anbieten.

Doch als wir uns begegneten, sah sie mich nicht einmal an – ja, sie *sah* mich noch nicht einmal – und ging an mir vorbei.

# 24

Roberto ging los, und plötzlich überkamen ihn Kindheitserinnerungen. Einige spielten im heimeligen Halbdunkel des Hauses, in dem er als Kind gewohnt hatte, andere im hellen Sonnenlicht, im blendenden Schaum der Wellen.

Die Erinnerungen an die Zimmer seiner Vergangenheit waren voller kleiner Geräusche und einem beständigen, wohlwollenden Murmeln: seine Zimmertür, die mit einem vertrauten Knarzen auf- und zuging; seine Mutter, die auf Englisch telefonierte, mit ihrem italienischen Akzent, auf den sie so stolz war; das Geräusch von fließendem Wasser aus dem Badezimmer; die Stimmen aus dem Fernsehgerät, wenn er schon im Bett lag; der weiche, leicht schleppende Schritt seiner Mutter am Morgen.

Die Erinnerungen im Licht und auf dem Meer hingegen waren ohne Ton. Starker Wind, große Wellen mit glitzernden Kronen, gleitende Surfbretter, Körper, die vom Wasser kraftvoll herumgewirbelt wurden. Alles ohne Geräusche und ohne Stimmen.

Roberto war so versunken in diese Wolke aus Erinnerungen, dass er in eine Pfütze trat und sich den Schuh schmutzig machte. Da fing er an zu reden. Leise, ein Flüstern, aber doch so deutlich und klar, dass jemand, der neben ihm gegangen wäre, alles verstanden hätte.

»Erinnerst du dich an die Kammer, in der wir die Schuhe und das Schuhputzzeug aufbewahrten? Ich bin sieben, acht

Jahre alt und sitze in dieser Kammer auf dem Boden. Ich soll die Schuhe meines Vaters putzen. Es ist meine Aufgabe, jede Woche die Schuhe meines Vaters zu putzen. Beim Schuhputzen gibt es bestimmte Regeln, an die man sich halten muss. Zuerst muss man sie vom Staub befreien, denn sonst vermischt er sich mit der Schuhcreme, und alles verschmiert. Den Staub nimmt man mit einer großen Bürste ab, sie ist hellbraun und hat harte Borsten. Wenn das getan ist, kommt die Schuhcreme dran. Man nimmt immer sehr wenig auf einmal und verteilt sie mit einer anderen, kleineren Bürste – sie ist schwarz und hat weiche Borsten – so lange, bis das Leder alles aufgenommen hat und die Creme auch in die Nähte gedrungen ist. Jetzt ist der Schuh bereit für die wichtigste Phase, das Polieren. Das wird mit einem weichen Tuch gemacht und ist der angenehmste Teil, denn dabei verwandelt sich der Schuh unter deinen Augen von etwas Stumpfem in etwas Glänzendes.«

Eine schöne Erinnerung, wie die an saubere, duftende Bettwäsche: Du bist todmüde und weißt, dass du in zwei Minuten einschlafen wirst, aber in der Zwischenzeit genießt du den kurzen, wundervollen Moment, in dem du dich noch ins Bett kuschelst, das Kissen umarmst, an angenehme Dinge denkst und dich sicher und geborgen fühlst.

Roberto dachte, dass er gern noch eine Zigarette rauchen würde. Morgen würde er aufhören, oder vielleicht auch übermorgen. Oder auch nicht. Wie dem auch sei, er wollte in Ruhe diese Zigarette rauchen, im Sitzen, und die frische Aprilnacht genießen.

Ohne zu wissen, wie er dort hingekommen war, fand er sich plötzlich in dem kleinen Park zwischen der Via Flaminia und dem Viale Tiziano wieder. Er setzte sich im Dunkeln auf eine Bank in der Nähe des Blumenstands, der die ganze Nacht hindurch geöffnet hatte. Er zündete die Zigarette an und fing an zu sprechen.

»Erinnerst du dich an unser Wohnzimmer? Draußen ist es noch dunkel, aber der Himmel wird schon hell. Ich sitze vollständig angezogen auf dem Sofa und warte auf meinen Vater, der noch seine Tasche packt. Der Duft seines Rasierwassers hängt in der Luft. Gleich gehen wir los, ans Meer. Es sind tolle Wellen angekündigt. Die Tür steht halb offen, und von draußen weht ein leichter Wind herein, der die Vorhänge im halbdunklen Zimmer bauscht. Ich weiß nicht, warum, aber diese vom Wind gebauschten Vorhänge treiben mir Tränen in die Augen. Dann verschwindet das Bild wieder, und an seine Stelle tritt das in der Morgensonne glitzernde Meer. Die großen Wellen sehen aus der Entfernung aus, als atme das Meer. Wir sehen sie von oben, mit unseren Surfbrettern und den Neoprenanzügen, und der Wind weht uns den Salzgeruch entgegen. Gleich sind wir am Strand und steigen ins Wasser.«

»Hallo?«

Dann noch einmal, ungeduldiger: »Hallo, der Herr, alles in Ordnung?«

Roberto hob den Blick zu der Stimme empor. Das Erste, was er sah, war die Flamme, die die Mütze zierte, und darunter das Polizeiabzeichen. Noch weiter darunter das Gesicht eines etwa vierzigjährigen Beamten, dessen Gesicht von zahlreichen Aknenarben gezeichnet war und die geduldige, aber auch wachsame Miene eines Mannes hatte, der die Bewohner der Nacht kennt und weiß, wie man mit ihnen umgeht. Und der gerade deshalb weiß, dass es vorkommen kann – wenn auch nicht oft –, dass man böse Überraschungen erlebt. Ein paar Meter hinter ihm stand neben dem Auto ein wesentlich jüngerer Carabiniere.

»Danke, alles in Ordnung.«

»Haben Sie Ihren Ausweis dabei?«

»Ja.«

»Macht es Ihnen etwas aus, ihn mir zu zeigen?«

»Nein, ganz und gar nicht.«

Er holte seine Brieftasche heraus und wollte schon seinen Polizeiausweis zeigen, doch dann besann er sich eines Besseren. Er zog stattdessen seinen Führerschein heraus und gab ihn dem Polizisten.

»Warten Sie hier.«

»Gern, ich habe es nicht eilig«, sagte er nur. Er verspürte ein seltsames Gefühl der Erleichterung, dass er durch den Anblick dieser Carabinieri-Uniform wieder zu sich gekommen war. Er war froh, hier zu sein, überprüft zu werden, in dieser Frühlingsnacht, während er darauf wartete, dass der nächste Tag langsam anbrach. Er war hellwach, Herr der Situation. Achtsam.

Der Beamte ging mit dem Führerschein in der Hand zum Auto und setzte sich hinein.

Jetzt überprüfen sie meine Identität am Computer, sagte er sich. Vielleicht sagen sie mir dann, wer ich bin. Oder ich frage sie einfach. Dieser Gedanke löste eine gewisse Heiterkeit bei ihm aus. Er lachte leise bei der Vorstellung, dem Carabiniere diese Frage zu stellen. Der Mann wirkte nicht besonders humorvoll.

Ein paar Minuten später stieg dieser wieder aus dem Auto und ging zu Roberto zurück, der sich in der Zwischenzeit noch eine Zigarette angesteckt hatte.

»Hier ist Ihr Führerschein. Wissen Sie eigentlich, wie spät es ist?«

»Etwa drei Uhr?«

»Beinahe vier. Was machen Sie in einer öffentlichen Grünanlage um diese Uhrzeit, so weit von Ihrer Wohnung entfernt? Ist Ihnen irgendetwas zugestoßen?«

Ob mir etwas zugestoßen ist? Klar ist mir etwas zugestoßen. Vieles ist mir zugestoßen, aber ich habe keine Lust, dir das zu erzählen.

»Nein, Herr Polizist, danke. Mir ist nichts zugestoßen. Ich konnte einfach nicht schlafen, und so habe ich einen Spaziergang gemacht und ein paar Zigaretten geraucht. Jetzt gehe ich nach Hause. Zu Fuß. Ich entspanne mich bei langen Spaziergängen.« Nachdem er kurz nachgerechnet hatte, wann die Nachtschicht einer Streife zu Ende war, fügte er hinzu: »Ihr seid noch gute zwei Stunden unterwegs bis Dienstschluss, nicht wahr?«

Er erhob sich von der Parkbank, grüßte den verblüfften Carabiniere und machte sich auf den Weg zu seiner Wohnung.

## *Giacomo*

Gestern in der Pause habe ich Davide Morandi getroffen, der mit mir in der Grundschule war und jetzt in die Parallelklasse geht, in die C, während ich in der D bin. Er ist zwar ganz nett, aber vollkommen besessen von Sex: In der fünften Klasse hat ihn die Klassenlehrerin einmal erwischt, wie er unter der Bank ein Pornoheft durchblätterte. Kurz vorher hatte er mich einen Blick hineinwerfen lassen, und ich hatte mir gedacht, dass ich noch nie etwas so Widerliches gesehen hatte.

Er fragte mich, ob ich von diesen Videos gehört hatte, die mit Handys auf den Toiletten einer Disko gedreht wurden, und sagte, man könne sich von einigen Mädchen der Schule gegen Bezahlung einen runterholen lassen oder auch mehr. Man müsse sich nur an bestimmte Jungs vom Gymnasium wenden, die das Geld kassierten und dafür die Mädchen besorgten. Er meinte, dass auch eine aus meiner Klasse darunter sei.

Ich wollte nichts mehr hören. Ich sagte, ich wisse von nichts, dass mir das wie ein Haufen Unsinn vorkomme und dass ich zurück in die Klasse müsse.

Aber den Rest des Vormittags gingen mir diese Worte nicht aus dem Kopf, und ein Verdacht entstand, den ich nicht einmal richtig zu denken wagte.

Heute versuchte ich, ein wenig herumzufragen. Die Jungs hatten keine Ahnung, wovon ich sprach, und wunderten sich – ohne es zu sagen –, dass ausgerechnet ich solche Fragen stellte.

Doch schließlich fand ich in der achten Klasse einen, der von der Sache wusste. Im Vorjahr hatten unsere Klassen gemeinsam einen Ausflug gemacht, und wir beide hatten uns ein wenig angefreundet, weil wir beide begeisterte Fantasy-Leser waren.

Dieser Junge riet mir, mich da besser nicht einzumischen. Die Sache sei von älteren Schülern angezettelt worden, echten Gangstern, die die Mädchen dazu zwängen, diese Dinge zu tun. Diese Typen erpressten sie dann mit heimlich gedrehten Pornovideos, und es seien auch Drogen dabei im Spiel. Ich solle mich also lieber raushalten.

Ich sagte, dass ich ja keine Ahnung hätte, dass die Dinge so lagen und dass ich ihm für seinen Rat danke, dass ich mich da raushalten würde, natürlich, und tschüss, ich ginge jetzt wieder in die Klasse. Ach, und er wisse nicht zufällig, wie das Mädchen aus meiner Klasse hieß, die da mitmache? Ach, angeblich sei es diese hübsche Blonde? Wie hieß sie noch einmal? Nicht etwa Ginevra? Doch, genau die. Tschüss, tschüss.

Die letzten Schulstunden waren ein Albtraum. Ginevra saß in ihrer Bank mit demselben abwesenden Gesichtsausdruck, mit dem sie in die Schule zurückgekehrt war. Ich sah sie an, und mir fielen die widerlichen Bilder aus dem Pornoheft ein, die ich vor zwei Jahren unter der Bank gesehen hatte. Und dann dachte ich, dass ich in sie verliebt war und deshalb einen Weg finden *musste*, ihr zu helfen.

Ich entschied schließlich, dass ich sie ansprechen würde. Vor dem Schultor würde ich sie fragen, was sie für ein Problem hatte, und würde ihr meine Hilfe anbieten, auch wenn ich natürlich keine Ahnung hatte, wie diese Hilfe aussehen konnte.

Die Schulglocke schellte zum Ende der letzten Stunde. Ich hatte meine Schultasche schon gepackt, rannte als Erster zur

Tür und wartete dort, bis sie kam. Dann ging ich neben ihr den Flur entlang, wie zufällig. Sie bemerkte mich nicht, bis ich endlich den Mut fand und sie ansprach. Es war das erste Mal.

»Ginevra…«

Sie drehte sich um, ohne stehen zu bleiben, und sah mich an, als kenne sie mich nicht.

»Ginevra… ich… ich wollte dir sagen, dass… falls du Hilfe brauchst bei irgendetwas, ich meine, ich bin für dich da, du musst es mir nur sagen.«

Ich kam mir vor wie ein Idiot, während ich diese Worte sprach. Sie sah mich noch einen Augenblick an, doch in Wirklichkeit sah sie mich gar nicht, und dann ging sie weiter, ohne mir zu antworten.

Ich ging vollkommen aufgewühlt nach Hause und fragte mich, was ich tun konnte. Das tat ich den ganzen Nachmittag über. Mir kamen zwar einige Ideen – mit den Lehrern reden, zur Polizei gehen, Ginevra festhalten und sie zwingen, mir zu sagen, was passierte –, aber ich verwarf sie alle wieder, weil sie mir vollkommen unrealistisch vorkamen.

Ich fragte mich, ob ich es meinem Vater gesagt hätte, wenn er noch da gewesen wäre, und während ich an meinen Vater dachte, wurde mir klar, dass es eine Sache gab, die ich tatsächlich tun konnte.

Es lag auf der Hand. Das Allereinfachste.

Ich weiß, ich hätte gleich darauf kommen müssen. Aber für einen Jungen ist es nicht einfach, über gewisse Dinge mit seiner Mutter zu sprechen.

# 25

Das Telefon klingelte vier, fünf Mal, bevor Roberto es in der Küche fand, zwischen der Espressomaschine, den angeschlagenen Tassen und einer halbleeren Kekstüte.

»Hallo?«

»Roberto?«

»Emma.«

»Na, alles in Ordnung? Entschuldige, aber deine Stimme klingt seltsam.«

»Ich bin nur außer Atem, ich mache gerade meine Gymnastik.«

»Also, ich habe dich gar nicht wiedererkannt. Deine Stimme klingt... ganz anders. Aber was sage ich da? Wir haben ja nur ein einziges Mal telefoniert, und ich kann mich gar nicht erinnern, wie deine Stimme da klang.« Nach einer kurzen Pause: »Also, falls ich vorgehabt hätte, mit deiner Hilfe mein mangelndes Selbstgefühl aufzumöbeln, hätte ich ganz schön Pech gehabt.«

»Wie meinst du das?«

»Ich bin ganz eindeutig auf dem absteigenden Ast. Oder besser gesagt, die Begegnung mit dir hat mir bestätigt, dass ich auf dem absteigenden Ast bin. Früher einmal hätte mich ein Mann, mit dem ich so einen langen Abend verbracht hätte, spätestens am nächsten Morgen angerufen. Wenn er nicht gar gleich darauf gedrängt hätte, mir seine Wohnung zu zeigen. Und jetzt ist eine ganze Woche ohne ein Lebenszeichen von dir vergangen. Es ist offiziell, meine Zeit als hübsches Mädchen liegt hinter mir.«

Roberto wusste nicht, was er sagen sollte. Natürlich hatte er viele Male daran gedacht, sie anzurufen, und es dann doch nie über sich gebracht. Er hatte sich gefragt, aus welchem Grund er es nicht schaffte, aber keine Antwort gefunden. Nach der Nacht im Sprechzimmer des Doktors war alles in einen Schwebezustand geraten.

»Zum Glück habe ich einen Grund gefunden, dich anzurufen. Hast du einen Moment Zeit für mich?« Jetzt klang ihre Stimme plötzlich sehr ernst.

»Ja, sicher.«

»Giacomo, mein Sohn, hat mir eine ungewöhnliche Frage gestellt.«

Auf einmal schien sie zu zögern, so als kämen ihr Zweifel über den Sinn des Anrufs. Ein paar Sekunden vergingen so, dann brach Roberto das Schweigen.

»Erzähl.«

»Er fragte mich, ob ich einen Polizisten kenne.«

»Warum wollte er das wissen?«

»Er sagte, er wolle mit einem Polizisten reden, weil er ihm etwas sagen müsse.«

»Und was ist das?«

»Er hat nur Andeutungen gemacht. Er sagt, dass ein Mädchen aus seiner Klasse ernsthafte Probleme habe und dass das ein Fall für die Polizei sei.«

»Hat er dir gesagt, welcher Art diese Probleme sind?«

Emma seufzte.

»Giacomo ist ein schwieriger Junge. Ich habe dir ja schon gesagt, es ist nicht leicht, mit ihm zu sprechen oder ihn zum Reden zu bringen. Das Wenige, das er mir gesagt hat, erscheint mir allerdings sehr bedenklich – falls es wahr ist.«

Neue Pause. Stille. Man konnte das Atmen am anderen Ende der Leitung hören.

»Sag, hättest du nicht eine halbe Stunde Zeit? Wir könnten uns treffen, dann erzähle ich dir, was ich weiß, und wenn du willst, kannst du danach mit Giacomo reden. Wenn du mit ihm direkt sprichst, wirst du schon merken, ob an der Sache was dran ist oder nicht.«

Ob ich eine halbe Stunde Zeit habe? Ich habe alle Zeit der Welt, nicht nur eine halbe Stunde. Seit Monaten habe ich alle Zeit der Welt und werde bald noch mehr haben, wenn sie mich rausschmeißen. Er dachte diese Worte genau so, aber er sagte sie nicht. Und doch dachte er zum ersten Mal angstvoll an die Möglichkeit, für immer den Dienst quittieren zu müssen. Lange Zeit hatte er gemeint, es sei ihm gleichgültig; die Vorstellung, keine Uniform mehr zu tragen, hatte ihn kalt gelassen. Aber jetzt verstörte ihn dieser Gedanke.

»Ich habe Zeit. Wo wollen wir uns treffen?«

* * *

Diesmal war sie pünktlich, ja überpünktlich, denn als Roberto um drei Uhr kam, saß sie schon am selben Tisch wie letztes Mal.

Als Emma ihn sah, stand sie auf, und als er an den Tisch kam, küsste sie ihn auf die Wangen. Vielleicht lag es an der Umarmung, vielleicht an den beiden Küssen – zwei Küsse, bei denen sie die Lippen auf seine Wangen drückte, nicht die übliche Begrüßung, Wange an Wange –, vielleicht auch an etwas ganz anderem, aber Roberto glaubte, rot zu werden, und fühlte so etwas wie einen leichten Stromschlag durch seinen ganzen Körper gehen. Gleich danach fühlte er sich verlegen und ärgerte sich über seine Unbeholfenheit.

»Danke, dass du gekommen bist«, sagte sie.

Keine Ursache, es ist mir ein Vergnügen, wollte er schon sagen. Aber er hielt sich zurück und hatte den Eindruck, gut daran zu tun. Es war, als müsse er erst wieder lernen, wie man sich richtig verhielt.

»Erzähl mir von Giacomo.«

»Gut. Also, ich weiß ehrlich gesagt gar nicht, wo ich anfangen soll. Vielleicht ist ja alles nur Einbildung, und ich erzähle dir nur davon, weil ich beruhigt werden will.«

»Mach dir keine Sorgen. Erzähl mir einfach, was du weißt, und wir versuchen gemeinsam zu verstehen, worum es geht.«

Der Ober kam und nahm ihre Bestellung entgegen. Roberto fühlte sich gut, achtsam, lebendig.

»Gestern Abend hat Giacomo mich gefragt, ob ich einen Polizisten kenne. Ich fragte ihn, warum, und er antwortete, dass ein Mädchen aus seiner Klasse in Gefahr sei. Jemand will ihr etwas antun, und ich weiß nicht, wie ich ihr helfen kann, sagte er.«

»Was für eine Art von Gefahr?«

»Es sieht so aus ... es sieht so aus, als wollten ihre Klassenkameraden, oder vielleicht auch ältere Jungs, sie zum Geschlechtsverkehr zwingen.«

»Aus welcher Quelle kommt das?«

Er merkte, dass er sich ausdrückte wie auf einer Einsatzbesprechung.

»Ich meine: Woher weiß er das?«

»Er sagt, in der Schule werde darüber geredet.«

»Aber hat er mit diesem Mädchen gesprochen? Hat sie sich ihm anvertraut, ihm irgendetwas gesagt?«

»Das ist ja das Problem.«

»Welches Problem?«

»Er sagt, sie habe ihn um Hilfe gebeten, aber ...«

»Aber?«

»Aber sie hat ihn im Traum um Hilfe gebeten.«

»Wie bitte?«

»Genau so: Das Mädchen hat ihn im Traum um Hilfe gebeten. Aber er sagte das auf eine Weise, die so echt klang, dass ich dachte, ich müsse etwas tun. Ich sagte mir, dass ich doch einen Polizisten kenne, ich meine, einen Carabiniere, und dass es nichts kostet, wenn man sich unterhält, und dass ich beruhigt wäre, wenn ich die Meinung von jemandem einholen könnte, der ... ich meine, von jemandem wie dir. Ich hatte auch daran gedacht, den Doktor zu fragen – ich habe ihm so oft von Giacomo erzählt –, aber dann wurde mir klar, dass ich lieber mit dir sprechen würde.«

Roberto ließ ein paar Minuten verstreichen und versuchte, die Geschichte genauer zu fokussieren. Ohne Erfolg.

»Sagtest du, dass sie in dieselbe Klasse gehen?«

»Ja.«

»Hat Giacomo versucht, mit ihr zu sprechen?«

Emma schüttelte den Kopf und zuckte mit den Achseln, wobei sie die Arme ausbreitete.

»Na gut«, sagte er schließlich, »lass mich mit dem Jungen reden, wir werden sehen, was dabei herauskommt.«

»Wenn du willst, können wir gleich zu uns nach Hause gehen.«

»Gehen wir.«

## 26

Das Erste, was Roberto auffiel, war der Geruch. Er war nicht gut darin, Gerüche zu benennen – wer ist das schon? –, aber in dieser Wohnung roch es angenehm trocken und sauber.

Sie betraten ein Wohnzimmer mit einem Tisch, einem großen Fernseher, einem Bücherregal, frischen Blumen in einer großen, bunten Plastikvase, einer schönen, alten Ledercouch und Drucken und Schwarzweißfotos an den Wänden. Roberto verspürte den starken Wunsch dazuzugehören, ein Teil dessen zu sein, was er hier sah, und zugleich überkam ihn das schmerzliche Gefühl, es nicht wert zu sein und für immer ausgeschlossen zu bleiben.

»Giacomo ist in seinem Zimmer, ich gehe ihn holen.«

Als er allein war, ertappte Roberto sich dabei, wie er etwas tat, was ungewöhnlich für ihn war: Er betrachtete die Bücher im Regal. Vor ein paar Wochen noch hätte er sie nicht einmal bemerkt. Jetzt erregten sie seine Neugier. Er holte eines heraus, untersuchte es vorsichtig, so als müsse er sich erst noch damit anfreunden, und stellte es dann zurück; dasselbe tat er mit einem anderen Buch und dann mit noch einem. Er hielt gerade eines in der Hand, dessen Titel seine Aufmerksamkeit erregt hatte – *Herz der Finsternis* –, als Emma wieder ins Zimmer kam. Hinter ihr tauchte ein schmaler Junge mit dunklen Augen auf.

In Robertos Kopf entstand Estelas Erscheinung, wie sie auf dem Bett saß und das unsichtbare Kind im Dunkeln hielt.

Das dauerte ein paar Sekunden und verursachte einen plötzlichen, durchdringenden Schmerz.

»Das ist Giacomo«, sagte Emma, »und das ist Roberto.«

Roberto streckte die Hand aus und spürte einen überraschend festen Händedruck.

»Roberto ist ein Carabiniere.«

Alle drei blieben stumm, bis Roberto das Schweigen brach.

»Du sagtest, dass Giacomo mit mir reden wollte. Vielleicht ist es besser, wenn wir das unter vier Augen tun. Macht es dir etwas aus, uns ein paar Minuten allein zu lassen?«

Emma sah sich ratlos um. Sie suchte nach etwas, das sie erwidern konnte, fand aber nichts. Also zuckte sie die Achseln, sagte, sie sollten sie rufen, wenn sie fertig waren, und verließ das Zimmer.

Roberto sah den Jungen an, und dieser hielt seinem Blick stand.

»Wollen wir uns setzen?«

Sie setzten sich nebeneinander auf die Couch. Roberto spürte die Falten des Leders unter seinen Händen und stellte mit Verwunderung fest, dass seine Sinne – in diesem Moment der Tastsinn – nach und nach zurückzukehren schienen.

»Ich habe den Eindruck, dass du jemand bist, der gleich zur Sache kommt«, sagte Roberto.

»Sie sind also ein Carabiniere?«

Eben.

»Ja, ich bin Unteroffizier bei den Carabinieri.«

»Was tun Sie da genau?«

»Ich bin Fahnder, mein Einsatzgebiet ist das organisierte Verbrechen.« Es war nicht der richtige Moment, allzu sehr ins Detail zu gehen, wie etwa, dass er sich *früher* einmal mit organisiertem Verbrechen beschäftigt hatte und dass das nie wieder der Fall sein würde.

Die Antwort schien den Jungen jedenfalls nicht besonders zu beeindrucken.

»Woher kennen Sie meine Mutter?«

»Sie hatte eine Autopanne, und ich habe das gesehen und ihr geholfen, das Auto wieder flottzumachen. Dann habe ich sie zufällig ein paar Male wieder getroffen, und wir haben uns unterhalten. Heute rief sie mich an, um mir zu sagen, dass du einen Polizisten oder Carabiniere sprechen wolltest. Ich glaube, ich bin der einzige Mensch, den sie kennt, der diesen Beruf ausübt, und deshalb hat sie mich gefragt.«

Der Junge kratzte sich am Kopf. Er war mit seinen Fragen durch und wusste nicht mehr, wie er weitermachen sollte.

»Nach dem, was deine Mutter mir gesagt hat, hast du von einem Problem erfahren, das eine deiner Schulkameradinnen hat.«

»Ja.«

»Willst du mir sagen, worum es geht?«

Giacomo erzählte seine Geschichte, und er tat das nüchtern und präzise, wie ein Ermittlungsbeamter, der Bericht erstattet. In der Schule gingen Gerüchte über Pornofilme und Prostitution um. Diesen Ring schien eine Gruppe älterer Schüler zu organisieren, wahrscheinlich aus den höheren Klassen. Sie zwangen die Mädchen zu sexuellen Handlungen und filmten sie dabei, und unter diesen Mädchen war eine aus seiner Klasse – Giacomo nannte Vor- und Nachnamen –, der unbedingt geholfen werden musste.

»Wer hat dir das erzählt?«

»Leute aus der Schule, deren Namen ich aber nicht kenne«, sagte Giacomo und fuhr sich übers Gesicht wie jemand, der nicht die ganze Wahrheit sagt. Nichts Gravierendes, dachte Roberto. Der Junge wollte nur seine Quellen schützen. Wie jeder Bulle, der auf sich hält.

»Hast du versucht, mit dem Mädchen – Ginevra, so heißt sie, oder? – darüber zu sprechen?«

»Ja, das habe ich.«

»Und was hat sie gesagt?«

»Nichts.«

»Wie kannst du dann wissen, dass sie in die Sache verwickelt ist und Hilfe braucht?«

Giacomo zögerte, bevor er antwortete.

»Ich weiß, dass das absurd klingt, aber ich habe es geträumt. In einem Traum bat Ginevra mich verzweifelt um Hilfe.«

Tatsächlich fand Roberto, auch wenn er es nicht sagte, die Sache ganz und gar nicht absurd, sondern reagierte automatisch, ohne dass es ihm bewusst war, wie ein Carabiniere und überlegte, was er tun konnte. Denn vermutlich war es nötig – Traum hin oder her –, den Gerüchten nachzugehen. Wenn Geschichten im Umlauf sind, die sich hartnäckig halten, dann ist meistens irgendetwas dran. Alle wichtigen Fahndungen hatten ihren Ursprung in Gerüchten, die mehr oder weniger hartnäckig im Umlauf waren.

Er dachte, dass er zu der Schule gehen und sich von Giacomo das Mädchen zeigen lassen konnte, um es ein wenig im Auge zu behalten, herauszufinden, wohin es ging, und dann aufgrund dessen, was sich ergab – *falls* sich etwas ergab –, nach Gefühl zu handeln. Wie er es immer getan hatte. Bei der vielen freien Zeit, die er hatte, kostete ihn die Sache ja nichts. Schlimmstenfalls würde einfach nichts dabei herauskommen.

»Gut, Giacomo. Ich werde versuchen, etwas herauszufinden, aber ich brauche deine Hilfe.«

»Was soll ich tun?«

»Wann hast du morgen Schule aus?«

»Um eins.«

»Dann komme ich morgen um eins zu deiner Schule. Wenn ihr herauskommt, versuchst du, so nahe wie möglich bei dem Mädchen zu sein, damit ich weiß, wer sie ist. Wenn du mich siehst, vergewissere dich, dass ich verstanden habe, welches Mädchen gemeint ist – ich gebe dir ein Zeichen –, und dann kannst du einfach nach Hause gehen. Den Rest mache ich dann allein. Ach, und natürlich darfst du niemandem erzählen, was wir besprochen haben. Einverstanden?«

Giacomo willigte ein und sah ihn an, als wollte er noch etwas sagen.

»Willst du mir noch etwas sagen?«

»Ja.«

»Dann raus damit.«

»Danke.«

»Wofür denn?«

»Dass Sie mir zugehört haben und mich nicht wie ein kleines Kind behandeln.«

Roberto senkte den Kopf wie bei einer Verbeugung, es war eine Geste des Respekts.

»Ich denke, wir können jetzt deine Mutter rufen. Wir beide sehen uns morgen vor der Schule, um eins, abgemacht?«

»Abgemacht.«

Sie riefen Emma. Als sie hereinkam, sagte sie nichts, aber ihr Gesicht war voller Fragen.

# 27

Eine Stunde später war Roberto beim Doktor. Es war, als seien Monate vergangen seit dem letzten Mal.

»Ich weiß gar nicht, worüber ich heute sprechen soll.«

»Dann sprechen Sie einfach nicht.«

»Ich fühle mich... wie soll ich das sagen?«

»Vielleicht fühlen Sie sich verlegen?«

»Ja, vielleicht.«

»Das war eine neue Situation, es ist normal, dass Sie sich so fühlen.«

»Liegt das an dem, was ich Ihnen letztes Mal erzählt habe?«

»Es liegt an vielen Dingen, auch daran, was wir uns letztes Mal gesagt haben. Alles in allem war es eine ziemlich ungewöhnliche Sitzung.«

Roberto strich sich mit den Händen übers Gesicht.

»Sie sagten, es sei eine neue Situation gewesen, nicht wahr?«

»Ja.«

»Wissen Sie was?«

»Was?«

»Ich habe den Eindruck, dass die Wörter – ich meine, ganz normale Wörter, die ich bestens kenne, wie etwa *Situation* – auf einmal einen deutlicheren, präziseren Sinn bekommen haben.«

»Die Welt bekommt langsam wieder einen Sinn. Falls Ihnen das nicht klar sein sollte: Das ist eine gute Nachricht.«

»Soll das heißen, dass es mir besser geht?«

»Das heißt, dass es Ihnen besser geht, auf jeden Fall. In den nächsten Tagen reduzieren wir die Dosierung der Medikamente.«

»Es tut mir leid, was Sie letztes Mal erzählt haben … das mit Ihrem Sohn.«

Der Doktor deutete ein Lächeln an.

»Ich sollte das nicht sagen, es verstößt gegen alle Regeln, aber es hat mir gutgetan, mit Ihnen darüber zu reden.«

* * *

An der Tür drückte der Doktor ihm die Hand und sagte, er freue sich darüber, wie die Dinge sich entwickelten.

»Ich habe eine Ihrer Patientinnen kennengelernt«, sagte Roberto.

»Ich weiß.«

»Ich dachte mir schon, dass Sie es mitbekommen haben.«

»Ich glaube, das ist eine gute Sache.«

Roberto sah ihn an.

»Eine gute Sache«, sagte der Doktor, dann verabschiedete er sich mit einem Lächeln und ging in sein Sprechzimmer.

* * *

Am nächsten Morgen erwachte er mit gemischten Gefühlen: freudige Erwartung und leichte Beklemmung. Er machte ein wenig Gymnastik, duschte und zog sich dann sorgfältig an, wobei er versuchte, sich auf die einzelnen Bewegungen zu konzentrieren.

Er fing bei der Hose an, in die er erst ein Bein und dann das andere schob, ohne sich abzustützen; dann nahm er ein Hemd heraus, das er am Wochenende gebügelt hatte, und betrachtete stolz sein Werk, bevor er erst einen Arm und dann den anderen in die Ärmel einführte; er setzte sich auf die Bettkante und zog die Strümpfe an, die er vorher genau untersucht hatte, ob sie dieselbe Farbe hatten und keine Löcher; er probierte die neuen Schuhe an, die er vor ein paar Tagen gekauft hatte; er zog den Gürtel durch die Schlaufen und entdeckte, dass er ihn um ein Loch enger schnallen konnte, eines, das er bis jetzt noch gar nicht verwendet hatte; schließlich schlüpfte er in das Jackett und warf einen letzten Blick in den Spiegel.

Es war absurd, dachte er, aber es hatte ihm Spaß gemacht sich anzuziehen. Vielleicht, weil er es bewusst getan hatte? Sorgfältig? Er öffnete seine Brieftasche, nahm seinen Polizeiausweis heraus und studierte ihn, als ob er ihn noch nie gesehen hätte. Natürlich ging es um das Foto. Es war gar nicht so alt, aber es schien das Bild eines anderen zu sein. Wer war dieser Mann in Uniform, ohne Bart, ohne tiefe Stirnfalten und mit dem herausfordernden Blick von einem, der vor nichts Angst hat? Wann war er verschwunden und hatte seinen Platz einem anderen überlassen? Wo war er abgeblieben? Irgendwo musste er doch sein, vielleicht in einer Parallelwelt, zu der man nur die Tür finden musste, dachte Roberto, und dieser absurde Gedanke hatte eine tröstliche und wohltuende Wirkung auf ihn.

Er ging mit einer Mischung aus Freude und Beklemmung – Gefühlen, die nach wie vor beide in ihm gärten – aus dem Haus und frühstückte in der Bar, in der er sich die beiden Male mit Emma getroffen hatte. Er nahm einen Cappuccino und ein Croissant, rauchte nur eine Zigarette und sah den Passanten zu. Zum ersten Mal seit ewiger Zeit genoss er es, Muße zu haben.

Der Morgen war strahlend hell, aber nicht warm. Ein perfekter Frühlingstag, dachte Roberto, während er entspannt und aufmerksam durch die Straßen spazierte, sich umsah, ja alles, was um ihn herum war, tatsächlich *sah.* Sein Blick funktionierte wieder.

Ein paar Minuten später stand er vor der Schule.

* * *

Das wütende Schrillen der Glocke drang bis auf die Straße. Es vergingen etwa dreißig Sekunden, während derer es nicht so aussah, als habe der Lärm irgendwelche Folgen, doch dann strömten die Schüler alle zugleich aus dem Gebäude. Giacomo tauchte als einer der Ersten auf, direkt neben einem blonden Mädchen. Er lief weiter neben ihr her, bis seine Augen Robertos Blick begegneten. Dann blieb er mit etwas hilfloser Miene stehen, wie jemand, der seine Pflicht getan hat und keinen Einfluss auf das hat, was danach kommt. Beim besten Willen nicht. In einem Moment ist man unersetzlich, im nächsten schon überflüssig. Roberto sah ihn an und ahnte, wie er sich fühlte. Dann drehte er sich um und setzte sich in Bewegung.

Ginevra ging schnell und sah sich von Zeit zu Zeit um. Sie kam zu einer Bushaltestelle und wurde von der Gruppe der Wartenden verschluckt. Roberto näherte sich. Verschiedene Busse hielten und fuhren wieder los. Dann kam einer, in den das Mädchen einstieg. Roberto folgte ihr. Er hatte keinen Fahrschein. Wenn sie mich kontrollieren, zeige ich meinen Polizeiausweis, dachte er. Im Bus musterte er das Mädchen. Hübsch, aber nichts Besonderes.

Ginevra stieg drei Haltestellen weiter aus, lief noch ein paar Minuten, schloss dann die Tür eines eleganten Wohnhauses auf und verschwand darin.

Roberto überprüfte die Klingelschilder, um sicher zu sein, dass sie dort wohnte. Ginevras Nachname stand auf einem der

Schilder. Wie es das Protokoll bei Beschattungen vorschrieb, blieb er noch eine halbe Stunde auf dem Gehsteig gegenüber stehen und wartete ab. In dieser halben Stunde betrat eine ältere Frau das Gebäude, und keiner verließ es. Es war etwa zwei Uhr, als Roberto beschloss, dass er nun gehen konnte.

# 28

»Emma?«

»Roberto.«

»Äh, ist alles … in Ordnung?«

»Ja, und bei dir?«

»Bei mir auch. Ich war bei Giacomos Schule.«

»Ja, er hat es mir erzählt. Hast du … ich meine, hast du etwas herausgefunden?«

»Ich bin dem Mädchen bis nach Hause gefolgt, aber es ist nichts passiert.«

»Roberto?« Jetzt sprach sie plötzlich leise.

»Ja?«

»Was denkst du eigentlich über die Sache?«

Pause am anderen Ende der Leitung. Roberto wusste nicht, was er dachte. Noch nicht, jedenfalls.

»Roberto, bist du noch dran?«

»Ich weiß es nicht. Morgen gehe ich wieder an die Schule, und dann werden wir sehen, was passiert. Falls etwas passiert.«

Emma blieb eine Weile stumm.

»Rufst du mich danach an?«

»Sicher, ich rufe dich an.«

Wieder Stille. Wollte sie bloß deshalb angerufen werden, weil sie wissen wollte, wie es weiterging? Oder gab es noch einen anderen Grund?

»Grüß Giacomo von mir. Sag ihm, dass ich mich der Sache annehme.«

»Das wird ihn freuen. Er mag dich, und das kommt nicht häufig vor.«

* * *

Der darauffolgende Vormittag lief genauso ab, mit demselben unentschlossenen, trägen und zugleich aktiven Rhythmus. Ohne einen wirklichen Grund hatte Roberto einen kleinen Feldstecher und einen Fotoapparat mitgenommen. Es war unwahrscheinlich, dass er sie brauchen würde, aber es kostete ihn nichts, sie einzustecken, hatte er sich gesagt, als er aus dem Haus ging. Er hatte sich eine alte Militärtasche umgehängt, mit der er sich ein wenig lächerlich vorkam.

Giacomo kam beinahe aus der Schule gerannt und verlangsamte sein Tempo, als er Roberto sah. Sie tauschten einen schnellen Blick. Dann drehte der Junge sich um und ging fort.

Gleich darauf kam Ginevra heraus, und alles lief genau so ab wie am Vortag. Autobus, Haltestelle, Fußweg, Hauseingang.

Roberto wartete vor dem Haus und kam sich langsam dumm vor. Was zum Teufel tat er da? Was war das für eine lächerliche Privatermittlung – er als Hobbydetektiv mit Umhängetasche? Er ging fort, weil er plötzlich Angst bekam, dass ihn jemand sehen und nach den Gründen für sein Herumlungern fragen könnte.

Als er nach Hause kam, sagte er sich, dass er noch einen letzten Versuch machen würde. Wenn der auch nichts ergab, würde er seinen Kollegen von der Sache berichten und es ihnen überlassen, ob sie sich damit abgeben wollten. Falls es da überhaupt etwas gab, womit man sich abgeben konnte.

* * *

Am nächsten Tag kam er ein wenig zu spät, gerade noch rechtzeitig, um das Mädchen abzupassen, das schnell in Richtung Bushaltestelle ging. Roberto wusste jetzt schon, wohin sie fuhr, und konnte mehr Abstand halten. Dadurch hatte er einen besseren Überblick und konnte auch vermeiden – dachte er –, dass jemand auf ihn aufmerksam wurde: einen nicht besonders vertrauenswürdig aussehenden Mann mittleren Alters, der ein Schulmädchen verfolgte.

Der Strom von Schülern und Erwachsenen war derselbe wie an den anderen Tagen. Aber Roberto hatte das Gefühl, in der üblichen Bewegung der Menge ein Stocken zu erkennen, ein störendes Element.

Der Instinkt eines Bullen sucht immer nach dem einen falschen Ton. Und sieht all das, was die anderen übersehen: das Fehlen oder die veränderte Position kleiner Gegenstände, eine nicht ganz beherrschte Haltung, eine zwanghafte Bewegung, ein leichtes Keuchen, ein Erröten, ein ausweichender oder allzu starrer Blick. Da ist einer an einem Ort, an dem er nicht sein sollte; einer geht langsam, wo er schnell gehen sollte, und ein anderer geht zu schnell, wo er langsam gehen sollte; wieder ein anderer spricht entweder zu viel oder verstummt. Geringfügige Veränderungen. Ein guter Bulle konzentriert sich auf ungewöhnliche Details, anstatt sich von der scheinbaren Normalität des Gesamtbildes blenden zu lassen.

Darin gleicht ein guter Polizist einem guten Arzt. In beiden Fällen braucht es ein gutes Auge für jene Details, die für die anderen unsichtbar sind.

Im Strom der Passanten – Erwachsene, aber auch sehr viele Schüler – nahm Roberto ein Element wahr, das nicht ganz in den Ablauf passte und das er als störend empfand, ohne zunächst sagen zu können, was es war.

Die Ursache für diese Störung war ein etwa fünfzehnjähriger, für sein Alter sehr muskulöser Junge, der rasch ging und den Blick nach vorn gerichtet hielt.

Er läuft, als würde er jemanden verfolgen, dachte Roberto und spürte, wie sein Herz plötzlich schneller schlug. Sein Jagdinstinkt war zurück, so stark wie früher und ganz archaisch.

Sie kamen zur Haltestelle, als der Bus, den das Mädchen an den vorhergehenden Tagen genommen hatte, gerade losfuhr. Sie versuchte, ihn noch erreichen, aber sie kam zu spät. Daraufhin stellte sie sich etwas abseits in einen Hauseingang. Roberto blieb auf Distanz. Er hatte den muskulösen Jungen aus den Augen verloren, aber jetzt entdeckte er, dass auch er zur Haltestelle ging und sich umsah. Dann schob sich eine Gruppe Afrikaner dazwischen und nahm ihm die Sicht. Er näherte sich, und als er nur noch zehn Meter entfernt war, stellte er fest, dass der Junge jetzt neben Ginevra stand. Ein paar Schritte weiter stand noch ein Junge, der älter aussah, aber weniger kräftig und gefährlich als der erste. Anführer und Gefolge. Dieses Schema galt immer, das Alter spielte dabei kaum eine Rolle.

Der Muskulöse sagte etwas, und das Mädchen schüttelte ganz schwach den Kopf, wie resigniert. Der Zweite zeigte dann auf etwas, von dem Ginevra den Blick abwandte, doch der Junge nahm ihr Kinn zwischen die Finger und zwang sie hinzusehen. In dem Moment kam der Bus. Das Mädchen machte noch einen Versuch einzusteigen, doch der Junge versperrte ihr den Weg.

Der zweite Junge überwachte die Szene. Als er sich zu ihm umdrehte, tat Roberto so, als betrachte er ein Schaufenster, zählte bis fünf und drehte sich dann um. Die drei waren losgegangen, der Anführer neben Ginevra, der andere ein paar Schritte hinter ihnen.

Roberto setzte sich ebenfalls in Bewegung und versuchte, einen Sicherheitsabstand einzuhalten. Der Muskulöse telefonierte im Gehen mit seinem Handy. Sie sahen sich nicht um, aber trotzdem zog Roberto irgendwann sein Jackett aus, zog das Hemd aus der Hose und wurde ein anderer. Kurz darauf trafen die drei einen dünnen, unauffälligen Jungen mit Brille. Er schloss sich ihnen an, ohne ein Wort zu sagen.

Die Beschattung dauerte sieben, acht Minuten, dann waren sie an einem Haustor angelangt. Der Anführer hatte die Schlüssel, öffnete, und alle verschwanden im Haus und zogen das Tor hinter sich zu.

Zuallererst musste er auch hineinkommen, sagte sich Roberto. Die anderen Probleme würde er dann nach und nach lösen. Auf dem Klingelschild las er den Namen einer Anwaltskanzlei. Roberto drückte die Taste. Eine weibliche Stimme antwortete näselnd und unfreundlich durch die Gegensprechanlage.

»Carabinieri. Öffnen Sie, wir müssen einen Bescheid zustellen.«

Nach einem kurzen Zögern brummte der Türöffner wie eine Hummel, und das Tor ging auf. Roberto rannte zum Lift: Der Knopf war noch erleuchtet und der Motor in Betrieb. Der Lift war in den fünften, obersten Stock gefahren.

Roberto befand, dass es ihn zu viel Zeit kosten würde, auf den Lift zu warten. Er lief die Treppen hoch, immer zwei Stufen auf einmal, und als er im fünften Stock angelangt war, pumpte sein Herz wie ein Kolben in einer Maschine. Auf dem Stockwerk gab es zwei Türen, von denen keine ein Namensschild trug. Während er versuchte, sein Keuchen unter Kontrolle zu bekommen, läutete er an der Klingel zu seiner Linken. Erst wenn jemand aufmachte – je nachdem, *wer* aufmachte –, würde er entscheiden, was er tat.

Eine Minute verging. Roberto hatte das Gefühl, durch den Türspion beobachtet zu werden, und hörte dann die zittrige Stimme eines alten Mannes.

»Wer ist da?«

»Carabinieri, guten Tag. Ich muss Ihnen ein paar Fragen stellen, würden Sie mir aufmachen?«

»Ein Carabiniere? Und was wollen Sie von mir?«

»Ich muss Ihnen nur ein paar Fragen stellen. Würden Sie mir bitte aufmachen?«

»Woher weiß ich, dass Sie tatsächlich ein Carabiniere sind und kein Verbrecher?«

»Ich zeige Ihnen meinen Dienstausweis. Können Sie ihn durch den Türspion sehen?«, fragte Roberto leicht entnervt.

»Lassen Sie mich sehen«, sagte der Alte voller Misstrauen.

Roberto hielt den Ausweis vor die Linse. Es vergingen ein paar Sekunden, dann hörte man aus dem Inneren das Geschiebe von Schlössern und Riegeln, und schließlich ging die Tür auf. Ein sehr alter Mann tauchte auf, glatzköpfig und mit ungewöhnlich glatter, rosiger Haut.

Doch das Verblüffendste an dem Bild, das sich Roberto präsentierte, war nicht das Aussehen des Mannes.

Es war der Revolver in seiner Hand.

»Sie brauchen sich nicht zu fürchten. Wenn Sie wirklich ein Carabiniere sind, ist er überflüssig. Und wenn der Ausweis falsch ist, können Sie immer noch weglaufen. Das Foto sieht Ihnen nämlich nicht besonders ähnlich.«

»Ist der geladen?«, fragte Roberto, der versuchte, sich von der Überraschung zu erholen.

»Natürlich ist der geladen, was für eine Frage. Und wenn Sie ein echter Carabiniere sind, kann ich Ihnen versichern, dass ich einen regulären Waffenschein dafür besitze.«

»Das bezweifle ich nicht. Der Ausweis ist echt, aber das

Foto ist schon älter, ich habe mich ziemlich verändert in der Zwischenzeit. Ich wäre Ihnen sehr dankbar, wenn Sie den Lauf der Pistole mehr nach unten halten könnten. Ich will nur wissen, wer in der Wohnung nebenan wohnt.«

Der Alte sah ihn merkwürdig überrascht, aber befriedigt an. Der Pistolenlauf senkte sich, der Alte ging zur Seite und ließ Roberto eintreten.

»Ach, endlich habt ihr es bemerkt. Ich habe so oft angerufen. Es hat ganz schön lange gedauert, aber jetzt habt ihr es endlich gemerkt.«

Roberto betrat die Wohnung mit einem vorsichtigen Lächeln. Es war dunkel und roch nach Mottenpulver. Roberto hatte keine Ahnung, wovon der Alte sprach, aber er dachte, es wäre besser, sich das nicht anmerken zu lassen.

»So läuft das eben. Wir haben leider sehr viel zu tun und schaffen es nur mit Mühe, allen Hinweisen nachzugehen. Können Sie mir sagen, wer da drüben wohnt?«

Der alte Mann erklärte es ihm. Die Wohnung gehörte einem Anwalt, der dort nach der Trennung von seiner Frau eingezogen war. Dann hatte er eine neue Freundin gefunden und war zu ihr gezogen. Die Wohnung wurde von seinem Sohn genutzt, der ein Krimineller war, und von seinen Freunden, die ebenso kriminell waren. Sie waren oft da und drehten zu jeder Tages- und Nachtzeit die Musik voll auf, machten Lärm und betranken sich.

»Ich bin sicher, dass sie auch Drogen nehmen«, schloss der Alte lapidar.

Roberto packte die Gelegenheit beim Schopf.

»In der Tat haben wir Hinweise aus vertrauenswürdigen Quellen, dass in einer Wohnung dieses Gebäudes Jugendliche Rauschmittel nehmen und vielleicht auch damit dealen. Ich soll das überprüfen.«

»Und so einen Einsatz machen Sie ganz allein? Sollte das nicht eine Gruppe oder ein ganzes Kommando tun?«

Der Alte war alt, aber nicht dement. Roberto musste beinahe lachen, aber er antwortete ihm mit gebührendem Ernst.

»Da haben Sie ganz recht, wir sind auch zu dritt. Meine Kollegen sind unten auf der Straße geblieben, um Flüchtige aufzuhalten oder Drogen einzusammeln, die aus dem Fenster geworfen werden. Das ist so üblich bei Dealern, wenn wir einen Einsatz ausführen: Sie werfen die Drogen auf die Straße, damit wir sie nicht finden. Jetzt aber bräuchte ich Ihre Hilfe für meinen Einsatz.«

Der Mann schien jetzt überzeugt zu sein, steckte die Pistole in den Gürtel seiner Hose und sah Roberto erwartungsvoll an. Sein Gesicht signalisierte, dass er bereit war mitzumachen. Roberto dachte, dass das eine der komischsten Situationen seiner Laufbahn als Bulle war.

»Ich bin bereit.«

»Haben Sie vielleicht einen Balkon, der an den der Wohnung nebenan grenzt?«

»Ja, sicher.«

»Dürfte ich ihn sehen?«

»Was haben Sie denn vor?«

»Ich möchte von Ihrem Balkon auf den der anderen Wohnung klettern, um die Leute zu überraschen. Wissen Sie, wenn ich an der Tür klingle, könnten sie die Drogen einfach verschwinden lassen, etwa in der Toilette runterspülen.«

Das war eine überzeugende Erklärung. Der Alte bat Roberto, ihm zu folgen, und führte ihn durch die Wohnung, die immer stärker nach Mottenpulver roch, bis sie zu dem Balkon kamen, der auf den Hof ging. Die Hofbalkone grenzten aneinander, so dass man leicht über das Geländer klettern konnte. Die Balkontüren der Nachbarwohnung waren nicht vergittert oder mit Fensterläden verschlossen. Die Scheiben schienen auch nicht aus Panzerglas zu sein, und man würde sie leicht einschlagen können.

Der Alte wollte jetzt mitmachen, zugleich bewahrte er sich jedoch einen Rest Wachsamkeit. Er war alles andere als dement, dachte Roberto.

»Braucht man denn für so etwas keine richterliche Ermächtigung?«

»Normalerweise schon, da haben Sie recht. Aber in Notfällen – und dies ist ein Notfall – darf die Polizei auch auf eigene Initiative Haussuchungen durchführen. Das ist durch Artikel 103 des Betäubungsmittelgesetzes geregelt. Natürlich müssen wir nachträglich die Einwilligung des Richters einholen, um die Beweise geltend zu machen.«

»Haben Sie denn keine Pistole?«

Tja, das war eine gute Frage. Nein, habe ich nicht, weil sie sie mir abgenommen haben. Sie sagten, dass ich praktisch verrückt sei, und deshalb haben sie sie mir abgenommen. Nein, ich habe keine Pistole, und mit aller Wahrscheinlichkeit werde ich – in Anbetracht dessen, was ich hier vorhabe – auch nie wieder eine bekommen.

»Nun ja, bei bestimmten Einsätzen verwenden wir keine Waffen, um keine Schießereien auszulösen. In diesem Fall handelt es sich nach unseren Informationen um Minderjährige, und in solchen Fällen sieht unsere Dienstvorschrift keinen Einsatz von Schusswaffen vor.«

Dienstvorschrift. Im Verzapfen von Blödsinn war er immer noch ein Meister.

Der Alte meinte, sie könnten jetzt loslegen, aber mit Vorsicht, denn es könne gefährlich werden.

Stimmt, es konnte gefährlich werden. Ein paar Augenblicke lang überkam Roberto, dem noch nie in seinem Leben schwindlig geworden war, eine Panikattacke, die ihn – das war ihm sofort klar – überwältigen und lähmen konnte. Er war siebenundvierzig Jahre alt, das war sein letzter Gedanke, bevor er über das Geländer stieg, außen am Gitter entlang einen halben Meter über den Abgrund und dann über das Geländer des angrenzenden Balkons kletterte, während das Herz ihm schier aus dem Hals springen wollte.

Er sah durch die Balkontür ins Innere der Wohnung. In dem Zimmer war niemand. Im Hintergrund dröhnte laute Musik, die Scheibe klirrte unter den Bässen von House-Musik.

Roberto wickelte sich die Jacke als Dämpfer um die Hand und schlug nur einmal zu, beinahe sanft. Das Glas zersplitterte rund um den Schlag, nur so viel, wie nötig war, und so leise, dass man es bei der lauten Musik gar nicht hörte. Er schob die Hand durch die Öffnung, drehte am Türgriff und öffnete ihn, ohne nachzudenken. Die Entscheidung, was er dann tun würde, hing davon ab, was er dort vorfand. Er durchquerte einen langen, dunklen Flur ohne Möbel und folgte dem rhythmischen Hämmern der Musik.

# 29

Als er das Zimmer betrat, fand Roberto dort all das vor, was er auf unklare Weise geahnt hatte. Das Mädchen und der dritte Junge lagen auf dem Bett. Die anderen beiden filmten sie mit ihren Handys aus verschiedenen Perspektiven, als drehten sie einen Film nach primitiven, aber präzisen Regieanweisungen.

In Wirklichkeit hätte Roberto das, was er sah, nicht zuverlässig wiedergeben können. In seiner Erinnerung vermischten sich diese Bilder mit denen, die er wenig später in den Filmsequenzen sah, zu einer abstoßenden, beängstigenden, unbarmherzigen Mechanik unreifer Körper.

»Carabinieri«, rief er laut, um die dröhnende Musik zu übertönen. Es war das dritte Mal innerhalb kurzer Zeit, dass er das tat.

»Werft eure Handys auf den Boden. Du gehst vom Bett runter, ihr alle kniet euch mit dem Gesicht zur Wand, Hände hinterm Rücken.«

Der Muskulöse versuchte, sich aufzuspielen.

»Was zum Teufel willst du hier? Wer bist du? Das ist eine Privatwohnung, mein Vater ist Rechtsanwalt und befreundet mit…«

Roberto ging auf ihn zu und gab ihm eine Ohrfeige.

»Mach diese verfluchte Musik aus und knie dich hin, mit dem Gesicht zur Wand und den Händen hinter dem Kopf. Ihr anderen tut dasselbe, und wenn ich das noch einmal wiederholen muss, werde ich wirklich böse.«

Der Anwaltssohn schien noch etwas erwidern zu wollen. Doch als er Robertos Blick sah, überlegte er es sich anders. Er warf das Handy auf den Boden, drehte die Stereoanlage aus und kniete sich vor die Wand. Der Typ, der auf dem Bett gelegen war, stand auf. Er war vom Hemd abwärts nackt. Er hatte ein glattes Kindergesicht und das haarige Geschlechtsteil eines erwachsenen Mannes. Er stolperte, während er versuchte, seine Hose anzuziehen. Er sah aus wie ein Kind, das gleich in Tränen ausbricht, und auch er kniete sich hin, das Gesicht zur Wand. Der Dritte stand noch wie gelähmt da und sah aus wie jemand, dem gerade bewusst wird, in was für eine schlimme Situation er sich gebracht hat. Roberto sah ihn an und bedeutete ihm mit einer Kopfbewegung, was er zu tun hatte. Der Junge kam zu sich, gab ihm sein Handy und kniete sich zu den anderen.

Die Stille, die plötzlich auf die ohrenbetäubende Musik gefolgt war, machte die Situation noch irrealer. Das Mädchen auf dem Bett versuchte sich anzuziehen. Ihr Körper war auf geheimnisvolle und rührende Weise aus zwei Geschöpfen zusammengesetzt: einer Frau und einem kleinen Mädchen. Roberto fühlte ein gefährliches Gemisch aus Gefühlen in sich brodeln. Wut, Mitleid, Beschützerinstinkt, Lust zu weinen, aufsteigende Gewalt, die man unter Kontrolle halten musste. Und verletzter Stolz. Desjenigen, der spät gekommen ist – man kommt immer spät –, aber nicht zu spät. Er sah die Gesichter der anderen Mädchen vor sich, der Mädchen in Mexiko, Jahre vorher, und dachte sich, dass er diese Rechnung nun endlich beglich.

»Du heißt Ginevra, nicht wahr?«, sagte er, als sie so weit angezogen war, dass sie ihm antworten konnte.

Das Mädchen brachte keinen Ton hervor und sah ihn verzweifelt an wie ein Tier in der Falle.

»Zieh dich fertig an und warte drüben auf mich.«

Sie gehorchte und verließ das Zimmer, ohne irgendjemanden oder irgendetwas anzusehen, die Augen auf ein Nichts gerichtet, in dem sich Monster tummelten, die keiner außer ihr sah.

Der Typ, der vorher auf dem Bett gelegen hatte, begann zu schluchzen.

»Ich wollte nichts Böses tun. Verzeiht mir, ich wollte nichts Böses tun. Lasst mich laufen, meine Mutter bringt mich um, wenn sie das erfährt. Verzeiht mir, verzeiht mir. Sie haben gesagt, dass alles ganz normal ist und dass sie es schon oft getan haben. Sie war einverstanden, sie bekam Geld dafür…«

»Halt die Klappe, Idiot«, sagte der Muskulöse, der eindeutig der Anführer war und auch schon ein richtiger Krimineller.

»*Du* hältst hier die Klappe«, mischte Roberto sich ein, »ich will kein Wort mehr hören. Wenn du noch einmal ohne meine Erlaubnis redest, reiß ich dir den Kopf ab. Verstanden?«

Er hatte verstanden.

Roberto durchsuchte die Jungen schnell und fand in den Hosentaschen des Anführers zwei weitere Handys, mehrere hundert Euro, einen Schlagstock aus Hartgummi und zwei Schlüsselbunde.

»Ihr rührt euch nicht und redet nicht«, sagte er, als er aus dem Schlafzimmer in den Flur ging, wo Ginevra stand wie eine unglückliche kleine Vogelscheuche, die überhaupt nicht hierhergehörte. Roberto führte sie in die Küche, bat sie, dort auf ihn zu warten, und verschloss die Wohnungstür mit den Schlüsseln, die er dem Anführer abgenommen hatte. Für den Fall, dass einer der Jungen versuchen sollte abzuhauen.

Er warf einen Blick auf die Videos auf dem Handy, merkte, dass ihm dabei übel wurde, und dachte sich, dass er sich das ersparen konnte.

Er ließ noch ein paar Minuten verstreichen, legte sich zurecht, was er sagen konnte, und rief dann Carella an.

»Roberto. Das ist aber eine schöne Überraschung, endlich meldest du dich mal. Wie geht's denn so?«, sagte er mit dem liebevollen, aber zugleich etwas falschen Ton dessen, der mit einem kranken Freund spricht und ihn behutsam und freundlich behandeln will.

»Mir geht's gut, danke. Bist du im Dienst?«

»Klar, warum?«

»Dann müsstest du zwei Streifenwagen und ein paar Leute nehmen und schnell zu mir kommen. Ich habe da eine kleine Schweinerei entdeckt.«

Am anderen Ende der Leitung gab es eine Pause. Roberto ließ Carella Zeit, sich an die Idee zu gewöhnen, dass dies ein dienstliches Telefonat war und dass der Mann, der ihn angerufen hatte, vielleicht wieder der Alte war.

»Gibst du mir noch ein paar Details?«

»Gruppenvergewaltigung, Prostitution von Minderjährigen, Freiheitsberaubung. Eine hässliche Geschichte unter Jugendlichen. Bring auch eine Kollegin mit, die sich um das Opfer kümmern kann.«

»Wie bist du an die Sache gekommen?«

»Darf ich dir das nachher persönlich erzählen? Es wäre besser, wenn ihr jetzt hier die Kontrolle übernehmt. Kommt, so schnell es geht.«

Wieder konnte Roberto die Überlegungen des Kollegen nachvollziehen und die vielen Fragen, die dieser sich jetzt stellte. Er wartete ab. Am Ende meinte Carella, es gehe in Ordnung, er müsse nur noch seine Leute zusammenrufen und komme dann sofort.

Seine Stimme klang jetzt anders.

# 30

Er versuchte, mit dem Mädchen zu sprechen, doch sie hatte nur eines im Sinn.

»Kann ich jetzt gehen?«

»Natürlich, ich lasse dich gleich nach Hause bringen.«

»Nein, danke, ich kann allein gehen.«

Dieses *Nein, danke* drückte sein Herz zusammen. Roberto musste sich Mühe geben, seine Rührung zu unterdrücken, und auch seine ganzen Fragen – was geschehen war, wie es angefangen hatte und weshalb. Diese Fragen zu stellen war die Aufgabe von jemand anderem.

»Gut, dann sehen wir einmal, was wir tun können, bitte hab noch etwas Geduld.«

Nach einer Pause fügte er hinzu: »Du kannst bald nach Hause gehen, auch allein, wenn dir das lieber ist«, log Roberto und schämte sich deshalb.

»Aber ich muss jetzt sofort gehen. Wenn ich zu spät komme, machen meine Eltern sich Sorgen.«

»Wir benachrichtigen deine Eltern, du kannst beruhigt sein.«

Aber sie war nicht beruhigt. Überhaupt nicht, denn nach und nach wurde ihr die Situation bewusst.

»Ihr werdet ihnen doch nicht…« Sie fand keine Worte. »Bitte, lassen Sie mich nach Hause gehen.«

Roberto hätte sie am liebsten umarmt, ihr gesagt, dass sie sich keine Sorgen machen solle, dass ihre Eltern Verständnis haben und ihr helfen würden und dass die Welt nicht nur von solchen Typen wie diesen drei bevölkert war oder diesen beiden oder all denen – wer wusste schon, wie viele es waren –, die sich an ihrem Körper zu schaffen gemacht hatten.

Nur, dass er sie natürlich nicht umarmen konnte und auch nicht wagte, ihr zu versichern, von wem die Welt bevölkert war und was ihre Eltern und alle anderen verstehen würden und was nicht.

»Sei ganz ruhig, es wird keine Probleme geben mit deinen Eltern. Bald gehst du nach Hause, und dann ist alles vorbei.«

Da kam Gott sei Dank auch schon Carella mit vier Carabinieri, drei Männer und eine Frau. Sie waren wirklich schnell gewesen, aber Roberto hatte trotzdem das Gefühl, als sei unendlich viel Zeit vergangen. Bis auf Carella waren alle jung und hatten etwas in ihrer Art, sich zu bewegen, sich zu verhalten, den Raum auszufüllen, das Roberto das deutliche Gefühl vermittelte, einer anderen Epoche anzugehören.

Von diesem Moment an ging alles viel schneller.

Roberto erklärte, was passiert war. Er sagte beinahe die ganze Wahrheit, blieb allerdings vage, was die Quelle seiner Informationen anging. Er sprach von einer Person aus der Schule, über die er keine genauen Angaben machte. Seine Kollegen waren Profis – man fragt einen Bullen nicht nach seinen Informanten – und stellten keine Fragen.

Die junge Polizistin kümmerte sich um Ginevra und nahm sie mit. Sie machte den Eindruck, als wisse sie, was sie zu tun hatte, und Roberto war erleichtert.

Die anderen nahmen sich die Jungs vor. Derjenige, der mit Ginevra auf dem Bett überrascht worden war, weinte immer noch; der zweite hatte einen großen dunklen Fleck auf der Hose und roch nach Urin; der Anführer war kreidebleich. Er versuchte immer noch aufzutrumpfen und sich seiner Rolle gemäß zu verhalten, doch auch er schien kurz davor zusammenzubrechen.

Carella verständigte das Jugendgericht. Er sagte, er habe einen dringenden und vertrauenswürdigen Hinweis auf eine große Menge an Drogen in der Wohnung bekommen, doch als er dann die Durchsuchung auf der Grundlage des Betäubungsmittelgesetzes veranlasst hatte – die Regelung, die Roberto auch dem Alten mit dem Revolver erklärt hatte –, waren seine Leute auf eine viel schlimmere Angelegenheit als einen simplen Drogenfall gestoßen.

Nachdem er mit dem Jugendgericht fertig war, wandte Carella sich an Roberto.

»Na, Maresciallo Marías, bist du endlich wieder nach Hause gekommen?«

Roberto zuckte die Achseln und lächelte verlegen. Carella lächelte ebenfalls.

»Willst du die Unterlagen abzeichnen? Wir finden schon einen guten Grund, deine Anwesenheit hier zu rechtfertigen, wir lassen uns etwas einfallen. Vielleicht ist das ein gutes Omen, und du kommst, wenn du wieder im Dienst bist, zu unserer Einheit.«

»Ach nein, ersparen wir uns lieber eventuelle Komplikationen. Ich gehe jetzt. Wir können ja später telefonieren, dann erzählst du mir, wie es ausgegangen ist.«

Carella bestand nicht darauf.

»Gut, dann rufe ich dich an, wenn wir fertig sind.«

* * *

Als Carella schließlich anrief, spät abends, klang seine Stimme müde.

»Wir sind gerade erst fertig geworden. Das nächste Mal, wenn dir so etwas passiert, ruf bitte die Kommunalpolizei.«

Dann erzählte er, wie es weitergegangen war. Der Richter vom Jugendamt war zum Glück ein sehr aufgeweckter Kerl, der gleich eine Hausdurchsuchung bei den Jungs angeordnet hatte. Das Ergebnis war zu erwarten gewesen: Pornovideos und -fotos, Haschisch, eine Menge Geld, ein richtiggehendes, wenn auch stümperhaftes Buchhaltungssystem mit den Namen der Kunden – alle zwischen dreizehn und sechzehn –, den eingegangenen Beträgen, den erbrachten Leistungen. Die drei Jungs waren noch an demselben Nachmittag verhört worden und hatten alles gestanden, oder zumindest so viel, dass es reichte, um die Vorgehensweise der Bande zu rekonstruieren und ihre Mitglieder zu identifizieren. Sie sprachen die Mädchen in Diskotheken oder auf Partys an und hatten dann Sex mit ihnen – manchmal mit, manchmal ohne ihr Einverständnis. Diese Begegnungen wurden gefilmt und die Aufnahmen dazu verwendet, sie zu erpressen und zur Prostitution zu zwingen.

»Wie geht es dem Mädchen?«

»Den Umständen entsprechend. Die Eltern werden sie in eine andere Schule schicken, das ist sicher, aber es wird einige Zeit dauern, bis sie das Ganze überwunden hat. Wir haben einige Videos gefunden, bei denen einem regelrecht übel wurde.«

»Geh jetzt schlafen, deine Stimme klingt furchtbar.«

»Ich geh ja schon. Ach, und es gibt natürlich keinerlei Spuren von dir in den Protokollen. Du bist nie in dieser Wohnung gewesen.«

# 31

Die Haustür ging gleich auf, und als Roberto oben ankam, wartete Emma schon in der Diele auf ihn. Ein Tag war inzwischen vergangen.

»Komm rein. Giacomo ist noch bei seinen Großeltern«, sagte sie mit einem Ausdruck, in dem Unruhe und Bewunderung mitschwangen. »Willst du einen Kaffee?«

Sie tranken den Kaffee in der Küche, und Roberto erzählte ihr alles, was er am Telefon nur angedeutet hatte. Als er fertig war, stand Emma auf, öffnete das Fenster, holte einen Aschenbecher und bat ihn um eine Zigarette. Roberto gab sie ihr und steckte sich auch eine an. Er tat es langsam, so als wolle er sich den Ablauf bewusst machen und gut einprägen.

»Ich glaube, morgen höre ich mit dem Rauchen auf.«

Emma sah ihn an, als habe sie ihn nicht gehört.

»Woher wusste Giacomo, was da vor sich ging?«

Roberto drückte die Zigarette aus, indem er sie zerquetschte, und setzte sich aufrecht hin.

»Wie meinst du das?«

»Woher wusste er es? Sag mir bitte, dass Giacomo nichts mit der Sache zu tun hat.«

Roberto sah sie verwundert an. Er hatte nicht gleich verstanden, was sie meinte. »Was redest du denn da? Natürlich hat er nichts damit zu tun. Darüber haben wir bereits gesprochen. In der Schule wurde über die Sache geredet, und er hat das mitbekommen, wie die anderen auch. Vielleicht auf den Toiletten, vielleicht hat sich irgendjemand damit gebrüstet, oder eines der Mädchen hat sich jemandem anvertraut.«

Und dann fügte er hinzu: »Wer weiß, vielleicht hat sich ja Ginevra selbst jemandem anvertraut. Das spielt aber auch gar keine Rolle mehr. Das Wichtigste ist, dass alles ... überstanden ist. Sagen wir so.«

»Aber warum hat er die Geschichte mit dem Traum erzählt, wenn er doch nichts zu verbergen hatte?«

»Vielleicht hat er ja tatsächlich geträumt, dass das Mädchen ihn um Hilfe gebeten hat. Mit Hilfe des Traums hat sein Unterbewusstsein ihm signalisiert, dass er etwas *tun* musste. Warum fragst du den Doktor nicht, was er darüber denkt?«

Sie sah ihm lange in die Augen. »Das habe ich getan. Ich habe ihn angerufen, bevor du kamst«, sagte sie schließlich.

»Und was hat er gesagt?«

»Dasselbe wie du.«

Roberto versuchte, unbeeindruckt zu wirken, aber es gelang ihm nicht.

»Wie hast du den Ort gefunden? Wie hast du es fertiggebracht, genau in dem Moment dort zu sein?«

»Ach, das war teils Erfahrung, teils Glück.«

»Glück? Unsinn, Glück gibt es nicht, und du bist wirklich ein seltsamer Mensch, mein lieber Carabiniere. Es gibt eine Menge Dinge, die du mir erzählen solltest.«

Da irrst du dich aber, Glück gibt es sehr wohl, dachte Roberto. Und auch Pech, wo wir schon dabei sind.

In dem Moment kam Giacomo nach Hause. Roberto stand auf und gab ihm die Hand. Emma sah die beiden an, sagte, sie gehe duschen, und ließ sie allein.

»Du weißt, was passiert ist, nicht wahr?«

Der Junge nickte und sah Roberto dabei direkt in die

Augen, genau so, wie seine Mutter es vor ein paar Minuten getan hatte.

»Jemand kümmert sich um sie. Sicherlich wird sie die Schule wechseln. Er wird einige Zeit dauern, bis sie darüber hinweg ist.«

In Wirklichkeit wusste Roberto nicht, ob das Mädchen je darüber hinwegkommen würde. Das wusste man nie in solchen Fällen. Er fand jedoch, dass Giacomo ein Recht darauf hatte, solche Worte zu hören.

»Du hast sie gerettet«, fügte er dann hinzu.

Giacomo sah ihn weiter an, und Roberto bemerkte die unglaubliche Traurigkeit dieser Augen, die so sehr denen seiner Mutter glichen.

»Ich bin sehr traurig«, sagte Giacomo.

»Warum?«

»Weil ich sie nie mehr wiedersehen werde.«

Roberto zwang sich zu schlucken. Dann, ohne zu merken, was er tat, ging er zu Giacomo und umarmte ihn schnell.

»Vielleicht sieht man sich mal wieder«, sagte er nach einer Weile, nachdem er ihn losgelassen hatte.

»Das wäre schön«, sagte der Junge bloß. Dann stand er auf und ging fort, während die letzten Worte noch in der Luft hingen und Roberto allein in der Küche saß, in der hereinbrechenden Dunkelheit.

## *Giacomo*

Mindestens zwei Stunden lang hörte ich die Compilation, die ich für Ginevra gemacht hatte, und die ich ihr nun nie würde geben können. Ich hörte sie immer wieder von vorn, und es kam mir vor, als enthielten alle Worte und Töne dieser Songs eine besondere Botschaft, die nur für mich bestimmt war.

Es ist merkwürdig, wie eine Sache – Musik hören – einem zugleich so gut gefallen und so wehtun kann.

Seit dem letzten Mal, als ich in dieses Tagebuch geschrieben habe, sind nur ein paar Tage vergangen, aber ich habe das Gefühl, als seien es Jahre.

Auch nachdem ich mich dazu entschieden hatte, mit meiner Mutter zu reden, ist es mir nicht leichtgefallen, aus verschiedenen Gründen. Unter anderem war ich mir so gut wie sicher, dass sie mich nicht ernst nehmen würde.

Doch es kam anders. Sie hörte mir zu – hörte wirklich zu, nicht mit dieser unerträglich herablassenden Haltung, die Erwachsene manchmal haben –, und sie behandelte mich überhaupt nicht wie ein Kind.

Das war eine Überraschung, und ich war sprachlos: Als ich sie fragte, ob ich mit einem Polizisten sprechen könnte, machte sie keine Einwände und sagte, sie würde mir einen Freund vorstellen, der Carabiniere war. Ich wunderte mich, dass sie mit einem Carabiniere befreundet ist, aber ich stimmte natürlich zu, und am nächsten Tag brachte sie ihn mit nach Hause.

Er war nicht so, wie ich mir einen Carabiniere vorgestellt hatte. Ich kann nicht genau sagen, warum, aber dieser Mann war mir sofort sympathisch. Es war jemand, den man sich als Freund wünscht, obwohl er über vierzig ist und ich ein knapp zwölfjähriger Junge.

Ich weiß, dass es absurd klingt, aber auf gewisse Weise erinnerte mich Roberto – so heißt er – an Scott.

Roberto muss wirklich gut sein in seinem Job, denn nach nur drei Tagen hatte er entdeckt, was mit Ginevra los war und drei Typen verhaftet, einen aus meiner Schule, der sitzengeblieben war, und zwei Ältere, die aufs Gymnasium gingen.

Ich sage »gingen«, denn ich glaube, dass sie in Zukunft die Schule im Jugendgefängnis besuchen werden. Allerdings weiß ich nicht genau, wie diese Dinge funktionieren, vielleicht kommen sie auch wieder frei und gehen in eine ganz normale Schule.

Auch Ginevra wird die Schule wechseln, und ich werde sie wohl nie wiedersehen.

Die Vorstellung, jeden Tag ins Klassenzimmer zu kommen und sie nicht mehr zu sehen, lässt mein Herz überfließen vor Traurigkeit. Den Satz von der überfließenden Traurigkeit habe ich in einem Lied gehört, und mir fällt kein besserer Ausdruck ein zu sagen, wie ich mich fühle.

* * *

Seit mehreren Nächten schon sehe ich Scott nicht mehr, und mir ist klar geworden, dass ich nicht mehr von ihm träumen werde.

Aber dann dachte ich mir, wenn er schon eine Schöpfung meiner eigenen Fantasie war, könnte ich doch meine Fantasie bitten, noch eine letzte Begegnung zu organisieren, bei der ich mich von ihm verabschieden konnte. Auch ohne zu schlafen.

Ich zog also den Rollladen herunter, legte mich aufs Bett und schloss die Augen. Ich konzentrierte mich mit aller Kraft.

Nach einiger Zeit gelang es mir, und Scott tauchte auf. Er saß gefasst und ernst an meinem Bett.

»Hallo, Scott, schön, dass du da bist.«

*Ich freue mich auch, dich zu sehen, Chef.*

»Wir verabschieden uns jetzt voneinander, nicht wahr?«

*Ich fürchte ja, Chef.*

»Aber warum? Warum können wir uns nicht weiter im Park treffen, wenigstens von Zeit zu Zeit?«

*Du brauchst mich nicht mehr, Chef. Meine Mission ist vollbracht.*

Dieser Satz machte mich wütend. Ich wollte ihm schon sagen, dass das eines der dümmsten Dinge war, die ich je gehört hatte. Zum Teufel mit der Mission. Konnten wir uns denn nicht einfach deshalb treffen, weil wir gern zusammen waren, etwa um durch den Park zu rennen oder im türkisfarbenen Wasser des Sees zu schwimmen? Musste denn alles einen Grund und ein Ende haben?

Doch das sagte ich nicht.

»Ich werde dich nie wiedersehen und Ginevra auch nicht. Ich bin so traurig«, sagte ich und zog die Nase hoch, um nicht zu weinen.

*Du hast getan, was getan werden musste, Chef. Ich bin stolz auf dich, und dein Vater wäre es auch.*

Ich zog noch einmal die Nase hoch, aber der letzte Satz hatte mir eine Gänsehaut gemacht, und ich fühlte mich besser.

»Wenn ich einmal einen Hund haben werde, nenne ich ihn wie dich, das weißt du, nicht wahr?«

Ich spürte, wie er meine Hände leckte, doch er sagte nichts.

»Hast du das gehört, Scott?«

Er antwortete nicht.

Dann machte ich die Augen auf und sah, dass er für immer fortgegangen war.

# 32

Das Auto fuhr langsam, um nicht die schlecht ausgeschilderte Stelle zu verpassen, an der sie abbiegen mussten, um zum Strand zu gelangen. Der Himmel klarte auf, und durch die heruntergelassenen Fenster wehte eine trockene Brise herein, die ihnen durch die leichten Kleider drang und sie schaudern ließ. Später würde es bestimmt warm werden, aber um diese Tageszeit war die Luft noch frisch und klar. Es war einer jener perfekten Momente, die manchmal einen Sommertag ankündigen.

Emma lenkte, und Roberto hatte die Straße im Blick. Er nahm die Veränderungen in sich und außerhalb von sich wahr, registrierte sie, ließ sie an sich vorbeiziehen. Wie der Doktor es ihm beigebracht hatte. Bilder aus der Vergangenheit – oder vielleicht auch mitunter aus seiner Fantasie – wechselten sich ab, zogen vorüber und verschwanden wieder. Von Zeit zu Zeit überkam ihn ein Schwall von Angst, aber auch der war schnell wieder vorbei und ließ ein leichtes Kribbeln der Seele zurück. Sie waren frühmorgens aus Rom aufgebrochen, um noch vor Sonnenaufgang am Meer zu sein. Die Wettervorhersage hatte Sturm angekündigt. Santa Marinella war zwar nicht Dana Point, aber an diesem Tag würde es sehr hohe Wellen geben. Außergewöhnlich hohe Wellen für das Tyrrhenische Meer und den Monat Juli.

Neben den Wellen wurden auch viele Surfer erwartet, so dass man sehr früh da sein musste, wenn man nicht riskieren wollte, den Strand überfüllt und das Meer unzugänglich vorzufinden.

Sie parkten an einer Stelle, wo schon mehrere Autos standen. Roberto hatte das Gefühl, dass seine Kräfte ihn bald verlassen würden. Er bewegte sich nur mühsam, ganz langsam, wie in Zeitlupe. Er stieg aus dem Auto und blieb dort stehen, ohne zu wissen, was er eigentlich vorhatte.

»Willst du so ins Wasser gehen, mit den Kleidern?«, fragte Emma. Ihre Stimme drückte eine Mischung aus Ironie und Besorgnis aus. Vielleicht fragte sie sich gerade, ob das Ganze eine gute Idee gewesen sei. Dieser Mann war seit über dreißig Jahren nicht mehr auf einem Surfbrett gestanden. Wer weiß, ob er es überhaupt noch konnte? Sie blickte aufs Meer hinaus. Es war eine riesige Fläche aus Schaum, der im bleichen, gleichförmigen Licht des Morgengrauens leuchtete.

Ohne ein Wort verschwand Roberto wieder im Auto, um sich umzuziehen. Als er wieder zum Vorschein kam, trug er eine Badehose, ein altes T-Shirt und alte, weiß-blaue Tennisschuhe. Er nahm das Brett vom Gepäckträger, klemmte es unter den Arm und sah zu Emma hinüber.

»Roberto, wenn du lieber nicht…« Die Spur von Ironie war jetzt verschwunden.

»Gehen wir«, sagte er, und sie gingen los Richtung Meer.

Über den Strand verstreut sah man einige junge Leute und ein paar in den Sand gesteckte Surfbretter. Bis jetzt schien noch keiner im Wasser gewesen zu sein. Der Maestrale blies nicht allzu heftig, doch trocken und mit gefährlichen Versprechungen.

Das schaffst du nicht, dachte Roberto, während sie zum Strand hinunterstiegen und das Gefühl der Schwäche nicht weichen wollte.

Du schaffst das nicht, das steht außer Frage. Du bist alt und hast alles vergessen. Wie alt warst du das letzte Mal? Und wann war überhaupt das letzte Mal gewesen? Nicht einmal das wusste er noch. Wer konnte sagen, ob es diese Zeit überhaupt gegeben hatte. Sie war nicht fern, sondern einfach in einer anderen Welt. Wärst du in der Lage, deine Erinnerungen von den Träumen zu unterscheiden? Die Wellen in deiner Erinnerung sind stumm, genau wie im Traum. Also sind sie vielleicht auch nicht wahr.

Du schaffst es nicht.

Wie hatte jener Satz gelautet, den der Doktor ihm gesagt hatte? Es ist eine Sache, auf die Welle zu warten, aber es ist eine andere, auf dem Brett aufzustehen, wenn sie kommt. Richtig.

Emma lief hinter ihm. Einen endlosen Augenblick lang dachte Roberto – er *glaubte* es ernsthaft –, dass seine Mutter hinter ihm ging, und er hatte den Eindruck, an einem anderen Ort zu sein und ein anderes Leben zu leben, das möglich gewesen wäre, aber so nicht stattgefunden hatte.

Der Wind wehte ihnen wieder salzige Luft zu. Dieselbe wie vor vielen Jahren. Er zog die Schuhe aus. Seine Füße versanken im kühlen Sand. Er spürte auf seinem Gesicht, seinem Körper, dem Brett die Blicke der jungen Leute, die den Strand schon belegt hatten. Blicke, die erst feindselig waren, dann, als sie ihn genauer studiert hatten – ein alter Mann –, höhnisch.

Einer der Jugendlichen stand auf und kam näher. Vielleicht wollte er ihm etwas sagen. Vielleicht wollte er sagen, dass der Strand, zumindest zu dieser Tageszeit, ihnen gehörte. Es war ihr Ort, nicht seiner. Vielleicht wollte er aber auch gar nichts sagen, sondern sich nur die Beine vertreten. Sicher ist, dass die Augen des Jungen genau in dem Moment auf Robertos Augen trafen, als die Sonne aufging. Der Junge wandte den

Blick ab und beschloss, wieder zurückzugehen und sein zu lassen, was auch immer er im Sinn gehabt hatte.

Er setzte sich in den Sand, neben die Surfbretter, wechselte ein paar verlegene Sätze mit seinen Freunden, lachte ein wenig zu laut, man sollte es hören.

Doch Roberto hörte es nicht. Er hielt nur ein paar Sekunden inne, um dem Brüllen der Wellen zu lauschen. Hinter ihm ging die Sonne auf und warf seinen Schatten längs über den Strand, bis ins Wasser hinein.

In diesem Moment, während er seinen Schatten betrachtete, der sich mit dem Schaum vermischte, fiel ihm etwas ein, was er vor langer Zeit gelesen hatte.

Anfang der Neunzigerjahre war ein Frachtschiff, das eine Ladung Spielzeug von Hongkong in die USA bringen sollte, in einen schlimmen Sturm geraten. Die haushohen Wellen hatten ein Dutzend Container losgerissen, die sich beim Aufprall öffneten und einige Tausend gelbe Badeenten ins Meer entließen. Es war – so schien es – ein banaler Unfall, der als Versicherungsschaden abgehakt werden würde.

Die Entchen sahen das jedoch anders. Sie ließen sich von Wind, Wellen und Strömungen fröhlich über die Ozeane treiben, und als sie schließlich an allen erdenklichen Stränden der Welt aufgefunden wurden, erlaubte das den Ozeanografen viele Rückschlüsse über das System der Ozeane und ihre Strömungen.

Das Bild von den abenteuerlustigen, lächelnden Entchen auf den riesigen, sturmgepeitschten Ozeanwellen löste bei Roberto eine absurde, unglaubliche und unbezwingbare Fröhlichkeit aus. Er dachte an die Strömung, die ihn nach einer langen, stürmischen Reise an diesen Strand gespült hatte, und er dachte, dass ihm jetzt nur noch eines übrigblieb. Eine einzige Möglichkeit.

Dann ging er ins Wasser.

Schöne Wellen, dachte er, während er mit den Händen zu beiden Seiten des Bretts ruderte. Gar nicht schlecht dafür, dass sie so weit vom Ozean entfernt waren. Mindestens eineinhalb Meter hoch, wenn nicht mehr. Er ließ sich die erste entlanggleiten, ohne auch nur zu versuchen, sich aufzurichten. Er wurde auf einmal ganz ruhig bei dem Gedanken an die Unausweichlichkeit des Schicksals. Die bewirkt, dass man sich ohne Aufregung oder Angst oder Sorge darein fügen kann.

Er ließ auch die zweite unter sich hinweggleiten und sah dann, wie eine dritte sich auftürmte, über zwei Meter hoch. Das war es, weshalb er hier war.

Er presste Arme und Brust gegen den vorderen Teil des Bretts, drückte die Zehen gegen den hinteren Teil und verharrte in dieser Position. Als wäre alles um ihn herum reglos und ewig.

Dann hörte die Ewigkeit auf.

Er entspannte die Arme, die Bauchmuskeln, ließ die Beine locker. Wahrscheinlich taten ihm die Knie weh, aber er merkte es nicht. Er richtete sich auf, und das Brett fuhr los.

Hätte er damals schon die Bücher gelesen, die er später lesen würde, dann wäre Roberto in der Lage gewesen, das Gefühl zu beschreiben, das er empfand, als er wieder auf der Welle ritt – als habe er nie aufgehört, keinen einzigen Tag.

Er hätte sagen können, dass es ein Rausch war, der alles durchquerte: die Zeit, den Raum, die Traurigkeit und Gut und Böse, Liebe und Schmerz und Freude und Schuld. Und Vergebung – auch die allerschwierigste, die, die wir uns selbst erteilen. Und den Kreislauf des Lebens und die Geschichten von Vätern und Söhnen und von ihrer verzweifelten Suche nacheinander.

Gianrico Carofiglio

wurde 1961 in Bari geboren und arbeitete in seiner Heimatstadt viele Jahre als Antimafia-Staatsanwalt. 2007 war er als Berater des italienischen Parlaments für den Bereich organisierte Kriminalität tätig. Von 2008 bis 2013 war Gianrico Carofiglio Mitglied des italienischen Senats. Berühmt gemacht haben ihn vor allem seine Romane um den Anwalt Guido Guerrieri. Carofiglios Bücher feierten sensationelle Erfolge, wurden bisher in 24 Sprachen übersetzt und mit zahlreichen literarischen Preisen geehrt, u.a. mit dem Radio Bremen Krimipreis 2008. Er lebt mit seiner Familie in Bari.

Mehr von Gianrico Carofiglio:

Reise in die Nacht. Roman (auch als E-Book erhältlich)
In freiem Fall. Roman
Das Gesetz der Ehre. Roman (auch als E-Book erhältlich)
Eine Nacht in Bari (auch als E-Book erhältlich)
Die Vergangenheit ist ein gefährliches Land. Roman
Die Illusion der Weisheit. Erzählungen (auch als E-Book erhältlich)
In ihrer dunkelsten Stunde Roman (auch als E-Book erhältlich)

GOLDMANN
Lesen erleben